复旦大学中文系作家班

创办 30 周年 (1989—2019) 纪念

复旦大学中文系 高山流水文丛

顾问：陈思和　骆玉明　主编：陈引驰　梁永安

与圣人为邻

华德民 ◎ 著

上海文艺出版社
Shanghai Literature & Art Publishing House

总　序

　　"五四"新文学运动一百年来的历史证明：新文学之所以能够朝气蓬勃、所向披靡，为中国社会的进步和发展作出了那么大的贡献，一个很重要的原因，就是它始终与青年的热烈情怀紧密连在一起，青年人的热情、纯洁、勇敢、爱憎分明以及想象力，都为文学创作提供了丰厚的资源——我说的文学创作资源，并非是指创作的材料或者生活经验，而是指一种主体性因素，诸如创作热情、主观意志、爱憎态度以及对人生不那么世故的认知方法。心灵不单纯的人很难创造出真正感动人的艺术作品。青年学生在清洁的校园里获得了人生的理想和勇往直前的战斗热情，才能在走出校园以后，置身于举世滔滔的浑浊社会仍然保持一个战士的敏感心态，敢于对污秽的生存环境进行不妥协的批判和抗争。文学说到底是人类精神纯洁性的象征，文学的理想是人类追求进步、战胜黑暗的无数人生理想中最明亮的一部分。校园、青春、诗歌、梦以及笑与泪……都是新文学史构成的基石。

　　我这么说，并非认为文学可能在校园里呈现出最美好的样态，如果从文学发生学的角度来看，校园可能是为文学创作主体性的成长提供了最好的精神准备。在复旦大学百余年的历史中,有两个时期对文学史的贡献是不可忽略的:一个是在抗战时期的重庆北碚,大批青年诗人在胡风主编的《七月》上发表个性鲜明的诗歌,绿原、曾卓、邹荻帆、冀汸……形成了后来被称作"七月诗派"的核心力量;这个学校给予青年诗人们精神人格力量的凝聚与另外一个学校即西南联大对学生形成的现代诗歌风格的凝聚,构成了战时诗坛一对闪闪发光的双子星座。还有一个时期就是上世纪70年代后期,复旦大学中文系设立了文学创作与文学评论两个专业,直到1977年恢复高考的时候,依然是以这两个专业方向来进行招生,吸引了一大批怀着文学梦想的青年才俊进入复旦。当时校园里不仅产生了对文学史留下深刻印痕的"伤痕文学",而且在复旦诗社、校园话剧以及学生文学社团的活动中培养了一批文学积极分子,他们离开校园后,都走上了极不平凡的人生道路,无论是人海浮沉,还是漂泊他乡异国,他们对文学理想的追求与实践,始终发挥着持久的正能量。74级的校友梁晓声,77级的校友卢新华、张锐、张胜友(已故)、王兆军、胡平、李辉等等,都是一时之选,直到新世纪还在孜孜履行文学的责任。他们严肃的人生道路与文学道路,与他们的前辈"七月诗派"的受难精神,正好构成不同历史背景的文学呼应。

接下来就可以说到复旦作家班的创办和建设了。上世纪八九十年代之交,复旦大学受教育部的委托,连续办了三届作家班。最初是从北京中国作协鲁迅文学院接手了第一届作家班的学员,正如《复旦大学中文系"高山流水"文丛》策划书所说的,当时学员们见证了历史的伤痛,感受了时代的沧桑,是在痛苦和反思的主体精神驱使下,步入体制化的文学教育殿堂,传承"五四"文学的薪火。当时骆玉明、梁永安和我都是青年教师,永安是作家班的具体创办者,我和玉明只担任了若干课程,还有杨竟人等很多老师都为作家班上过课。其实我觉得上什么课不太重要,我已经完全忘记了当初的讲课情况,学员们可能也忘了课堂所学的内容,但是师生之间某种若隐若现的精神联系始终存在着。永安、玉明他们与作家班学员的联系,可能比我要多一些;我在其间,只是为他们个别学员的创作写过一些推介文字。而学员们在以后的发展道路上,也多次回报母校,给中文系学科建设以帮助。

三十年过去了。今年是第一届作家班入校三十周年(1989—2019)。为了纪念,作家班学员与中文系一起策划了这套《文丛》,向母校展示他们毕业以后的创作实绩。虽然有煌煌十六册大书,仍然只是他们全部创作的一小部分。因为时间关系,我来不及细读这些出版在即的精美作品,但望着堆在书桌上一叠叠厚厚的清样,心中的感动还是油然而生。三十年对一个人的生命历程而言,不是一个短距离,他们用文字认真记录了自己的生命痕迹,脚印里渗透了浓浓的复旦精神。我想就此谈两点感动。

其一,三十年过去了,作家们几乎都踏踏实实地站在生活的前沿,在商品经济大潮的呼啸中,浮沉自有不同,但是他们都没有离开实在的中国社会生活,很多作家坚持在遥远的边远地区,有的在黑龙江、内蒙古和大西北写出了丰富的作品,有的活跃在广西、湖南等南方地区,他们的写作对当下文坛产生了强大的冲击力;即使出国在外的作家们,也没有为了生活而沉沦,不忘文学与梦想,是他们的基本生活态度。他们有些已经成为当代世界华文文学领域的优秀代表。老杜有诗:"同学少年多不贱,五陵衣马自轻肥。"这句话本来是指人生事业的亨达,而我想改其意而用之:我们所面对的复旦作家班高山流水般的文学成就，足以证明作家们的精神世界是何等的"轻裘肥马"，独特而饱满。

其二，三十年过去了，当代文学的生态也发生了沧桑之变。上世纪90年代以来，文学已经从80年代的神坛上被请了下来，迅速走向边缘；紧接着新世纪的中国很快进入网络时代，各种新媒体文学应运而生，形式上更加靠拢通俗市场上的流行读物。这种文学的大趋势对"五四"新文学传统不能不构成严重挑战，对于文学如何保持足够的精神力量，也是一个重大考验。然而这套《文丛》的创作，无论是诗歌、散文还是小说，依然坚持了严肃的生活态度和文学道路。我读了其中的几部作品，知音之感久久缠盘在心间。我想引用已故的作家班学员东荡子（吴波）的一段遗言，祭作我们共同的文学理想：

> 人类的文明保护着人类，使人类少受各种压迫和折磨，人类就要不断创造文明，维护并完整文明，健康人类精神，不断消除人类的黑暗，寻求达到自身的完整性。它要抵抗或要消除的是人类生存环境中可能有的各种不利因素——它包括自然的、人为的身体和精神中纠缠的各种痛苦和灾难，他们都是人类的黑暗，人类必须与黑暗作斗争，这是人类文明的要求，也是人类精神的愿望。

我曾把这位天才诗人的文章念给一个朋友听，朋友听了以后发表感想，说这文章的意思有点重复，讲人类要消除黑暗，讲一遍就可以了，用不着反复来讲。我不同意他的观点，我说，讲一遍怎么够？人类面对那么多的黑暗现象，老的黑暗还没有消除，新的黑暗又接踵而来，人类只有不停地提醒自己，反复地记住要消除黑暗，与黑暗力量做斗争，至少也不要与黑暗同流合污，尤其是来自人类自身的黑暗，稍不小心，人类就会迷失理性，陷入自身的黑暗与愚昧之中。东荡子因为看到黑暗现象太多了，他才要反反复复地强调；只有心底如此透明的诗人，才会不甘同流合污，早早地离开了这个世界。

我之所以要引用并且推荐东荡子的话，是因为我在这段话里嗅出了我们的前辈校友"七月派"诗人中高贵的精神脉搏，也感受到梁晓声等校友们始终坚持的文学创作态度，由此我似乎看到了高山流水的精神渊源，希望这种源流能够在曲折和反复中倔强、坚定地奔腾下去，作为复旦校园对当今文坛的一种特殊的贡献。

复旦大学作家班的精神还在校园里蔓延。从2009年起，复旦大学中文系建立了全国第一个MFA的专业硕士学位点。到今年也已经有整整十届了，培养了一大批年轻的优秀写作人才。听说今年下半年，这个硕士点也要举办一系列的纪念活动。我想说的是，作家们的年龄可以越来越轻，我们所置身的时代生活也可以越来越新，但是作为新文学的理想及其精神源流，作为弥漫在复旦校园中的文学精神，则是不会改变也不应该改变，它将一如既往地发出战士的呐喊，为消除人类的黑暗作出自己的贡献。

写到这里，我的这篇序文似乎也可以结束了。但是我的情绪还远远没有平息下来，我想再抄录一段东荡子的诗，作为我与亲爱的作家班学员的共勉：

> 如果人类，人类真的能够学习野地里的植物
> 守住贞操、道德和为人的品格，即便是守住
> 一生的孤独，犹如植物

在寂寞地生长、开花、舞蹈于风雨中
当它死去,也不离开它的根本
它的果实却被酿成美酒,得到很好的储存
它的芳香飘到了千里之外,永不散去
停留在一切美的中心
(引自《停留在一切美的中心》)

2019 年 7 月 12 日写于海上鱼焦了斋

"兖州牧"华德民（代序）

徐彦平

一支烟像桥一样伸进唐朝
与圣人为邻，而小江湖
而江湖能小吗？
每一杯都在邀客
每一位都是要客
客从四方来
客从天上来
"饮中八仙"
都来喝酒哟！都来喝酒！
满嘴的古兖州方言……

那个官二代杜少陵不就从河南赶来了的吗？
来不及去兖州司马的父亲家报平安
就找谪仙大哥在古兖州转啊转
"致君尧舜上，再使风俗淳"
杯酒诗歌之后
他们是孔圣人的粉丝

鹊桥一寸长一寸短安在心上
酒喝多了就想女人，女人呢？

客从日照来
骚气十足的那方妖艳
家暴一样做那些情事
昏了天,醉了地
怎么风流都不负唐朝那盛世

孔夫子孟夫子
华夫子……
李太白杜子美
华德民……
心里乐滋味的华德民又大醉了啊
腹有诗书的文人小说家诗人华德民又大醉了啊
大侠"兖州牧"华德民又大醉了啊

就这样与圣人为邻
入了兖州这个群
不谒泰山
就拜圣人
好自为之
好自为之
身体健康
身体健康
……

以诗为戏,以诗为惜!以诗为序!

2019 年 7 月 11 日于西安机场

目 录

与圣人为邻 / 1

君家阿那边 / 6

老谢 / 12

最后的秀才们 / 18

乡间音乐 / 23

老城 / 30

魔笛 / 44

娶媳妇过日子 / 53

台湾的醋也很酸 / 61

小男孩小女孩 / 67

红摩托 / 77

到县上开笔会 / 88

江湖不远 / 96

吾邑有古城 / 103

知识青年 / 109

养鸟的人 / 114

诗人的冬天 / 117

有个姑娘叫小芳 / 120

岗山老道 / 122

笔记当然堂 / 127

傻狍子 / 173

免贵姓华 / 175

底板路 / 192

女人 / 202

不再重叠的身影 / 208

背对故乡 / 224

英雄末路 / 269

华德民答友人问——代后记 / 305

与圣人为邻

古时被称为"邹",现在被称为邹城的地方,南有峄山,北有泰山,中间还有个凫山。仅看凫这个字,大家就能猜到,这地方肯定有不少的沼泽地。天荒地老时代,一片又一片的大沼泽地,大沼泽地的连接处,突凸起一个又一个的山丘,山丘连绵不绝,一字儿的绿色漫向大海,山上林木茂盛,山下野鸟啾啾,连山接海,水天一色。比起亚马逊河流域来,这儿属亚温带气候,一年当中气候分明,但又不是很热或很冷。

这是邹地,也是鲁地,这里出生了孔子、孟子。两个圣人的出生地,用现在的公里来算,相距也就十多公里。中国的行政划分有事没事就变上一通,但这两个老头儿出生的地方,基本上没有大的变动。至今,孔子姥姥家那村还归邹城,孔子的父亲,当时就是曲阜人,生孔子的那个尼山又是曲阜辖地,曲阜和邹城分不清楚到底哪块地儿到底该归谁。于是,邹县火车站的广场上,就毫不含糊地立着两块大大的大石碑——一块是:孔子诞生地;另一块是:孟子诞生地。

这两块大石头,一般的人搬不动它。

两个老头在岁数上相差着一百多年,若论辈分,这个孟子还是孔子孙子孔汲的学生,两人本来很难扯到一块,却被后人给弄成一个孔孟之道,于是,两千多年的历史里,浮浮沉沉,沉沉浮浮,两个可怜的老头儿,便一损俱损,一荣俱荣起来。

这两个老头儿有个共同点：他们在小时候，都喜欢玩发大丧哭死人的游戏，他们觉得，死人，是个好玩的事。

小孔子独自在家里时，一个人常常装扮成个司仪，摆上一溜儿盆儿碗儿的，象征个丧局，他在那儿喊：一叩首，再叩首，三叩首，——礼毕。

他玩得如痴如醉。

孔子的娘叫颜征，颜老太君从二十来岁就守寡，无论儿子干什么，她都不想破坏他的兴趣。小孩子嘛，爱玩什么就让他玩呗。孔老太君的教育方法和现在美国人管孩子的法儿差不多，尽量让孩子发挥天性。于是，没几年的工夫，一个举止优雅、文质彬彬，长得很丑，但气度却非凡的大教育家缓缓向我们走来，那宽大的衣袖，给人带来了从容和亲切，那不苟言笑但温和善良的表情，在他那微微一哂中，如春风化雨，恰似润物无声。

孟子小时候的家是在城外，——离一片墓地不远。现在看来，那也是个大家族的坟场，不时有发丧的到来，让小孟轲又新鲜又好奇，他也像孔子一样，很喜欢发丧的礼仪，但他学的不是司仪，而是吹喇叭的或打幡的。

手里没有真家伙，两手一卷就是个喇叭样，照这条路走下去，孟子没准儿能成个洛桑，成个本山，穿个大衣什么的。虽然"洛桑"本山们很有钱，但孟子的母亲却绝不允许儿子学这些下九流的玩意儿。

孟老太君和孔老太君不一样，孟老太君是完全中国化的教育方法，她要求她的儿子一定要出人头地，要考重点，要上北大或者复旦，最低也要考个清华。光吹喇叭，这不是玩物丧志吗？

说多了，儿子还小，听不懂，老太太就采取了《孙子兵法》三十六计中的一计：走为上计。

于是，她连夜把儿子从现在的曲阜九龙山前一带，搬到了现在邹城的西北角。

这儿，离坟场是远多了，但没想到的是，这儿是个集市，小孟子聪明好学，没几天，就跟着集市上的人学起了做生意，而且模仿起来和真的小商小贩没什么两样。这下，又把孟老夫人吓坏了。我的儿可绝不能让他成为生意人。于是，孟老太君又一次携子离去。

这次，她老人家事先就打听好了，这个新家，离学校近，天天能听到读书声。就是这里吧！

这里，就相当于现在的重点学校。

孟母三迁对小孟子的爱好和兴趣一次一次地打击下来，在公元前300年左右的齐鲁大道上，人们不时看到一个神态庄严中又有一丝狂傲的青年，碰到达贤贵人的马车从他身边经过，他高昂着头不屑一顾，神色凌厉而高贵，待车马滚滚而去，这位青年告诉别人说："说大人而藐之，勿视其巍巍然。"用现代汉语讲就是，见到那些在主席台上讲话的人，你不要看他现在人五人六的，没准儿戴铐子的就在下面等着他呢。别尿乎他。

对这些权贵们，孟子是一肚子的气，对齐宣王、梁惠王一类的"国王"，孟子照样也不客气。一次，齐宣王说好先去见孟子，孟子正做准备迎接的时候，齐宣王却派人来对孟子说：哎呀，大王本来要来看您的，不巧，大王感冒了，不到您这儿来了，要不，您委屈一下先去见见大王？

这不是摆谱吗？！

孟子一听就烦了，他对来者说：对不起，我也病了。我更不能去。

说完，甩起袖子就到城外找朋友喝酒去了。

对这样一个斗争性极强、自尊心极强的圣贤，齐宣王不得不败下阵来，虚心虚意地向他请教。

齐国的这个国君很有趣，他对孟子说：唉——我这人，天生就贪财呀，你说这事咋整？孟子说：谁不喜欢钱财？老百姓也喜欢钱财，既然都喜欢，那么，你有点，他们也该有点，这样才行。

齐宣王觉得光钱财还不足以表现自己的心情,便又诚恳地告诉孟子:俺还有个毛病,俺喜欢美女呀。

孟子顶撞他说:谁不喜欢美女?老百姓就不喜欢?大家都喜欢,都有美女,这才对,光你有,算什么?

齐宣王被弄得只好"王顾左右而言他"。

齐宣王被孟子教训一顿,再不敢把他的赖皮帝王思想摆弄出来了。

对这一类的"君王",孟子说得很硬气:当君王的犯了错,可以警告一下,警告不听,换掉他!换不掉他,咱出国,走人。

这个孟子很是有"造反"思想,是个有强硬的革命志向的圣贤,他的斗争精神,吓坏了朱元璋。据说,朱元璋听人讲《孟子》七篇,听了一半,就把这个刚当上皇帝的家伙气疯了,他命人把《孟子》一书拴到午门上,自己亲自操弓,向《孟子》射去,以泄心中忿恨。

一个靠造反起家的皇帝,坐上龙椅后最恐惧的就是造反,这就不单纯的是一个悖论,而是一种血腥的现实存在。

孔老太君的美式教学和孟老太君的中式教学,培育出两个在政治观点上相承但在人生态度方面又截然相反的先哲,相比较于孔子的"君君臣臣父父子子",孟子的"民为重,社稷次之,君为轻"的观点,更是千古绝响。无论多么巍峨的宫殿,无论多么强权的政治,在这样雷霆万钧的轰鸣中,能不为之颤抖?

世人皆言孔孟之道,岂不知一条道上跑的根本不是同一辆车。大概孔子的谦谦君子风度和他死心效忠"君王们"的媚相,更能博得帝王的欢心吧?所以,孔府、孔庙、孔林才一再被下旨扩建,这些能下旨的人可不是从旅游的角度来考虑这件事的,他们想的是,用孔子的思想来奴化老百姓,借以保持他们的荣华富贵,子孙幸福。

而同样是先哲的孟子,却大大地被冷落了。这位善养浩然之气的斗士,这位为民请命的学者,这位蔑视权贵、钢骨铮铮的先贤,他的庙,他的府,以及他的祖坟,总是比孔家的小那么一部分。这也正是帝王们内心里对他的报复。

历代帝王明着是把孔子和孟子放在一块儿尊崇,其实是在悄悄地以孔子来压孟子,不以孔压孟,当权者的心里就不平衡,他们的政权就不稳固。他们偷偷乐着祭孔,把屁股一蹶再蹶,而对孟子,则尽量不见为好,不提为好。

他们,怕得很呢。

曲阜邹县和兖州,三地其实不好分开,兖州古时称为鲁门,是曲阜西大门又是邹城北大门,孔孟颜曾儒门四圣,孔圣在曲阜,亚圣在邹城,颜子家在兖州,曾子家在平邑,孔子的学生是颜、曾,曾子的学生是孔汲,孔汲的学生是孟轲。

和圣人为邻,从小就知道孔不言母,孟不言父,也就是说话要注意,事实在那儿摆着,你也不要乱说;稍微长大一点,就又被长辈教育:"老要张狂少要板"。意思是人老了,可以张狂些,可以胡说八道,而少年时代呢,却要板板正正,也就是人恭知礼的做派。

可惜,我五十多了也没学会板板正正,平时就想抄着块砖头,见到那种满口仁义道德、其实满肚子男盗女娼的"大人",冲上去狠狠地一抡,也算是继承了邻居老孟家的血性,这辈子,也算活个人味儿出来。

可我不敢。

嘿嘿,现在,真不敢。

君家阿那边

李白想念杜甫时写道:

"我来竟何事,高卧沙丘城。城边有古树,日夕连秋声。鲁酒不可醉,齐歌空复情。思君若汶水,浩荡寄南征"。

昂扬的激情,淡淡的愁绪,落寞的感触,深切地表述,让人咏来,一咏再咏,心变得又静又悠。现今,已经找到李白写给杜甫诗作有三首,而且这三首,有两首,明显是写于兖州。

"醉别复几日,登临遍池台。何时石门路,重有金樽开。秋波落泗水,海色明徂徕。飞蓬各自远,且尽手中杯"。

李白自唐开元二十二年来到兖州,前后居住二十多年,娶媳妇,生孩子,跟道士练剑,学养生,据兖州文史界考证,李白有七十多首诗歌写于此。

兖州是鲁西南平原,北依鲁中丘陵,东靠曲阜南部山区,南望峄山,民间说,兖州没山懒济宁。从济宁扒过来的一个叫嶫山的石丘,已被烧成石灰大坑。

平原是一种重复的单调,在平原地带生活久了,感觉变得有些滞重,思绪更为悠远,于是,远山近水的景形,在李白诸多首诗中,有异彩呈现。

杜甫的父亲杜闲,以朝议大夫身份兼兖州司马。在兖州,杜大少应是标准的官家少爷。

2015年，兖州城南几位写作者酒后叹息，我们这个有着几千年历史的古地，因采煤形成塌陷，全镇四十个村落，将有三十多个村落搬迁到新社区，以后的孩子们，也不再记得他曾经的村落，街邻文化变了，那些村庄的名字和记忆、传说随之消失。基于此，我们应该进行一些拯救，尽量让孩子们增加一些历史的记忆。

正巧这个镇的巨王林村要成立个书画院，起啥名好啊，大家一致鼓劲，就叫"沙丘城"书画院吧。

争议很多年的沙丘城，其实就在兖州巨王林村东，曲阜苑庄村南。但是，巨王林的很多人不知道，苑庄村的也不知道，苑庄村北章枣的百姓，更不知道。那正在陷落的一大片高岗，也就是被百姓称为冢顶的地方，是曾经被大诗人反复吟咏的地方，而大诗人住的地方，距此还不足四公里。

那叫着金口坝的古渡口，帆影已尽碧空。逝去，如光，闪烁一下便不再回头；如记忆，弯曲变形太久。就如每一个人，对同一个故事的记忆，只是仿佛。

此地，就是白居易写过的泗水：汴水流，泗水流，流到瓜洲古渡头。吴山点点愁。思悠悠，恨悠悠，恨到归时方始休。明月人倚楼。

泗水，从沂蒙发源，古记中的"四渎八流"之一，现在已经是时断时续，而李白时代的泗水河，先是从西南流向沂岭泗水，改为东西流向，出泗水，行曲阜，却在兖州城东北，猛然往南前行三五公里，再折头西行三五华里后，又不折不挠，直奔西南而去。李白家居泗河边上，可以顺流直下洛阳，直下扬州，直下长江，浩荡连绵。

泗河边，古渡口，隋朝所修建的金口坝，至今尚存。孔子曾在此感慨的逝者如斯夫，不舍昼夜，也被越来越多的人感慨，而且这种感慨正向越来越少年化上发展。

有条古道与这条河相交，京沪铁路线同时与其平行。这是一条南接徐州，北接齐州（济南）的主干道。正式被记载成官道是公元前

1113年，也就是周成王三年。几千年风云乱起，城头大王旗变幻不一，就连兖州治所也变换多地，但这条官道却一直固定在此。特别是明清时期，全国政治文化在南京和北京之间交替，时南时北，烟尘纷扬，南北大道日夜不息。

这条路级别最高时是在清朝，被称为"使节路"，凡两广三江一闽晋京公干的、做生意的、赶考的、做官的、犯事的，都要从巨王林村边经过。

事实上，这片地，这条路，这沙堆土岗，这随老树起伏的高土冢。虽无崇山峻岭的险恶，却有野猪林、十字坡类似的隐忍。原是高于田野之路，一年年地碾压，路基一年年地下沉，所谓的道，所谓的路，其实全变成巨大的深壕沟。壕沟越深、越宽，越证明就条官道的年代越久远。

黎明前刚过最黑的时节，正是买卖人赶路紧要当口，越走天越亮，人的心情自然好，一老者一年轻者匆匆而行，年轻人说话音大嗓亮，自然一切不在话下，老者提醒说，不要乱讲，古人交代：路上说话，草里有人。

年轻人四下望去，黑糊糊一片地，灰蒙蒙一片天，连狗叫声也听不到，于是争议道，有人？

说完自得，刚要放声大笑，却见路边闪出个黑影，黑影大喝一声。

明代，有四个亲王之后埋在我们村后，他们的分封地是巨野，也是孔子梦伤麒麟的地方。四个王爷和王妃的大坟，由西向东排去，东边是古沙丘城，再往东，不到五公里就是九龙山，九龙山是汉代王爷墓群，同时还是明亲王朱檀的墓地。因而，坟也成了风景，正应"粪土当年万户侯"之意。

而在明朝前的宋，此地则是佛家东行重点，特别是兖州兴隆寺，城外的寺庙庄院，就在这片大沙丘周围。

在民间，沙丘说是商朝故都遗址，又有人说是张良收买好大力士，砸扔秦始皇的地方。考证者说，秦始皇当政后封的第一个山是峄山，峄山距此不足五十公里，从峄山到泰山，也正是从这边经过，往西是沼泽，往东刚进了东夷群山，因此，适合刺客躲闪。

康熙十一年《滋阳县志》古迹志中说，秦始皇墓"在北沙堆社，地名沙丘院。俗传始皇亡于沙丘，葬此，空冢尚存"。

空冢，我们的叫法是冢顶。

村里的老人们则说，古时有穷人家没有瓷器招待客人，夜间可去冢顶那儿，焚香求告，冢顶就会送出碗筷等物品，用后夜里再放回冢顶，下次还可来借。

这是巨王林东侧的故事和传说，巨王林西侧紧靠颜回的老家，也就是儒生们最津津乐道之处：陋地。

大教育家孔子，有弟子三千，贤者七十二，最让先生喜者是颜回。孔子曾对颜回说，家贫居卑，胡不仕乎？颜回对曰，不愿仕。回有郭外之田五十亩，足以给飦粥；郭内之田十亩，足以为丝麻；鼓琴，足以自娱；所学夫子之道者，足以自乐也。

实足的意味，感恩的心态，自在自得的情怀，让一代一代的读书人找到精神上认同。因此，老者有言：陋地不陋。

时间久了，陋地被称为"陋得"，颜回的郭外之田和郭内之田就在其中。

巨王林村地势高岸，据说比兖州城墙还高出三砖，也不知老一辈的人是如何丈量出来的，反正口口相传，就比兖州城高！

《滋阳县志》记载说，仅明末到清初，"泗溢入兖城"，兖州城内造成水灾十三次，平均几年就来次水漫兖州。从兖州城楼上看巨王林，那就是一个大高岗，不怕水的高岗。巨王林南边的村叫岗头，有村叫小岗头，西南上还有个村叫大岗头，可见巨王林的地势之高。

巨王林最高的还是四座王爷坟。有一段资料是这样记录的：在兖州城南有个巨王林村，村北原有几个大土丘。土丘下面安葬着明代巨野王及其嫔妃和他们的子孙们，那是巨野王家族的林地。

即便如此，王爷墓也比沙丘城倭。

南八社之前，是被记录成"北沙堆社""沙堆社""沙丘院""沙丘苑"。

据清光绪十二年（1886）版《滋阳县志》记载："巨野王墓在城东南八里。明巨野恭定王阳鎏、庄宪王当涵葬此"。这个记录是地理、地名记录，还不是村名记载。

兖州泗河南岸距沙丘城，大约六华里，沙丘城的城碑，是在上次防卫洪水时，堆积于泗水河南岸，最近被发现后，移至博物馆。

巨野王们在我们村安然了五百余年，上世纪六十年代末就被大家扒开。百多人的挖坟大军，半个多月的刨砸，才被扒开，王爷坟里面的墓椁是用糯米汁拌白灰浇筑，墓外以桦香汁浇灌凝固，用以防水。

椁里的棺是木质的，像是柏木，被生生重重地浸泡过，看上去一点儿也没有腐烂的痕迹。打开棺盖，映入眼帘的是一个雍容华贵的王妃，活鲜如午后在闺阁歇晌，宛如初春打扮一新即将出门，她那绫罗绸缎的服装，金银玉翠的饰品，让人一下惊呆。

王妃的肤色鲜艳滋润，还有弹性。只是一个时辰未过，肌肤慢慢变成了棕黑色，衣服也随风飘逝。有人将嫔妃身躯挂在了一棵老歪脖子树上展示。

用一破席把王妃埋葬的是一姓杨的老者，至今村里人还在夸杨老头办了件善事，不怕造反派，敢把王妃择井而葬。

在兖州博物馆，山东博物馆，巨王林出土众多国家级文物，其中白瓷天球瓶、象牙白方肩花觚、德化窑白瓷香薰等国宝，是被众多推崇的"中国白"白瓷代表。

王坟扒出了众多文物，有人想扒沙丘，去过几个队伍，扒一次，累得半死不活，除了有点黑陶片，连完整的白瓷碗也没挖到过，慢慢的，大家挖冢顶的念头消失了。

李白又写道：相逢红尘内，高揖黄金鞭。万户垂杨里，君家阿那边。

这么多杨树林子，哪儿是我们的家啊。

老谢

老谢是个大高个,中文全称是:谢·阿·托罗普采夫(Sergey A. Toroptsev),听上去像是脱了铺柴禾。老谢听到铺柴禾就乐了,红光闪烁的大额头上红晕萦绕,很是知识。

老谢是搞电影的,俄罗斯电影协会会员,是编是导咱没好意思乱问,仅看气质就看出来,老谢绝不是一般的角色。

老谢是俄罗斯汉学家,俄罗斯中国文学研究专家,李白诗词翻译研究家。东亚文明研究中心"文学、艺术、语言"组负责人。

老谢还是教授,是俄罗斯功勋学者、历史学博士,在历史中,老谢特别偏爱中国历史,在中国历史上,他最喜欢李白。这个托罗普采夫先生,一篇写李白的论文洋洋洒洒上万字,我们一个也不认识。认识的,是论文中的图片,图片上是李白的诗。李白的诗是汉字,我们大家都认得,还会背。

老谢博士这次专程到兖州来,来兖州和"李白、杜甫研究会"进行学术交流。李白居家兖州二十余年,中间交了很多朋友,还写了很多的诗。李白还在兖州留有剑谱。另一位大诗人杜甫,他爹杜闲,曾经做兖州的官,杜甫跟着老爸在兖州读书,他的处女作《望岳》就是在兖州写出来的:

岱宗夫如何?齐鲁青未了。

造化钟神秀,阴阳割昏晓。

荡胸生层云，决眦入归鸟。

会当凌绝顶，一览众山小。

杜甫想着从兖州去泰安爬泰山。兖州到泰山仅七十公里。

老谢的计划里，也有去泰山。老谢说，李白在山东，兖州是他家。

唐朝开元年间，李白把家安在兖州金口坝和苑庄、章枣附近。金口坝始建于隋代，现为省重点文物被保护着。在唐代，金口坝是运河的码头，东连曲阜，西居兖州，南接邹城。李白移家于此，李白与杜甫的多次相聚，地点主要在兖州城南泗河两岸。

从兖州的武秀、徐叶翎、李伯奇、樊英民等学者的研究中我们得知，约在开元二十二年前后，李白就一马一剑一壶酒地来过一次兖州。李白出长安，沿泛黄河东至汴州，游燕赵后又转向齐鲁，初到东鲁时，在兖州滞留数月，并写诗：《五月东鲁行答汶上翁》《嘲鲁儒》《寄远其十》《初月》《赠瑕丘王少府》等。

《五月东鲁行》表示是李白独自一人，"学剑来山东"。李白是剑客，有以剑会友，以诗会友的意思。说"学剑"，是谦虚。《其十》一首，乃为游至兖州时作，《初月》一诗为诗人在兖州泗水畔望月抒怀之作。当时，他就看中了金口坝。《赠瑕丘王少府》，也是一首初游兖州之作，而且诗中隐隐露出想来兖州的意思。

苑庄西北有片巨大林地，但被京沪铁路从中划开，林地北边就是李白诗中多次写到的尧祠。

王伯奇的《杜甫初游兖州时间考辨》《李白初识杜甫时地新考》认为："开元二十年春正有贡举下第，始至兖州省父，是时杜甫的父亲杜闲正在兖州司马任上"。"开元二十二年，李杜初识在兖州，是无可置疑的历史事实"。论证"杜甫因父寓家兖州，……开元二十年春，比李白早两年有半即至兖州"。李白的《东鲁门泛舟二首》，李兄认为是作于移家兖州之第二年桃花夹岸的早春时节。杜甫《寄李十二白二十韵》中有"醉舞梁园夜，行歌泗水春"，与李白在初春时节月下泗水泛舟时地暗合，从中可看出李杜同游。两位国际级大诗人在兖州相聚，引无数学者羡慕。学者安旗《李白东鲁寓家地考》开篇就说，"旧说均谓李白寓家任城，千年来已成定论，但实际上并非如此"。安先生考证，李白集中在东鲁所作诗文以及在别处所作有关东鲁诗文共七十余题。

李白在《寄东鲁二稚子》中：我家寄东鲁，谁种龟阴田？这首诗不仅写明了李白的住处，更准确地表示，李白自己种的桃树已经三年，"此树我所种，别来向三年"。

李白在诗中文中多次提到的沙丘，应在巨王林村东，苑庄村南，被乡民称之为冢顶的地方，也是被历代文献所记录为"沙堆""北沙堆""沙丘""南沙堆社"的地方。这地方距孔子家太近，乡人较为躲闪"丘"这个字的使用，或故意减少使用频率，这也是一种尊孔吧。

杜甫也来兖州，他写道，"余亦东蒙客，怜君如弟兄。醉眠秋共被，携手日同行"。李白鲁郡送别杜甫的诗中有句，"醉别复几日，登临遍池台"，在兖州，两大诗人一同在泗河上泛舟，一同步石门、登尧祠、访范十、游甑山……携手同行，踏遍鲁城大地。

又是一个秋日，李杜二人又一次相聚，哥们对坐已久，一时兴来，策马登程，同到鲁城北访范十。此行，李白作《寻鲁城北范居士失道落苍耳中见范置酒摘苍耳作》，杜甫作《与李十二白同寻范十隐居》。李杜访范十，遂成中外鲜活佳话。

李白剑谱就发现于范家家谱中。在范家，酒足饭饱之际，李白作诗《戏赠杜甫》；杜自不甘，写诗《赠李白》两首真情毕现的诗，至今读来让人羡慕嫉妒恨哟。

《戏赠杜甫》写道：

饭颗山头逢杜甫，头戴笠子日卓午。
借问别来太瘦生，总为从前作诗苦。

杜甫以《赠李白》作答：

秋来相顾尚飘蓬，未就丹砂愧葛洪。

痛饮狂歌空度日，飞扬跋扈为谁雄？

以"痛饮狂歌""飞扬跋扈"写李白，以"总为从前作诗苦"写杜甫，李逸杜庄，让人神往。

范十的饭也不能白吃，老范请哥俩留念，李白写了一首《寻鲁城北范居士》，杜甫写了一首《与李十二白同寻范十隐居》。算是主宾皆欢。

范家还留有郑板桥的真迹，写的是"君子好做，小人难当"，激愤之情，溢于言表，溢于笔端。据考证，郑板桥从潍坊回去江南，仅在兖州逗留一次，便有墨宝留在范家，可见范氏家族在唐、宋、明、清之势力之庞大，文化传承之悠远。

王伯奇、徐叶翎，武秀等先生对李、杜的考证，在李白研究上具有拨云破雾的重大意义，国家每年的李白研究年会都有兖州学者的论文在会上兴风作浪，兖州的学者们关注着李、杜，国际上的学者也在关注着兖州。这不，谢·阿·托罗普采夫先生专程来了。

武秀先生任兖州市委宣传部副部长、文化局长时，下令兖州文化系统公务员和临时工，不会背二十首以上李杜在兖州所写的诗歌，扣奖金！因此，老谢一到兖州，发现兖州人多会背李杜的诗，不禁大为感慨。

老谢被大家称为"谢老""谢先生"，王伯奇从李白最喜爱的人物中，选出"谢公"作为对这位历史学博士的尊称，老谢一概笑眯眯地接受。

外国人也知道了李白和兖州的关系，这确实让人有点振奋，至于老谢神道到那一步，却鲜有人知。那就喝，像李白一样地喝，斗酒诗百篇嘛，李白就这样喝出来的，大家都是李白的粉丝，不会写诗会喝酒哎，于是，一套连着一套，什么孔孟之乡，礼义之邦，喝酒成双；什么坐着喝端着咽，屁股起来就不算……

实际上，S．A．托罗普采夫开创了俄罗斯汉学这一学术方向。1990年，他研究中国电影艺术的社会政治状况和电影美学。此后，他集中关注中国电影，并很快成为无可争辩的中影通，张艺谋重色彩感觉，使他们很容易找到共同点。2000年，他在发表了一系列关于张艺谋的文章后，撰写出版了首部论及这位张艺谋的专著，书中不仅分析了由几个方向和体裁组成的张艺谋的复杂的创作，还通过他剖析了中国电影艺术的整体发展。

在文学上，老谢对很多中国作家进行过点评，他这样评价残雪：中国作家残雪，她绝对是中国作家中的特例。她的作品达到了我所说的完全自由的境界。在她的作品中，只有人。

我们在喝着，老谢的《中国人的文化历史心理学·哲学艺术观》在构思着。

俄罗斯科学院远东所文学艺术小组这样评价托罗普采夫：先后十几次对伟大的中国诗人李白（公元8世纪）的创作进行了研究，在出版了一系列的文章和部分文集后，诗人完整的传记面世，两年后出版了带有注释的译本，这是在诗人的故乡——中国之外出版的最大篇幅的译本。

这些著作不但在中国引起了研究者的关注，也在西方引起关注。2012年，托罗普采夫被邀请去法国索邦大学和巴黎教授李白创作课程（向里昂大学网络在线转播，后来出版了这一课程的DVD录像）。

老谢风尘仆仆，来了后就喝，喝完就去看金口坝，这儿："青山横北郭，白水绕东城。此地一为别，孤蓬万里征。"这儿曾经："水作青龙盘石堤，桃花夹岸鲁门西。"虽然桃花夹岸的风景不在，但谢老仍兴致不减。他去徂徕山，去曲阜，去邹城孟府、孟庙，沿李白当年足迹，实实在在地考察一圈。

老谢的汉语说得很好，与他用汉语交谈，几乎没什么语言障碍，他使用起筷子来，也很是地道，山东人喝酒的规矩多，但没难倒谢公，有人敬他酒，别人不喝干，他也不喝干；你喝得少，他笑眯眯地也少喝；你一口干了，他要观察观察，见你的杯子亮了底，他也一口气喝干。与他交杯换盏，几乎感觉不到这是个六十多岁的老人，与他说话，你是在与一位老朋友谈心，老谢，绝没有中国知识分子的拿腔捏势，故作高深。

老谢的名言是：正文化是每个民族所拥有的最重要的财富之一。异域学者的文化研究，不仅是窄室内的案头工作，还是世界各民族对话的必然要求。

谢公在兖州仅有三天时间的考察，短短的三天里，上千里的颠簸，几十个景点的游览，还要开座谈会，中间，还不断进行询问、探讨，红光满面的老谢，竟无一丝疲惫，陪者无不称奇。

老谢在兖州一闪就是十几年过去，但兖州李白研究会的聚会时，还有人经常提起老谢，老谢非常高兴莫言能够获得诺贝尔文学奖。他说："我读过《红高粱》和《蛙》。应该说，张艺谋的电影能取得成功，莫言的原著功不可没。"他认为，莫言创作的主要方向是寻根文学，这方面莫言延续了中国另一位作家王蒙的流派。

莫言延续王蒙的流派？这种说法贴不贴谱？不论，且不论吧，老谢还在忙着，和兖州哥们喝过酒的老谢还在讲着李白，讲着电影，就很好，只要有酒喝着，流派不流派的，我们懒得问。

李白不就是这样吗？

最后的秀才们

一个小矮屋，两个，三个，一小片，几百年的渐变，一个二个小矮屋成了一片较大村落，就是巨王林。

巨王林早时被记载的是地名，然后才慢慢形成村名。村名前，此地被叫着后林、东厂、西厂、（前门）箩幅厂、杨家闹子、朱家闹子，三个叫厂的都是为孔家种地的佃户，而两个闹子一个后林，则大多数为兖州城里的地主种地的雇农。

中国人，谁敢买孔家的地呀，当然，孔家也从不卖地。

清末时村名又有演变：后林、杨家行、东厂、（箩幅厂）李家街、（西厂）华家街、朱家街，形成了朱、华、李、杨、宋、倪、田、刘、乔、陈、王等三十六个姓氏的兖州城南较大村落。

被文字记载成巨王林，先是在明朝鲁王府府志中，巨野王是鲁王一脉，四个王爷埋在就儿，是好大一片林。

村名被记成巨王林，是在《滋阳县志》上，满人对汉人王爷坟地管理不再太严格时，当时这地方统属"南八社"，和巨王林近邻村庄苑庄、官庄、肖庄、刘家楼、岗头、大小施村等，都属于这个叫南八社的管辖。南八社之前，是被记录成"北沙堆社""沙堆社""沙丘岭"。

记录是官方的，但民间说法更有规则，这种规则才是文化。

巨王林之所以能有以姓氏为名的"街"，是因为这三条街上有李景春、华凤翔、朱庄驰三个秀才。

李秀才以教书为主，为周边村庄培养读书人，其后代李成全，沈阳航空工业学院副院长，飞机燃油方面专家。李万和，现为济南市爱国卫生委员会主任；李景春的祖上，还出过一个叫李河滨的举人，李河滨，字云岭，生年故事不详。

李家街原名叫前门，和后林对应。前门，是明巨野王林地的前门，估计清时改叫成笿幅厂子，也属孔家佃户，一旦出了秀才，就成了李家街。这个笿幅厂是干什么的，我至今没弄明白，是不是这几个字，我也没搞清楚。

孔府有六屯、七厂、十八官庄。这些厂屯都是上万亩地的大厂大屯，而像巨王林一个村就有三个厂的，是小厂，也是老百姓说的一溜十八厂当中的三厂。一个厂也就一个小甲管着，我四大爷华孝堂当年就是华家街的小甲。二哥华德成，今年九十四岁，还骑着电动三轮到处赶集，他跟别人吹牛常说的话是，咱家是不交皇粮的！

不交皇粮，只有为孔家种地者，敢说不交皇粮，而且不止在一朝。

孔家在我们村的地是鲁王府的地，明朝过完崇祯年后，很多地方都是顺治了，但兖州人却还沉浸在永历年间，鲁王在东南亚，监国监至公元283年，也就是顺治十年，顺治早就把鲁王府的土地，划给了孔家。

华家街以前叫着西厂，自从出了个叫华凤翔的秀才，就可以被称为华家街了。华凤翔这个秀才是巨王林的笑谈，他第一次考上秀才，让人扛了两袋子高粱兴冲冲地回家，老祖一见很高兴，问他考得如何，他说考上了，不过，他卖了，就卖了两袋子高粱。气得老祖摸棍就砸，华凤翔抱头就窜，一直跑到老师那儿，老师一听，也摸戒尺就抡，边打边骂，华凤翔这才知道卖秀才惹出大祸，于是答应一定再好好考。

华凤翔第二次又考上了，这次没敢再卖，于是，家人去祖林叩拜，也就是现在兴隆庄煤矿办公楼那块，就曾是华家祖林，一见是秀才拜林，周围邻地被自动出让，足让出有一大亩地。华凤翔这才知道，秀才这玩意比高粱这玩意值钱多了。

我大爷家的华德亮和三大爷家的华德厚告诉我说,当年他们八九岁时,在秀才爷爷家玩,他们两人一人一边地蹲在秀才爷爷的床镫子上,一玩就是半天。问那床多大,他们说,床比人高,顶着半间屋呢。

华德亮和华德厚同年生人,今年八十多岁了,他们两个在家都排行老二,两个二哥一手绝活,就是玩大牲口。华德厚赶骡子,鞭子打得全巨王林村听得见;华德亮玩马车,隔着四五个人,能一鞭子把新娘子头上戴的花用鞭梢摘下来,新娘子还不知道,风头也一时独骚。这俩老兄,一点秀才的斯文样法也没有。

朱家街的秀才朱庄驰,读书细致,人很谦和,实实在在地准备进举。朱秀才有个邻居叫朱康进,自小也很有读书人的模样,但读书的本能却一再被别人超越过去,但他读书人的样子,却实实在在地先生样子了。

朱康进被村民称之为大先生,意味比先生还要高一点点吧。在他兄弟三人中,他排行也是老大,这更证实了他大先生之名堂堂,更货真价实地是,朱大先生又开了家私塾,这简直是太先生了。

但大先生传道解惑给弟子时,却经常被小家伙们诘问住,弟子问,先生,你昨儿个给俺不是这么讲的呀。

大先生很是困惑,昨儿个讲的么?今儿格已记不起了。

但他的隔壁是朱庄驰,是真秀才,是他本家侄子,是个真读书的人,于是,逢大先生领着小先生们,碰到难办的题,大先生就隔着墙喊,庄驰呀,我讲半天,有点累了,你跟他们解惑解惑。

于是,朱庄驰就在墙头上露出半个脸来,问讲到哪里了,然后给学生们续着讲下去,大先生也边听边点头,说,不错不错,讲得很不错。

朱庄驰就是秀才,学问好,但没入仕。等他的学问能中举时,大清已经不兴秀才和举人了,他便一下没了目标。

大先生兴致勃勃地教书育人，还能讲点课外见识，他又当过乡长，是县委委员，家里的地有几十亩，越混家里地越多，他的脑门也越来越亮，但是，他还是喜人叫他大先生，而不是乡长、县长、太爷一类。

巨王林有两个地下党，均是大先生的学生。

大先生的老妻是个善良人，有小朋友到他家去，她总爱给孩子们一些吃的东西，大先生心痛，但又碍于师道尊严，又是领导模样，只能用鼻子吭吭，却是说不出什么。农忙时，大先生也要雇些短工的，逢这时，先生奶奶送饭时，就多带上一些，有跟着大人玩的小孩，她也分给他们吃一点，大先生有次忍无可忍了，跟老伴说，你在家待着，我去送饭。

短工们一看县领导亲自送饭，都笑了，大伙不吃菜不喝汤，只抓着馒头猛往嘴里掖，几口就干光了，几人全可怜巴巴地看着汤和菜，也不说话。大先生不好意思，回家再取干粮，几口又吃光了，还是没动汤菜，大先生目瞪口呆，从此再不送饭。

巨王林的秀才们，故事平平，特别在清末时光，光怪陆离的时代，每天下地出工干活，巨王林村的人们，都要跨过京沪铁路去，一条大动脉把巨王林这种村落，以一种不可思议的速度割裂又串联在一起，无论你的速度是快是慢，割裂融合，融合再割裂，恍恍然呼啸而去，恍恍然呼啸又来的撞击感，却时时刻刻猛惊世人，历史的碎片，田园牧歌式倒影，全处在摇摆不定中。

无论你站，无论你躺，无论你是清醒还是吒怔，世界就这么恍起来了。

秀才们更是恍恍然。朱秀才只好兼职朱乡长的学堂，学生们觉得大先生好玩，秀才先生认真，也好玩，大先生奶奶当之无愧的菩萨。

李先生好像去外地新学堂去教书了吧，很多的老人也记不起他了。

华秀才的故事在几个侄子们外号中体现：有个叫"螺丝把"者，是村里较早走出去在铁路上谋生之人；又有一个叫"药鬼子"的掌柜，拿药认药一绝；还有个叫"关东财主"，是在东北立足，有个叫"黄胡子"，不知混啥营生；又有一奉军军官，自改名叫"守山"，据说他在奉军的真名，却不是这个，他的家，百年前就在唐山。

我家四哥出生在七十八年前的夜间，那是个冬季，我大爷到房外抱些柴禾烧水时，突然发现门口竟站着两个民党乡团的人在吸烟，我大爷吓了一跳，那两个团丁也没说什么，吸完烟就走了。我大爷心里不踏实，天刚明就去请教了本街教书的高三先生。高三先生说，这个小孩可不简单，刚生下来就有扛枪的跟着，大了肯定有出息。我大爷很当真，全家人的资源集中到老四一个人身上，六个哥一个姐当中，就他上到中师，又在黑龙江一处农垦当了校长。算是华秀才一脉的传承。

在巨野王墓地，秦姓皇冢顶，以及遗落在附近的颜子书院、澹台明灭墓、埋着元代官员王思诚的王固堆、天马行空诗人画家刘子钟的刘家楼，以及传说中坐怀不乱的柳下惠祠堂等历史遗迹，甚至于李白反复吟咏过的沙丘城，也随秀才们慢慢淡去。

巨王林新式学校是一九五五年七月一日正式注册成立。

乡间音乐

清中末时,兖州城南巨王林村,较有名气的有倪家六盏灯,其实是倪家六兄弟,后一个字全是登,倪俊登等等,登和灯同音,于是便成了"灯"。

这兄弟六人,吹拉弹唱全活,是个乐队班子。出名后在兖州城南一带活动,真名反而没人知道,老大老二也容易被人弄错,但名气反倒更大。特别是有白事,就有管事的说,人快不行了,喊后林的六盏灯来吧。

鲁西南民间,重大事件要用"乐"来表示,"乐"上说,该"乐"上了,"乐"来了没?

乐,是人,是戏班子,是在事件中单独的仪式。乐,既有孔孟之乡古色古意的庄严,堂皇,又有乡间土音的质朴和聪慧。

乐与乐之间有竞争的,特别是涉及到伦理道德的不同观念,是戏班重戏所在,唱段反倒排在第二,老戏迷对此较高的评价是"欢着哩"。

乐,除去谋生的作用外,自得自乐的意味更是显然。

我认识倪家拉二胡的一位老者,和谋生无关,他喜欢拉二胡,他是觉得拉二胡极有意思,极有意思的事情,就是有意思,和生活无关。

这位老者活到现在应过百岁,他不识乐理,不识简谱,更不明白宫商,就是吱咯吱咯地拉,大家说好听,他就摇头晃脑;大家说,拉的什么呀,别膈应人了,他便把音拉低,慢点低点地找感觉。

知识青年上山下乡时期,那些个孩子们见这大爷拉得好听,但却不知所拉是什么名字,不禁称奇。有个小伙子吹口琴"北京的金山上"吹过一遍,倪先生眯缝着眼睛,拉一下,再拉一下,等两遍过去,小青年承认,倪大爷拉得比他吹得好。

老汉连忙摆手,手艺不如口艺,还是你行。

前街有个老和尚,其实是没人跟他说媳妇的光棍,外号老和尚。关于他的歇后语是——边洪德吹笛——没谱。

这同样是位音乐爱好者,但没有钱雇请老师,无学友,便自学自练自娱其志,一生一笛一种感受。曾经,村里组织宣传队,让他配配乐,结果,配了半天,大家没搞清他吹的是啥,他就只能独奏去了。傍晚时,在村外如撒欢马驹,欢快上一阵,吹一阵小鸟在窝外打架,再回家睡觉。

巨王林被公认为在音乐上集大成者有三,首位华守仲,是个盲人。上古,有"瞽史",是朝廷专设的盲人官员,专司打击乐。在民间极其神秘。

华守仲自小自造胡琴,揪牛尾马尾,找竹筒藤条,造成一个就拉,拉坏再造一个,接着拉。幼童时,别人唱他跟着唱,别人吟他跟着吟,无法识字,但文章却旁听许多。少年时,他哥哥华守田,从李家街李先生家,寻到一本《雷公子投亲》,故事是才子佳人的老套路,但语言风格特贴近平原地带,故事发生地,也无崇山峻岭的曲折,乡谚、土语入话,那格外强调孝道的语境,一下便吸引老少听众。兄弟两人读上一段,再慢慢编成能说能唱的韵脚,再进入山东柳琴系列说唱。

全书听罢编好,手拉二胡,脚踩梆子,手下铜镲带把子鼓,竟然一人全活,村人无不称奇。在民国时期,民间说唱艺人是被称为先生的,特别是能拉能唱还能现编一些小段子,也叫小书帽者,格外受人尊敬。华守仲华先生在曲阜兖州城南一带声名渐起。

这支活跃在曲充二府城南的民间乐团,华守仲既是头牌又是团长,七八个人的队伍,红白喜贺,热闹非凡。关于对他的评价也各有千秋,有人说他唱得好,特别是道情戏,能让小孩不闹,老头老太太不困,几百人的打麦场鸦雀无声;有人说他拉得好,特别拉的京胡,如泣如诉,让人心酸;又有人说该先生为人好,大气、江湖,从没有在金钱上与人沉下脸色。一个先天盲人,竟混出偌大名头。

华先生的爱人也是个盲人,相比较于从小就乐观向上又聪慧自尊的华先生,一直被家人格外同情和照顾的先生奶奶,结婚无疑是到了另一新天地。两人经媒人介绍结婚后,先生奶奶常说的一句话是,你咋知道这么多?或说,这你也知道?竟成了先生的崇拜者。有那比较顽皮者,专追着先生问,你咋知道这么多?先生大笑。

剧团,或叫宣传队,或叫戏班子,别论叫啥了,到了四清时就全清了。大家说,华先生分到了一个胶皮轮子,两个戏箱子,几个板凳呢。

那是个压不住青春的年龄,那是一颗火烫的心在蹦。人,很多的人,能压住自己的欲望,火烫的心随秋风秋雨而渐凉,但华先生不忍这类寂寞,一把京胡在他手中学鸡叫,公鸡往他身边跑;拉狗叫,狗支着耳朵到处寻找新伙计;更有趣的是呼喊人名,学夫妻两人斗嘴,一男一女一人一句极是好玩,至今还有人想起华先生来就不禁发笑。

"两口子吵架找媒人,媒人不管让找大队,大队管不清,队长说,是非曲直晚上自各儿论,今儿先出工。大家老远听着很有理呢,走近前却只见先生一人,一把京胡。"

生产队里,能适合华先生的工作不大多,打绳编织类的又是极少,华先生五个子女,七口之家艰难不止,但华先生那儿却笑声不断,人惊讶之声时起,是华先生在指点迷途。

什么时代有什么时代的失意者,什么人生有什么人生大转弯,什么样的家庭上有什么碗锅的碰撞,什么岁数的人有什么岁数的喜悲,于是，大睁着眼看不清路，找不到人、感不到光的人很多；支楞着耳朵听不到音的人，听不对音、发不出音的人，也很多；眼看不到的人，心里更明亮；一把京胡，发出的是大千世界的音色。

谁家的猪跑没了，找华先生；谁家孩子找这个媳妇如何，找华先生，白天不能找，晚上去找；白天不能问，晚上去问；据说，几个想进京接受毛主席接见的人，晚上也问华先生，往北方行，是吉是凶？带多少煎饼才不挨饿。

很多人都觉得，只要不被驻队干部发现，爱啥是啥吧。其实，驻队干部早发现问题了，悄悄问大队干部知否，村干部支吾半天才说，干部的粮食不多了。

意思很简单，华先生一家好几口，你们驻队干部要管伙食，来了，就不走，你们养着吧。

华先生很超脱。

袁世友是打鱼鼓的。鱼鼓"截竹为筒，长三四尺，以皮冒其首，用两指击之"。平时，一人拍打着鼓，道白几句就唱，鱼鼓乒乓响。他的爱人也是他的合作者，此奶奶，姓何，名天俊，何天俊脸上有麻点几个，又抽烟喝酒，反倒一腔好嗓。他家住在官道旁，左右就他一户，四清后也是收拾鱼鼓回家，夜晚杀狗煮肉卖。他说，自家这老汤，有三百年的沉积，汤可比肉值钱。故而，他只卖肉不愿送人狗肉汤。

但也有几个例外，其中就有咱。我上高中时往返学校，学生自带咸菜煎饼，学校供玉米糊，狗肉汤在冬天结晶，用小勺粘一点，完全可作为咸菜吃。同学们见状新鲜，便尝试新鲜，一试连呼美味，一下便被抢光，再到星期一，有同学见我，老远就喊，带狗肉汤来了吗？我还没来得及回应，另一同学叫道，狗肉汤，狗肉汤来没？搞得我再不敢往学校带狗肉汤了。

何奶奶是个骄傲的人，在我的记忆中，她抽着烟，总是望着那条由西北向东南官道，官道之上，有这谜一样女人的什么呢？

没有几人能听过何奶奶唱歌，但从她那一听袁世友打鼓唱起时，她总是无意识地一撇嘴角，真有嘲弄的味道。

那是一个没月亮的晚上，父亲给我两毛钱，去要狗肉，还要点汤。狗肉汤养胃，凡小朋友吃喝不爽之时，要点熟狗肉加水轻煮，让小朋友喝汤就好。直接喝狗肉汤太咸，太凶，非酒鬼壮汉不能享用。

快到袁世友狗肉锅时，听到一种从没听过的歌，听不出词，但音调却是婉转清悠，不是唱，是哼，哼出来的曲调让人格外入心。我站在那儿没再往前，脚步一停，她的声音一会也停下来，从官道那转过脸来，我感觉，那晚上，她的脸好像比白天要白，还要亮，这，肯定是记忆出了问题了。

三位民间音乐家，华先生是为生存而硬上梁山，还没到山便爱上了这山。袁世友是从小学艺，读书不成进入戏班子。我认识一位唐先生，是在家中贪玩，不好好读书，所以跟戏班偷跑出去。他曾和袁世友搭班子唱过鱼鼓。唐先生说，袁世友的拉魂腔，唱老人苦，哭夫妻坟，唱得最好。我问唐先生，比你如何？唐先生哈哈一乐，比我强，比我强，我也就吟个古文，弹弹琴，真唱，拿不出腔，控不住脸。比不得袁世友，更比不过何先生，

何先生？何天俊？何天俊是她的真名吗？

袁世友家，不是那个卖狗肉的吗，什么，她会唱戏？没听说过。姓何，不知道。村里很多人这样说。

四清把这些个旧的、才子佳人式的说唱给封闭起来，另一类群众剧团则兴起，二十世纪六十年代初，巨王林的高跷，腰鼓，大秧歌，在兖州城南，逢比就是第一，从来都是第一。于是编歌唱道：

> 辣椒胡椒一心椒，
> 上级叫俺踩高跷，
> 上级要没这回事，
> 俺也不会踩高跷。

每次欢天喜地闹得最欢,却唱这队摇,让总得不到名次的比完就灰溜溜地往回走,让人烦心,烦心巨王林总是第一。

踩高跷热过去后,巨王林改为东风大队了。

据姜玉生、边洪群两位先生《我们村宣传队》回忆,1965年自发成立的东风宣传队,第一部戏就排《传枪记》,华孝斗演玉生,李洪兰演小缨,一时红极,风头盖过吹拉弹的乐队。回忆录同时说,"负责打鼓的穆加祥因陋就简,用筷子敲瓢当作板鼓,同时还指挥乐队演奏,引起广大群众的惊奇和喝彩"。

这年发生一件振动兖州城南之大事:巨王林花了三百多块钱,买了架风琴。天,这个村真有钱,有钱也真舍得花。

三百元,相当正县级干部一年的工资总额。

欢乐不是贫穷能消融的。贫穷的欢乐有独特的风韵。村里排的《传枪记》是京剧,而随后排的《农奴戟》便成了豫剧,仅演员就要四十多人,加乐队就是六十多人的大队伍,全是本村的,差不多家家都有练戏的。一场戏正式在村里演出,几个村扶老驱幼地来看,一次一丁多人的观众。

何驱幼?让小孩来提前抢占看戏场地。

东风村宣传队排演过整本《红灯记》《沙家浜》大剧,也整场自编小表演唱,各种曲艺形式都有尝试,所谓的下乡知青,在近百人的大剧团面前,他们想跟着敲敲梆子,也要大爷二爷地喊着,才好跟着村剧团喝点咸汤。

每逢正式演出时,烧一大锅咸汤给演员和乐队喝,至于干粮,要从自家带。这也是著名的伙食标准:"带着煎饼管个汤"。

我是在1974年加入宣传队的,是学校宣传队,当时村里还有两个宣传队在排练,东风大队宣传队,道沟公社宣传队,都是毛泽东思想宣传队,一到晚上,大队院内有十几间明亮的大房子,每个宣传队都占三间或两间,我们学校宣传队,只占了一间。其他几个屋内,都有节目排，有人问，还有闲屋吗，你们四个来这边。

那时，村里已有了电，不是去外村演出，在本村，已不再用汽灯。

每一个晚上，公社练公社的，学校练学校的，节目不一，唱腔各异，情绪肯定较为一致。我之所以考大学时差了很少一点分，怕是与总想演戏有关，演戏，唱歌跳舞，就是比他妈的上学快活嘛。

老城

一

很多的人,把兖州都念成"衮州",这一"滚",就滚得没了文化。真正没文化的还是兖州人,我就是其中的一个。

那年,十三岁,第一次随父亲进城。谁会知道这个有着很多排车和洋车的地方,就叫兖州老城呢。父亲说,今天,我领你进城去看看。进了城,当时就说是到城里去,没人说是去什么兖州。

当时,对兖州城的印象是小和尚下了山的印象:城里的老虎,比我们村的老虎脸白,穿得也干净,从旁边走过去,还能闻到雪花膏的香味,这香味儿,隔开了一个农村孩子和城市人的心理距离,也唤起了一个少年朦胧而不确定的意识。

知道自己和兖州有关是在上四年级的时候,老师把一封信交给我,让我带回家去给父母,从信封上,我看到了"山东省兖州县道沟公社巨王林村华家街",其他的字,都还认识,就是这个上下结构的六兄,我念成了滚。老师一听就说,滚,那叫盐,兖州的兖。还滚呢,快滚回家吧!

从此,我知道,这个被人误读作"滚"的字,念"兖"。这个兖,在字典里仅作为地名使用,而且,自己就是兖州这地方的人。

兖州是什么?兖州在我的意识里是城里,城里好像才叫兖州,城里抹着香喷喷的白浆糊的人,才是兖州人,而自己,不过是兖州的乡下人。

二

兖州人爱抱怨。

他们最爱抱怨的,几乎是人人都抱怨的,是兖州县委。

当年,兖州县委把一个叫兖州矿务局的单位给撵到邹县去了,兖州矿务局竟然设在了邹县,外地来的商客常常目瞪口呆,外地出租车来兖州大呼上当,而出差来兖州的则哭笑不得。这事,让兖州人的心里一年痛似一年。

特别是,这个矿务局迅速发展,由几百人到几千人,由几千人增到几万人,现在,兖矿集团已发展成为我国唯一一家拥有境内外四地上市平台的煤炭企业,形成山东本部、陕蒙、贵州、新疆、澳大利亚、加拿大"六大基地"发展格局。在全国煤炭企业普遍亏损的境况下,兖矿跻身世界500强,排名中国行业前五、世界前七;2018年上半年,资产总额突破三千亿元。把个原本要比兖州穷、原本就比兖州土气、原本比兖州县级单位少的邹县,一下子变成了全国百强县,连火车都不大愿意停下来的小城,如今高楼耸立,道路宽广,饭店里的菜价比济南府的都高,但好的饭店仍然是座无虚席。这实在让兖州人的眼珠子都瞪红了。

他们觉得,兖州矿务局当时要是落在了兖州,兖州早就、肯定、完全一定超过济宁、凌驾曲阜、笑傲邹县了,还能到今天这样寒酸?

兖州人叹息之余,很是愿意谈谈毛主席和邓小平。毛主席说,唔,兖州,兖州有隋塔。

兖州的塔叫兴隆塔,毛主席说得很对,塔是隋代建筑,历尽风雨上千年,炮火连天若干个世纪的兴隆塔,至今完好挺拔。

当年,兖州没什么高层建筑,兖州的空气也没有被污染,站在塔顶上,往北看,泰山山脉连绵,像一条绿色巨龙,直向东边大海舞去;南看峄山峰顶,白云围绕,气象万千;西看运河,如一条白色绶带贯穿南北;近看塔下,泗河由东向西而来,在塔东向南轻轻调头,绕塔而行,直奔西南的微山湖而去,河面上波光粼粼,祥瑞千条,泗河两岸白杨挺拔,绿柳依依,又有鹭鸶水鸟,时常徘徊塔前河滩,当真人间美境!

兖州的老人们常说,兖州四周的土地是世界上最厚实的土地,几千年来,再旱再涝,其他地方颗粒不收,但兖州总能收获一季的庄稼,麦子淹了点玉米,玉米淹了种绿豆,绿豆旱死了点荞麦,准不会让人一年无获。

传言道,兴隆塔所"镇"的是一巨鳌,鳌鱼眨眨眼,就会闹地震;此鱼摆摆尾,便会江河无界,世界一片汪洋;要是这个鳌鱼不小心翻个身,那就天塌地陷,日月无光。

兖州兴隆塔建于隋仁寿二年正月二十三日,全国五十一个州同时开建,要求同时完工"期用四月八日午时,合同化内,同下舍利,封入石函"……

四月八日是佛诞日,这一天,五十一州同时举行舍利供奉活动,正是家家洒扫,倾城远眺,总管刺史诸官人夹路步引,宝盖幡幢,华台像辇,佛帐佛舆,盛况无限。

兴隆塔内供奉的是佛顶骨舍利,在地宫石函中,有鎏金银棺、金瓶、舍利、"佛牙"和琉璃瓶等文物,"安葬舍利"碑刻,详细记录了兴隆塔和地宫的建造年代、原因和经过,记述了顶骨真身舍利的来历和供养过程。

兖州兴隆塔,塔高五十四米,平面八角形,是一座八角楼阁式空心塔,高十三级,其塔身逐层递减,下七层高四十米,雄浑硕大,上六层高十四米则骤然缩减,形成"塔上塔"的奇观,是国内所仅见的"母子塔"。1936年,中国建筑学家梁思成、作家林徽因夫妇,专程到兖州来测绘此塔,并录入了《中国建筑史》。

所以,毛主席对这个隋塔很关注。

邓小平来过兖州两次还是三次,老百姓记不住了。老百姓记住的是在兖州火车站。在兖州火车站,邓小平问,兖州的同志来了没有?结果,兖州的领导被警卫隔在了外边,里边,是济宁市的领导。

邓大人问,不是兖州管着济宁吗?你们来干什么?我要见见兖州市的领导同志。

大家给他汇报,说是济宁管兖州,邓小平同志听了说,唔,济宁管兖州,济宁……兖州……唔,历史上,都是兖州管着济宁呐。

三

兖州确实管过济宁、邹县、曲阜,当然还有宁阳、汶上什么的。老革命家说得没错。

《尚书·禹贡》最早记载了兖州。

兖州,是大禹治水以后,划分九州之时而得名。但还有资料说,从黄帝时就"方制九州,列为万国"。那就更早了。

兖州的"兖"是什么意思呢?一说,"兖,端也,信也。"

也就是实实在在的意思。

兖州,在汉代时,管着八郡百县,比现在济宁、菏泽两个地区的地盘都大,在兖州当官的,是二品级别,正儿八经的省部级衙门。

当时汉代有十三个兖州一样的刺史州部,如此说来,比现在的省委权限都大,刺史这个官,可是又管军又管民,是和封王们对抗的主要力量。

这也是兖州老人们最津津乐道的话题。

那时的兖州治所，却是在河南最北地，河北最南地，山东最西地，山西最东地，具体到今天说，是在现在的河南安阳、山东巨野、郓城、金乡一带转悠，能堆起土围子来，就是一方诸侯，或一方土豪，或一方强项。

黄河当时尚浩荡，从王屋山发源的大河，有一条自南向北的"兖水"。

兖，兖水。

"州"这个词也很厉害——"水中可居者曰州"，指很广阔的地方，四周都是水，中间者才叫州。这个州，就是现在五大洲的"洲"的意思。古人喜欢逐水而居，最是讲究生活和享受的，他们看中了这个地方，才能叫这个地方为州，看不中的，还不定乱叫个什么名字呢。

兖州人骄傲的还不仅仅是地名好，不仅仅是皇天厚土让兖州旱涝保收，还有水好。兖州的水，是鲁西南地区最好的水，这没二话。小时候进兖州城，见一老头赶着牛车，拉两个大木桶，父亲就告诉我，这是卖水的。

水也能卖？当时觉得这事怪怪的。

兖州确实有卖水的，虽然兖州城里有很多条小河，当时的小河很清很冽，有不少人家其实就用河里的水洗衣做饭，但生活讲究的人家，以及茶馆、饭馆什么的，都买水喝，买的水也不远，是城东金口坝的泗河水。

兖州火车站下，就曾挂一招牌：纯泗河水烹茶。

金口坝下有巨泉数眼，河水泉水在此吼吼不息，水温蕴甘甜，比河水清冽，比泉水蕴厚，当然不同凡品。

兖州境内有泗河——"泗水流、汴水流，流到瓜洲古渡头，吴山点点愁"的泗河、有汴府河、白马河、南泉河四大水河。

这是有名的河，没有名的河，太多了。我小时候，就曾到小泥河里去摸过鱼，到东大沟洗过澡，这些都是没名的小河，当时有鱼有虾还有水鸟，现在，全被推平了。

兖州还有几条地下河，别的不说，兖州城南我们村后的一条东北西南走向的大沙河，却是大有名堂。上个世纪的五十年代，苏联来专家在我们村后边开矿，打下去一百多米深，上来的全是沙，呼一下子，整个井就报废了，连设备也没打捞上来。现在，那儿只剩个大井筒子，深不见底，里边，有一种红眼的蛤蟆，很是吓人。老人们说，这种蛤蟆就是地下河里的，吃人。

1981年，国家派人来进行资源调查证实：兖州地下水流向是由东北自西南，含水二至三层，沙层厚度为二十多米，估计储水量为19.25亿立方米。

兖州的地下水让苏联专家丢完了面子。兖州的河水也很有脾气，当年，孔子就是站在兖州兴隆塔的东边悟出来：逝者如斯夫，不舍昼夜！

孔老夫子的家，紧靠着沂河，沂河河宽而水平，特别适合光腚孩子在里边洗澡，所以，孔子才觉得领着几个人去洗个澡，唱个歌，回来的路上再拔上几个萝卜吃，是很好的一种生活境界。但他见到泗河时，就觉得水流湍急，吼吼有声，这才显出不舍昼夜的急促。

这种急促也使兖州人的脾气里，宽厚实在之余，多了几分强硬和慌乱。

四

兖州人说话，比起吴越之地的燕语莺声来，显得嗓门粗大，又夯又实；比起东北人的直爽和准确，又显得后音太重，词语上也没留点余地。老百姓说，人嘛，说句话，就要砸一个坑。

整个的一个拧屈别筋认死理。

兖州人做生意，最烦讨价还价，一律一口价。"济宁州的买卖拦腰砍"，而在兖州，你降个百分之十，卖东西的就跟你急。

请朋友们注意，您和兖州人交往，千万别说兖州孬，谁说兖州孬，兖州人跟谁急。

兖州人天生的本土意识强。

古代的兖州，"家家自以为颜路，人人自以为求由，人皆知读圣贤书，文质彬彬乎过人，弦诵洋洋乎盈耳"，孔子的七十二贤当中，第一大弟子颜回就是兖州人，他家"陋得"，文革时曾改为红旗一村，现在叫三官庙。比颜回早一点的一个叫柳下惠的人，坐怀不乱，美女夜入其怀而不淫，两千多年来被人们或佩服或嫉妒，或不屑，或怀疑，但他之所以被人们议论着、评点着，就在于他的这个性格和为人。

《孟子》中说，柳下惠这个人"不羞污君"。换成现代汉语就是：不嫌当官的混蛋。他自己从来不因为官小而辞职不干，不因为事小而不尽力，做什么事就像什么人。人家不理解他，他也不怨恨什么，人家理解他，他也不激动，我行我素，该如何还是如何，"遗失而不怨，厄穷而不悯，与乡人过，悠悠然不忍去也"。

于是，一向看不起人的孟子也由衷地赞叹："柳下惠，圣之和者。"

嘿，看看，至圣孔子，亚圣孟子，和圣，则是柳家的这个大儿子。

其实，柳下惠姓展，他家住柳下邑。柳下邑在兖州城西北。

柳下惠的性格影响了兖州人的性格几千年，直到今天，兖州人堆里，很少能找出几个当大官的人来。兖州城里的人，混个副科级就很满足。兖州乡下的老百姓，能吃上公家饭就又很满足。

和兖州人共过事的人都知道，兖州人身上，带着一种傲气，很少有人见兖州人低三下四到处求爷爷告奶奶地给人送礼。在兖州城里跑官买官的，也多是外地人，兖州的老户人家，是不屑于巴结别人的，他们觉得，我已经有的吃有的喝，还求你干什么？

孔子问颜回:"家贫居卑,胡不仕乎?"意思是,你现在过得这么穷,干嘛不出去做个官,弄点钱呢?颜回回答:"回有郭外之田五十亩,足以飧粥;郭内之田十亩,足以为丝麻。"有吃有喝还有穿,虽然不太充足,在颜回看来,这就很不错了。

兖州人,为自己心中的理想而活着,吃、喝、穿,不过是身外之物,多点少点没有什么。这种不在乎物质享受而重精神自娱的生活态度,成了兖州人内心的生活标尺。

我曾写过一篇唐先生的文章,在他身上也体现着这种品质。老先生一生穷困不堪,以给人补鞋、算卦为生,但他却还写诗抒怀,每天短褐坦腹,笑傲人生,不汲汲于富贵,更不媚于世人。除他老人家,我还碰到过一位给人理发的老者,老头儿气度不凡,出口成章,一问之下,竟是国民党时期的大官,那理发的剪子,也咔嚓出另一种洒脱人生的滋味。

这是老一代的兖州人,有次在兖州坐三轮,蹬三轮的小伙子很招人喜欢,和他说了一路的话,他竟然是对越反击战的二等功臣,下岗职工,同时,还是一个文学爱好者,且读过卡夫卡、茨威格、《西线无战事》,乖乖,再问,这伙计把当代文坛的美女作家们指名道姓地骂得一钱不值,说她们是骚乎乎地不懂"大地"。

这就是兖州人,安贫乐道的兖州人。就凭这蹬三轮车的伙计,要去深圳打工,每月也能收入个两千三千的,但他不愿意去。

兖州人,把所有兖州以外的地方统统称为外地,到外地去干什么?他说,挣多少钱是多?钱,还有挣完的时候?!

五

上海人的傲慢是为了心理上设防;北京人的傲慢是为了显示皇城

的与众不同；而兖州人的傲慢，则有点乡下祖父的感觉——死脑筋加上阿Q。

兖州人的词汇里，"伙计"这个词用得很频繁，高兴了，咱是伙计；挑衅的时候，也是用伙计，"怎么着伙计？不服？不服咱去南大桥练练。"兖州城里的二流子们喜欢这么说。

南大桥是泗河的一段缓冲河床，这儿河面开阔，坝高水缓，在这儿打架有君临天下之感，很有梁山兄弟的遗风。不打架的时候，兖州人散步到此，也有极目楚天舒的壮观情怀。

一个青年走来了，这是个官家子弟，但却没有官家的洋洋自得，而是显得忧郁惆怅。他爹，可是兖州司马，管军队的。

他来到了南城门楼，看着滚滚西去南行的河水，久久不忍离去，这位年仅二十岁的青年写下了他的处女作：

东郡趋庭日，南楼纵目出，
浮云连海岱，平野入青徐。
孤峰秦碑在，荒城鲁殿馀，
从来多古意，临眺独踌躇。

这个青年叫杜甫。杜甫就站在距南大桥的不远处，在他这首《登兖州城楼》诗里，我们看到了青州、徐州，看到了峄山上的秦始皇时期的李斯碑文，更联想到鲁国故城的落日景象，因此，他才觉得此地古意浓郁，水土非凡。

杜甫就在兖州读书、游玩，兖州周围的景致、地理、人文民风，深深吸引着他，感染着他，兖州人喜欢怀旧的心态，也影响着诗人的生活和写作。颜回、柳下惠、澹台灭明等先哲圣贤的文化传承，也给诗人以忧国忧民的启示。

又是一个春夏之交，满兖州城外的麦苗已没过人的膝盖，荞麦红了,油菜花开了,布谷鸟从兖州城的兴隆塔上飞过去了,河水也由青变蓝,杜甫又一次登上城楼远眺,与以往不同的是,这一次,他的心跳显得格外快,他的周身也热气腾腾——阳光,比往常更加明丽,一种经天彻地的壮美情怀,在他心中大放光明,他转过脸来,看到俊逸飞扬的一双星眸正笑吟吟地盯着他,不由他微微地震动一下,再也不想把目光挪开。

来人微微一笑,吟道:

"我来竟何事?高卧沙丘城。"

杜甫大惊。

李白和杜甫,唐代,不,中国,不,应该是世界——世界上最闪亮的两颗巨星在此相会了,中国文学史上最壮美的一页掀开。

闻一多在一千多年后写道:"在我们四千年的历史里,除了孔子见老子(假如他们是见过面的),再没有比这两个人的会面更重大、更神圣、更可纪念的了。"

李白在兖州居住了二十多年,在泗河的金口坝不远处,他一家安顿在此。在这儿,汇聚了当时一大批的文人雅客、高隐侠士:除李白、杜甫外,还有孔巢文、裴政、陶沔、张叔明、高适、范博等,这些诗人侠士或骑马或骑驴,经常在一块吟诗,喝酒,清冽的泗河水,滋润着天涯游子的心灵,李白诗歌中积极乐观的理想展望,风格上的蓬勃气象,"长杨扫地不见日,石门喷作金沙潭"的淋漓酣畅,都显示着在兖州登高远望的自然意象。

兖州人把李白与杜甫相会之处称为"少陵台",意思是杜甫在那儿吟哦,李白又气象万千地登上该台,双星共耀天地日月,诗仙诗圣同晖古城。

我是在四十多岁的时候才得知李白居家兖州二十多年,杜甫青少年时期屡来兖州探望老杜的,这要感谢李白杜甫研究会的武秀先生、徐叶翎先生、李伯奇先生,是他们史海拨雾二十多年,不仅将李杜在兖州所写的诗歌一一注释，而且把两位巨匠在兖时的住址、活动时间等等也考证得详详实实，在国内外引起巨大反响，也给兖州骄傲的历史上，增加了更耀眼的光芒。

二十世纪某年，兖州已做好计划，要修一条东西几十米宽的大道，路正对着少陵台，文化局长闻知大惊，当下，立时找到市委书记、市长，说绝不能动少陵台的一草一木。正因为文化局长的坚持，该大道才挪了位置，少陵台得以存矣。

李白身上的浪漫主义光辉和杜甫身上的现实主义理想，同样显示在兖州人的性格之中。兖州人的浪漫主义情怀更多体现在他们不畏权势、不惧打击、据理力争的生活当中。

兖州人喜欢上访，不顺眼的事，敢告，敢说理、敢论理。

古代，兖州就有揭竿而起、纵横齐鲁，被称为中国农民起义第一人的大侠"盗跖"，就是这个盗跖，说出了千古一声：盗，亦有道！

把儒、道、佛的教义教经给尴尬在那儿，哭不得、笑不得，还理论不得。

这个兖州出身的强盗的祖师爷还认为，做小偷和做强盗，也有圣、勇、义、智、仁。他说：你能判断这家人的家中有你能偷的东西，而且还能猜到放在哪儿，一下就能得手，这种分析和把握，就是"圣"；大家一块儿去偷，你先进去，不怕被逮着，这就是"勇"；偷完了东西，掩护大家先撤退，你留下断后，这就是"义"；知道这家人防备没防备，哪个地方防备得最薄弱，这就是"智"；东西偷来了，还要分得公正，这就是"仁"。

他谆谆告诫他的弟子们说："五者不备而能成大盗者，天下未之有也。"

兖州曾有"盗跖庙"。据说香火甚旺。

给强盗的祖师爷也立座庙，世界上怕只有兖州人有这个气概。

六

兖州人见面,总是问:"罗罗嘛呢?"

意思是"你最近在干什么?或者忙什么?"再大的事,再要紧的事,在兖州人的嘴里都成了"罗罗"。

我极怀疑这个"罗罗",是从"啰嗦"中简化而来,两人吵架,第三者过来劝:"罗罗嘛?还不该罗罗嘛罗罗嘛去?!"工作是罗罗,吵架也是罗罗。这个罗罗的意思,在淄博,是被说成"捣鼓"的。"捣鼓啥伙?"也是你最近在干什么的意思。但这个捣鼓,细分析一下,却有专心致志的意思,有细心研究的本意。

而罗罗,则显得随意而轻松,仿佛没放在心上。

"你净胡罗罗。"

这就是对这个人的责怪和抱怨了。如果罗罗就是啰嗦的意思,那么,兖州人所用的罗罗,原意就是:什么事都是啰嗦事,都是无关紧要的,是和"大道"有碍的。

兖州东邻曲阜,自古有曲兖二府不分之说,兖州古时曾被称为"鲁门",孔子周游列国,刚出城不远,就遇到两个小孩在路中间,争论太阳早晨离人们近还是中午离人们近,问孔子,孔子没能回答上来。

这两个敢在大路中间争论天文学和哲学问题的小孩,就是兖州人。

还有两个兖州小孩儿更霸道,他们在路中间撒尿堆了个"城",孔子的车子从这儿经过时,他们瞪着小眼睛问孔子,是城让车呢,还是车要绕着城走?

孔子讲究个名正言顺,他只能回答车子要绕城走。城嘛,在这小孩看来,方圆几十里叫城,撒泡尿垒上个围墙,也应该叫城。

这两个故事隐隐地透出兖州人在历史上的"论理不论势"的思维定势来。对有钱的人,兖州人也是很羡慕,这种羡慕放在上海人身上,要么，他马上巴结上这个有钱人，趁机弄点；要么，他便背后叽叽咕咕地说他坏话。而兖州人，则采取"听而不闻，闻而不见，见而不说，说而不敬，敬而不媚"的做派。以至于在兖州一般的村镇或城街，有钱人反而人缘一般，口碑也是毁誉参半。

"有钱，你有钱又有什么了不起？"兖州人常常把这话挂到嘴边上。

兖州人在本质上是不大求上进的。皇天厚土给了他们一块足以安身立命的土地，地不薄、水不缺，一年四季当中，再热，也就热二十天；再冷，也就冷上二十多天。在以前的农村，大多数的人家盖着一床薄被子，连炉子都不点也能过冬，来了客人，抓把豆秸烤烤手，也就算是热情的待客之道了。

在饮食上，兖州人更偏重于实惠的饮食，大烧饼，要看烧饼沿子厚不厚，芝麻甩得多不多、匀不匀；来碗咸糊涂，头些年被称为"甜沫"者，也要看里边放的豆瓣儿是多是少、是稠是稀；至于不登大雅之堂的干饭锅，在其他地方的销路一般，而在兖州，则成了一种名吃，不就是一碗干饭几块肥肉嘛？！兖州人还拿它请客呢。

这可以和邹县一比，邹城兴起"川味面条"，满碗的红油，辣得人吃上一碗满头是汗，邹城人到了四川，吃过四川的川味面条后评论：四川的川味面条儿，不如咱邹县的正宗！

兖州人对辣是可有可无，尽管兖州的辣椒皮薄肉厚，个头奇大，但这种辣椒绝不太辣，看着吓人，吃起来反倒辣味不足，与邹城的麻辣不大相同。

兖州的土产不多，有名的更少，兖州的农副产品好像什么都有，又什么都没有名气，长相一般，味道也一般。

站在局外人的立场看待兖州，厚道朴实有余，创新进取不足，一排又一排的白杨树丛林，树多的地方，就是一个村落，进了树的村落里，打牌的、下棋的，坐在门外聊天的中老年人比比皆是，早晨已是三根油条一碗咸汤，中午还有萝卜炖白菜，更有麦子白面摊的煎饼，就这，已是让他们坦然又从容，至于村外的世界、城外的世界，他们偶尔也想去了解一下，但是想想，还是下棋去吧！昨天输了两盘，今天，无论如何，是该赢一局了。

远古时大禹治水划分九州，兖徐青、冀梁雍、豫扬荆。荆扬徐三州，现以地级市的名字，堂皇地继承着历史凝聚的深厚底蕴，青兖冀，目前是以县级市或者区的等级存在，豫州、雍州、梁州，以及古籍中提到的幽州、并州，这几个州名不管是作为地级市还是县级市还是区，都已经找不到了。

而兖，说是渥地，渥是厚的意思，九州中最厚之地为兖；又有一说，兖是端，是信，是端信，无论如何说，兖，一个地域性、历史性、文化性古地名，要蜕变，要张扬，要不断刷新，其古意悠悠，其产业性、能源性、金融性、商业性、科技文化性能不断延伸，不断拓展，其语境时态，随着"兖"意空间和时间张力的不断变化，兖之版图也在纬度上扩张着。

魔笛

头些年碰到二哥，总是感到挺高兴。

说不出为什么高兴反正挺让人高兴。

二哥这人，见到什么都很快活，无论是长他一辈的叔叔大爷，还是晚一辈的侄儿，他总是先咧开嘴，露出满口的黄牙，嘿嘿笑上几声，算是打了招呼。

和一整天乐哈哈的人在一块，撂谁，谁也没理由不高兴？

人们说，二哥脾气好，这话咱信。

不仅仅是对人，见到鸡呀狗呀的，二哥也总喜欢出神地看上一会，仿佛是他家养的。如果你在这时悄悄走到他身边，他会一惊，接着就红起脸，一边红脸，还一边嘿嘿乐。

看他那注意劲儿，你真以为他着了什么魔道呢。

二哥不喜欢多言语。

二哥有老婆，长得五大三粗，庄稼地里一把好活，嗓门又大。二哥瘦瘦巴巴，都怀疑是让二嫂欺负的。其实不是。

二哥喜欢看书，看破书。破得没边没沿的玩意儿，到他手里就成了宝贝。

只要有书看，二哥连吃饭都忘了。

二哥还特别喜欢和光棍在一块说话。

光棍里边，大多都是些半吊子、二百五，或者家里穷，或者出身不好。这些被称作光棍的人,大都独居一间小屋。每逢夜晚,这些小屋总是挺好玩的。

您如果从村东走到村西,那准发现,村里的窗户差不多全黑着。那些有老婆的人,都是安分守己过日子的人,白天舍不得吃盐,黑天舍不得点灯。太阳一落山,他们便早早地钻进被窝,搂着不洗脚的娘儿们穷折腾。

而光棍们却是无法享受这一切的。几个闪着微红灯光的窗口告诉行路人,这里边,住着苦命的光棍呢。

光棍们实在不想早睡觉,早躺下也睡不着——晚躺下还乱翻身呢。

于是便玩。

有唱古的,有板有眼有凄凉;有说笑话的,某年某月某时辰。周围总围不少人,大多是半大孩子。那时如果您从村中间走过,月华铺地,没刮掉的树叶被月光投放在地上,织成各种模糊图案,显得斑驳陆离。秋虫声声,叽叽啾啾,您散步其中,肯定恍若进入另一个世界,您会觉得这一切真静,静得像没人烟的旷野一样。正当您怀疑这是否是个死了的村庄时,一阵笑声哄然而起,划破天地间的宁静。顺笑声望去,见一小独屋,独屋上有个独窗,上面闪出一丝微红的光亮。您会立时一振,不再感到孤独。

您会发现在一片死寂之中,依然有生机存在,有活着的人存在。

这笑声便是从光棍屋里撒出来的。

至于这笑声因何而起,那倒是有各种各样的原因。有时是讲了个笑话,有时是在一起闲聊。逢闲聊,他们总让二哥说说二嫂的事。

二哥不说,他们便说。好像他们是二哥似的,曾经和二嫂如何如何。二哥便嘿嘿地笑,样子得意极了。

天晚了,他便收拾起烟袋,在人们羡慕的目光里,慢慢踱着回家。

天下本无事。

只是二哥愈发消瘦,笑的时候,好像只有脸上的肌肉活动,眼里空荡荡，没有任何色彩。

有一天，村里来了个吹笛的。

吹笛人是个小老头，满脸上横着竖着让人用乘法也算不清的皱纹。这吹笛人有个怪毛病，到谁家要饭时从不叫叔叔大爷，到了谁家门口，就倚在谁家大门上，一只手提着个半张开口的小布袋，一只手掂着根打狗棒，那支暗红色的笛子别在后腰，太阳光照上去，能把光反射回来。

那笛子，想必是够光滑的了。

吹笛人眯缝着眼睛，头朝院里，身子倚着，睡着了似的。他不说话，也不动。几条狗在他身边晃来晃去，低头嗅什么，他像没看到似的。

吹笛人就住在村东头一间被弃好久的小草屋里。

这小屋，早先是看瓜人住的，那片地里种瓜不结果，已好久没人住了。小屋没有窗户，只有一扇破门，春夏秋冬都往里进风。吹笛人在那儿住下后，白天倒很安静，逢晚上，里边便传出一阵笛声。笛声悠悠飘过宁静的夜空，在田野上转上一圈后，慢慢向村子里飞去。没有任何声音和它伴奏。在这样一个静谧的村庄，又逢一个极美好极安详的夜晚，那笛声显得有点凄凉，有点哀怨，有点让人想哭，让人想躺在冰冷的地上清醒清醒脑子想点什么。后半夜，笛声倏然大变，不仅声音强烈，调子急促，而且还强硬、还暴躁，好像那笛子或吹笛人被什么东西给捆绑住了，它在拼命挣脱，拼命呐喊呼救。树叶子哗啦哗啦，浑身颤抖，风尾随笛声左奔右突在田野厮杀。正激战中，一万匹战马踏着一层尘土哒哒哒哒由远而来，加入这场天昏地暗、不辨经纬的鏖战之中。长空嘶鸣，大地颤抖，一股浓烟炸开一片血红的火海，火海灿烂，直冲斗霄，黑烟滚滚之中，剑来枪往，一片乒乒之声，喊声、叫声、马蹄声冲向天空，月昏星暗，阵阵哀吼。

天快亮了，笛声缓了下来，像一阵轻风从古战场袭过，轻抚着一个个死亡的魂灵。月亮从云中露出脸庞。一个幸存者仰望天际,轻轻舒出一口闷气。

笛声戛然而止。

村里人翌日醒来,相互对视,好像刚在梦中见过面似的。

人们觉得,太阳比以前更苍白了。

天天晚上是这样。

村里人想:这老头怎么不睡觉呢?

人们有点怕。

二哥便不再去光棍们那儿了。天黑不大会儿,他便悄悄溜出家来,坐在吹笛人不远的地方吸烟。村庄在他身后显得很神秘。无月的乡村,除了黑暗,还是黑暗,任凭所有的星星都起劲地放射光芒,但地上,仍旧黑得阴森。朦朦胧胧之中,树干连成一片,围着村子刺向闪着星光的天空,仿佛一个个侍卫,保护着村庄的宁静。

二哥的烟头一红一闪,笛声悠悠飘荡,把天幕、田野、村庄串在一起,一同沉浸在苍凉的笛声里。

这是唯一的风景,这是唯一的音响。

二哥不知道天快亮了。

当东方朦朦胧胧地绽出银白色彩时,田野在笛声中渐渐清晰,二哥身后的村子也仿佛从地上渐渐升浮起来。二哥摁灭烟,等他再把头转向东方时,一抹红色的霞光猛地射出,映红了田野。那吹笛人住的小屋正披着红光缓缓移来。他愕然一怔。

笛声远去了。

无际的田野上,一层薄薄的,如云似纱的白色雾霭起伏游动。笛声就是消失在这片乳白色的雾中的。二哥的眼里,突然迸出两道灵光——两道比刀子还亮的光。

二哥走回村子,像个幽灵被早晨的红太阳赶过来。见到他的人一怔,觉得他的眼睛像被肥皂洗过,亮晶晶的,看东西一闪一闪的。

见了人,二哥便点点头,眼却看着别处,脸上不再笑。看到他的人,身上就起一层鸡皮疙瘩,脑袋后边凉飕飕的——没人敢看他的眼睛。

"小二招邪了。"

一个老太太拄着拐棍颤巍巍地说。

日月交替着,一天比一天冷。二哥便走进吹笛人的小屋。进去之后,他歪着头看了看吹笛人,吹笛人眼皮眨也没眨,依旧吹他的笛。

二哥看看四周,蹲在地上就眯缝起眼。

吹笛人也眯缝着眼,上身微微晃动,像有个东西缓缓摇动他一样。豆大的灯花也在微微晃动,好像听笛听不稳。

冬天刚刚来到的一个日子,吹笛人停下笛子,两眼慢慢启开条缝,缝中射出两道蓝幽幽的光。光射在墙壁上便不动了。四周异乎寻常地宁静下来,连虫子的叫声也没有了,惨淡的月光和凄楚的灯光交织在一起,没有风。

"听得懂?"

二哥摇摇头。

"看得见?"

"……"

"吹笛,能吹出血来呢。"

二哥呆呆地看着吹笛人。

"不烦?"

二哥摇摇头。

"天……快下雪了。雪……真白……真好……白得像面……下雪……快下雪了。"

吹笛人自言自语,喉结蠕动,嘴巴嗞嗞吸气吐气,后边说的什么,就无法听到了。

"炕上来吧!"

吹笛人猛然睁开眼说。

二哥站起来走到炕的另一头,拉过被子盖上腿。炕是土堆起来的,上面铺着豆秸、麦秸。

麦秸上面是人,人上面是被子。

被子上面是屋顶,屋顶上面是天,是神秘莫测、高深难窥的天。

天上有星,星星有眼。

从此,二哥白天干活,晚上便到吹笛人这儿来。

一夜、二夜,一星期过去了,二嫂打发大孩子来叫。二哥不走,大孩子呆呆地站了会儿,门吱扭一声关上,噌噌的脚步声踏着笛声走远了。

那笛声被那孩子带回了家,二嫂在门口听到了,不由得在门口一跺脚,便把笛声给隔在那儿。

"日他奶奶,招鬼了。"

二嫂唾两口唾沫骂。

又过一星期,二嫂拿着擀面杖来叫。二哥一动也不动。二嫂一扬手,二哥的头上就隆起一个包来。二哥还是一动不动,包眼看着胀起来,已经渗出血丝,豆大的灯光下,像被太阳晒大的土豆。二哥还是不动,脸不转,手不摸,眼不睁,泥塑一般。好像刚才的擀面杖是砸在别人头上。

笛声依旧悠扬。

二嫂愣怔一阵,咬咬牙又举起擀面杖来,抡了半圆,停在那儿,像被孙悟空施了定身法。

笛声依旧响。

二哥依旧不动。

二嫂张开嘴,浑身忽地一冷。她收起家伙,猛抬起脚来,刚要使劲跺又松了劲。她倒退两步,转身就走。

"日他奶奶,见鬼了。"

村里响起二嫂的声音,伴随着蹦蹦的跳脚声。

吹笛人的笛子还是整夜整夜地发出声响。

那笛声,转着圈儿往外扩散,在这静谧而安逸的夜里,笛声如泣如诉,执着而凄婉,它仿佛是在告诉人们,又像是在召唤和吸引什么东西。女人听到笛声便紧抱住男人,浑身止不住发抖。夜间醒来的男人,却再也睡不着,大睁着眼在漆黑的夜里,一声不哼。

二哥变得和以前不一样了,见到人,像是没看到一样。没人的时候,总见他坐在什么地方,出神地看着一个窝,眼里笼罩着一层雾,脸上像被涂了一层灰。没人再见他嘿嘿笑了,那嘴,锁住了一样。

二哥的孩子们都大了,二哥便不再问家里的事,也不再做地里的活,连家里的饭干脆也不吃了。那吹笛人白天去讨,晚上两人吃。

二哥被人遗忘,吹笛人也被人遗忘了。

乡村的夜,笑声时起时伏,驱赶着悄悄接近村庄的宁静。那笛声,也往东南方向去了。

东南是百亩大洼。

又是冬季。

又是在冬季的一个夜里。

一场鹅毛大雪在人们睡熟时悄然降临了。

那几日,天天阴着天,人们谁也没想到真的会来一场雪。不是在下雪前老天爷总先来点雨,来点雪凌子吗?

怎么突然就下起大雪来了呢?

大雪夜。

那笛声突然单调起来,翻来覆去就在几个音阶上绕圈子,一会儿强一会儿弱,就如同一个失去光明的盲人,呼唤的仅仅是亮光;又像一条鲤鱼跳龙门,一次不行再来一次,再来一次。后半夜,笛声渐渐弱了,模糊了。天地间连大地睡着时发出的深重而均匀的呼吸声,也被沙沙的雪花声所吞没。微小的冰凌团团落下,到地上的瞬间发出快乐的叫声，宛如一个个小精灵来到人世，悄悄地，然而又压抑不住心中的快活。

沙沙沙沙。

沙沙沙沙。

吹笛人的脸，比往常显得苍白，显得血气不足。笛声弱了，笛声冲不出去屋了。它被雪花拥抱的声音所吞没。

雪花在呻吟。

笛声呜咽。

二哥倏地睁大眼睛。

灯灭了。

门被雪挤压，屋内立时银晃晃一片光芒。二哥看到，笛子一头往外滴着鲜红的液体，雪花跑进屋来，又蹦又跳，发出快活的叫声。

笛声戛然而止。

雪停了。

二哥感到，周身的血液在上下蹿跳，他下了床，觉得身轻如燕，他感到脚离开了地。

远处有笛声在响。

二哥一怔，看看吹笛人，吹笛人的嘴角里，露出一丝惨淡的笑容。

远处果真有笛声在响，笛声踏着雪花，欢快而奔放，顽皮而轻巧。二哥愣了半晌，张开双臂，飞一样向笛声追去。

吹笛人紧跟在他后边。

……

那夜下的雪，真是大极了。没有牙的老太太和转不动眼珠的老头们说，从小长这么大，还从未见过这么大的雪。这么厚，这么白，每一粒雪花都像施了化肥似的。

天亮了，有人去村东逮兔子。出村几步，这人不禁一怔，那个看瓜小屋没有了。有一朵红花从地上冒出来。猛丁儿看，像一个小红孩在雪里玩，仔细一看，一朵红艳艳的花；再仔细看，哪里是花，分明是血。

不是一滴血，而是许多滴，排成一行，在雪地上延伸到出太阳的地方。

那人好生奇怪，觉得不该再逮兔子了，应该告诉村里人。

走进村里，那人又回头一望，一朵朵鲜艳的花随风摇曳，那人揉揉眼，他看到一个个的小红孩蹦蹦跳跳地远去了。

再揉揉眼，大地一片银白，一点东西也没有。

那人站了半天，想了半天，最后，他决定这件事谁也不告诉。

村里人都说，这真是场大雪！

娶媳妇过日子

娶个媳妇过日子，是老百姓最大的愿景和愿望。

老百姓嘛，国家大事咱又不懂；单位的事又是当官的说了算。村里的事，还有些个村干部呢，咱能干嘛？既然不能干嘛，人生一世，草木一秋，总不能一点也不干吧，干，也就是娶个媳妇过日子。

这就是一辈子要干的大事儿。

娶媳妇，说起来容易，做起来却难，难的是并非人人这一生都能娶上个媳妇。在我认识的几个还没娶到媳妇的亲友中，有的，先天性缺心眼儿，半吊子出了名的；有的，是当爹的或当娘的为人不好，平时不注意邻里关系，被大家慢慢遗忘的；又有才高八斗，满世界的姑娘，他一个也看不上的；林林总总，千奇百怪，各有各的幸福，又各有各的悲叹，一言难尽。

咱只说能娶媳妇的事吧。

在乡下，结婚不仅是娶个媳妇的事情，而是家庭经济状况和社会地位的展示，那是一个标准，一种尺度，是看不见的道德规范体现，是集体无意识和农村"第二十二条'村'规"。

男大当婚，既然"当"，那便是天理。天的道理，能胡乱含糊吗？逢谁家的孩儿到了年龄，不用他自己说，自有人为其操心选偶。鲁西南这块，最先当介绍人的往往是姑姑、姨、姐，或者妗子，女人嘛，天生就有为别人做媒的爱好，况且还是自己的亲眷呢。而这种媒还特容易做成——媒人可靠了，媒就相对保险一些。除亲属外，也有比较摸底的邻居或朋友，他们也可能成为介绍人。

一旦有人介绍，这孩子便算是有了提媒的。有人提媒，甭管是男方家还是女方家，任务便立时明确——各派其嫡亲四处打探对方的长相、人品、经济条件、父母为人、邻居关系、社会背景……逢这时，连平时说话一点也不在乎的人，也变得格外谨慎。特别是有人问道，你们村的某某家的孩子如何如何时，就已经进入到摸媒的阶段了。

古人云：宁拆三座庙，不破一桩媒。拆个庙上的窗户也会触犯天条，况且是拆庙，而且还拆三座？说错一句话就有可能破掉一桩媒的事，不新鲜。

我一位亲戚，为他儿子——也是我的一位表叔，去查访未来表婶的为人，表婶村的一位老人告诉他，这片地全是她家的。言下之意是我这未过门的后备表婶总是到地里来偷生产队里的东西。表爷爷是个读过书的人，当然坚决反对这门亲事。但媒人和表奶奶却坚决同意，他们的理由是，既然她偷东西，恰恰说明了她会过日子——顾家！

她偷生产队里的一点地瓜棒子豆秧子怕么？她又不是女侠。看咱儿子那样，就该找个能偷能摸过日子的厉害媳妇！

表爷爷和表奶奶僵持不下，媒人当然想成事，便让表叔表态。表叔觉得有媳妇比没媳妇好，但他又怕爹，便不吭气。僵了一阵，媒人和表奶奶大怒，便四下去打听那位"该死的、想破媒的王八蛋"。一查，那是个给生产队里看坡的老头——而且，此老头无儿无女，是个绝户老头。

绝户老头的话你也相信？

这下，我那坚持真理的表爷爷焉了，不同意也没了办法。结果，我那表婶进了门，不仅偷公家的，一分开地单干，她改成偷我表爷爷和邻居的。至今，表爷爷和表奶奶有时还为这事儿相互埋怨。

这是没破成的，破了的太多了。牵扯到双方脸面，没成的，也大都不往外说就是。

古代人娶媳妇也很仔细,但他们仔细的不是人,而是门,要门当户对。六礼中,这样规定了娶媳妇的程序——

纳采:向女家送礼,求婚;

问名:向女方问清女子姓名、生辰;

纳吉:即合媒(找算命先生合了生辰八字到女家再送礼);

纳微:也叫纳币,是向女家送更重要的礼;

请期:问女方多会儿结婚;

亲迎:新郎到新娘家迎娶新媳妇儿。

看来,古代的六礼,光送礼就有三次,而且一次比一次的重,看起来女家是占了便宜,其实,女方基本是被动的,没有多少自主权。

现在好像还是这样,男的女的在一块,总是傻小子掏钱。

接下来就该是相亲——也叫相媳妇了。由于双方都不熟,有的根本就没见过面,眼神儿羞答答的,又想躲闪又老是碰在一块,此刻,该是最甜蜜又最紧张。有那结婚几十年的老夫妻,对第一次相亲的情景仍记得清清楚楚——连当时穿什么衣服,那衣服又多么可笑也能回忆得出,一谈起来尚能两眼放光。有那平时丢三落四不那么利索的懒散娘们,对她自己相亲时的事也常常提起,可见相亲的魅力了。

也有那让人记忆不大美好甚至成为笑柄的。我有位同学相亲,两人谈得也很好,模样儿也相中了,且说定下次见面的时间。第一次见面后,当然请女士先走,这一走,坏啦。老兄说什么也不愿意同她再交往下去了。

媒人当然要问个明白,老兄支吾半天,反正是没相中,理由嘛,当然有,俺就是不说。

在众人的一逼再逼下,老兄才说是女士腚后边的裤缝歪了,腚沟儿不直。众人一愣,继而大笑。媒人自然是恼羞成怒。

以后再有给这老兄提媒的,总有人打趣:这回,可要给他找个腚沟儿直的。

　　弄得这位老兄家好长时间没有去提亲的。老兄大为苦恼。他告诉我说，相亲这种大事，怎么能连裤子都穿不齐整呢？连裤缝都扭歪，肯定是个窝囊废——至少也是个不利索的人，把这种人娶家来，还不把家拾掇成鸡圈？

　　他也有他的道理。

　　一见钟情当然很好，略有曲折也算圆满，只要双方家长和对象双方没太大意见，这亲，就算定下了。为了保证这关系的不同一般，还要定情，要买定情物。名义上，是双方买定情物，其实是男方掏钱给女方买几件衣服。

　　这，也就快到了古时的合婚阶段，也就是让算命先生算两人的八字儿，看看属相符不符。但这些个事儿，都不是年轻人所能办得了的。真正需要他们做的，是去买衣服——进城去买衣服。

　　这习俗，在上世纪七十年代的农村极盛行，买东西时，不仅刚定亲的小两口去，男方的哥嫂和女方的哥嫂或叔婶们也要去。那时候农村连吃油也紧张，能到城里下顿馆了，又不花自家的钱，谁不乐意奉陪？

　　这时，连平时比较抠门的人家，借钱也要弄两桌——男客一桌女客一桌。这桌席面，直接牵扯到"新媳妇"的面子，很是大气才好。

　　有户想省钱的人家，订婚宴上点的菜除了豆腐就是丸子，再不就是粉条子，结果，女孩甩袖大哭，蒙面而回，说什么也不和这家的小子再成亲戚。

　　有人唱道："粉条子、酱油子，滚你娘的俩丸子。"有人又后叙一句：别想吃俺的肉包子。

　　订亲宴这顿饭吃得要是好，女方的代表就会说，饭吃好了，酒也喝好了，你们两个简简单单地买点东西，咱就回去吧。要是这顿吃得不那么恣，肚子不是太涨，嘴角上的油不那么明显，女方的哥哥倒不会说啥，亲戚嘛，能省点是好事。但女方的嫂子却不认这个理，她一定要撺掇小姑子多要衣服，多要毛线、布料、点心什么的，非猛宰一刀不开心。

结婚前并非只买一次衣服就能把媳妇娶到家里的。逢大集或庙会之类，女方往往要找人捎信给男方，说好在哪儿见面，多点少点不论，总还要再买上几次，这样的机会，才真正属于两个人，可以在一块吃点零食，说说悄悄话儿，没人看见的时候，拉拉手，胆子大的甚至于摸上两下也没关系。

如此这般地赶上两回集或逛上两次庙会，也就转到结婚典礼这个程序上了。

结婚是老百姓家的大事，规矩多得像油锅里的丸子——乱滋溜。一般来说，先请人写帖子，把七大姑八大姨的全抄上，再找人到处去下帖。帖发出去后，再仔细算桌——算算来多少亲戚，需要多少帮忙的邻居。这在以粮食为主要经济来源的乡村，多算一桌要多赔一桌的钱；少算一桌，到时候没了菜，会落下村人的讥笑，最是马虎不得。这事又很难说准，谁又能知道会有多少客来呢，大致上算算就是了。

定完桌数就该请厨子了。农家办喜酒一般不在饭店，太浪费。在农村请那会做些大锅菜的厨子，支上大锅炒就是，口味好孬不要紧，关键是看肉放得多少，只要肉多——而且肥肉多，便是上等好席面。

厨子找好，忙客找好，选出具体的大忙客——也就是大总理者，再配上二知客——客曰二总理，三知客即三总理，以及司仪、内柜、外柜、女知客等，这才是办全活的架势，可以娶媳妇了。

但是且别慌，还有件大事没办呢——到坟头上去请祖先。你小子欢天喜地娶老婆，那在九泉之下的爷爷奶奶老爷爷老奶奶祖爷爷祖奶奶以及上溯到五百年前之前的爷爷奶奶们呢？他们难道不该喝你的喜酒吗？他们难道不是在暗中保佑你为你高兴吗？

是得请请他们。况且他们来喝酒虽不带礼物，但也不吃不喝不占座位，心到神知的事，还能亏了你？带上火纸带上鞭炮带上香带上酒到坟上去，对着坟头子念叨念叨：孙子明天结婚，老爷爷奶奶快跟俺去喝喜酒，酒不好菜不好，老爷奶奶们别嫌弃。如此嘟噜几遍再回家。回家后，执上三代宗亲之神位的灵牌，磕上几个头，就算把祖先们请到家里来了，一个不漏，皆大欢喜，只等良辰吉日便可拜堂。

大锅架起，肉鱼青菜豆腐豆芽备齐，各忙客到位，刷盘子洗碗抹桌子，只准备明天五更接新娘。

这是下午，男欢女叫，烟雾缭绕，一派生机盎然，像农民起义前的大筹备。在这伙忙人当中，有笑声从屋里传来，是女人的动静——是做红缎子棉被的大嫂大婶们。这个活叫铺床。铺床的人，必须是有儿有女的人，光有女孩或光生男孩的女人，是不能参与这项工作的，这说法叫男女双全。那些个离过婚的、只生丫头不会生儿子的妇女，是捞不着这项光荣而神圣的任务的。

这些个妇女套的被子，里边的四个角里要缝上钱，缝上花生、枣、栗子等物件。这等被，驱邪避灾没准儿行，要是盖身上遮寒怕是扯淡。

迎娶新娘的仪式热闹但简单。太阳还没出来前，众人出发到村外，等新娘家的送亲队伍，有那来得早点的送亲的，男方没来队伍迎，是不能进村的，要等双方见了面，才共同往男方家里来。新娘子家除了陪送的嫁妆和一个大红包袱外，最不可少也是最重要的，便是那只小母鸡了。这只鸡将和男方迎亲队带来的公鸡一块拴到新房里的床腿上，第二天才放到圈里喂养。

送亲的队伍里，最重要的当然是新娘子，但新娘子在这时候正处于两者之间，一方面，她是新人——对婆家来讲是这样；另一方面，她又是刚出门的外人——对她娘家人来讲是如此。其他人的身份倒很好界定：送亲的两男两女，是新娘的叔婶或是哥嫂——是本婚礼中最重要的客人，他们吃好喝好才是大家都好。除他们外，还有一位最不可忽视的客人——抱鸡的那个小孩。

别看这是个小孩,他可绝对是新娘子的重要关系,也应是新娘子最为疼爱的人。据我母亲说,在我一岁多一点的时候,曾经抱过一次鸡——那是我的一位堂姐出嫁。我这位堂姐是最喜欢我的,未出嫁前,早晨不洗脸不梳头便跑来逗我玩一会儿,才回去梳洗。每天早上都是如此。她出嫁时,非让我为她抱鸡不可。大家无奈便依了她。

据当时比我记事的人回忆,姐姐出嫁那天一切顺利,我很讨人喜欢——虽然尿了一次裤子,但吃过饭回来时,却坚持要把那个鸡也带回来,众人想了许多法子让我松手,均无效,而且大哭。后来,还是我姐把我劝住。现在,我那亲爱的老姐姐已经七十多岁了,逢到我家来,总还提起这段小插曲。

据考证,旧时婚嫁中,新郎迎亲要以一对大雁为礼。因为大雁成双成对,对爱情又格外忠诚,是鸟中爱情如一者。新郎送给岳父大雁后,把大雁放在门墙前面,一对新人还要向大雁作揖,名叫"奠雁"——是女婿向丈人表示他要爱情专一的誓言。这种风俗肯定是在狩猎时代,大雁也多。后来,大雁少了,改成鹅,鹅太大了,再改为鸡,大概是取吉祥的意思吧。

结婚是件大好的事,是人生当中的大事,又是好事,办好却不易。古往今来有多少人为这事而大伤脑筋。这里边,当然有经济的和文化的背景,但更多的还是人为地营造了很多无聊的东西。这些东西,说它是文化,那它里边肯定有很多落后的文化;说它是风俗,那它中间也有很多的陋风陋俗。

我的一位女同学,爱上一个穷小子,家里多方反对无效,不再管她的事。结婚这天,新娘子自个儿收拾收拾随身用的东西,从鸡圈里逮个母鸡,独自一人去了婆家。

那是个冬天,那晨风好冷好冷,那路,真是个曲折坎坷。当时,老人们都笑话她,而我们年轻的,却都很佩服她。无数个夜里,我一次次萌发为她写点什么的念头,却一直没有下笔。现在,她的孩子已经订亲了,我今年春节回家过年时见她,她告诉我说,等她的孩子结婚时,一定要办得热热闹闹,还要请两班子吹唢呐的,出出当年的那口恶气。

我默默看了她半天,无言。

台湾的醋也很酸

上小学的时候,知道有个宝岛叫台湾,台湾是咱中国的。宝岛上,有很多的穷苦人,是些贫下中农,正在受着蒋介石的剥削和压迫,很多的匪军在那儿经常像电影上的日本鬼子一样,烧杀抢掠,无恶不作,因此,我们写作文谈理想时,其中很壮气的一笔就是:我们一定要解放台湾!

到了初中学画画,老师教我们画椰子树,在海边的沙滩上一隅,伸出个不太明显弯曲但又挺拔的树木,上边的叶子很大,画起来很是容易,也好出效果,叶子和树的连接处,有几个比捶了的牛蛋还大的东西挂在那儿,那就是椰子了。

画画时灵感一闪:这就是宝岛台湾了吧?

但老师却说这是海南,也是祖国的岛。

不是宝岛吗?

是宝岛,但好像不如台湾更宝岛。

台湾有没有椰子树呢?

老师迷迷糊糊地说,台湾也有椰子树吧?那——咱就画台湾的椰子树?老师说不行,台湾椰子树上的大椰子,都让国民党吃光了。所以,画结着大椰子的椰子树,只能画海南的。台湾的,没等长大就被他们吃光了。

在我直到高中的美术课里,有画天安门的,有海南的椰子,有南方的竹子,有割麦子的大婶子,就是没有台湾的动物和人物。那个时候,好像是不说台湾是不好的,比如写理想;说多了台湾也是不好,难道你还盼老蒋回来?于是,台湾便在一种朦胧而不具体的状态,像耸在云雾中一般,"宝岛"肯定很"宝",但"宝",都被老蒋糟蹋得没有"宝",只有"岛"了。

偶尔早上起来,在坡里拾到台湾用气球飘来的宣传材料,上面有美丽的树林,白色的房屋,还有肯定好吃的大虾什么的,让人看一眼就心惊肉跳,赶紧上交学校。那纸又实在是太好,又滑又薄,放在水里也泡不坏,写字也不洇水,真想拿它来包书皮,但两边都有画和字,谁不上交谁就是小反革命。小反革命,而且可能就是小特务,谁不害怕?还是赶紧上交好。

但在心里,台湾却是一下子近了,近到台湾的特务也可能潜伏在学校周围,趁人不注意,抓个贫下中农的孩子就给煮吃了。这实在是有些恐怖。

到了上世纪七十年代末八十年代初,到一位朋友那儿去,猛然就听到一种麻酥酥的歌,唱得人心里酸乎乎,甜滋滋,晃悠悠,一问之下,说是邓丽君,邓丽君是谁?台湾的,台湾的邓丽君。朋友把磁带拿出来,让我翻来覆去地看。我当时倒吸一口凉气,觉得这录音机很神奇,磁带也很神奇,关键是这个叫邓丽君的小妮,唱得人老想哭一阵再睡觉。这真是太神奇。

朋友笑着说,这就叫中毒。

台湾的声音仿佛一下子就进入到大街小巷。磁带里的声音甜蜜蜜地走来了。为了听邓丽君的歌而借钱买录音机的青年人越来越多。邓丽君的歌,好听是真好听,就是不唱红旗不太好,不唱北风那个吹雪花那个飘也不太好。

台湾在上世纪八十年代一下子和我们近了,台湾的糖不难吃,老蒋也没在里边放老鼠药,我猜这个家伙是没这个胆。即便有这个胆,他也放不成了,因为"蒋介石死了"。

蒋介石确实是死了,台湾来的商人提到他都不屑一顾,显得很不值一谈,而且台湾人的政治感觉好像很迟钝,他们感兴趣的是做生意,涂料、油漆、复合板、电器、尼龙袜子,全是这些不疼不痒的蝇头小生意,他们也做得津津有味。

台湾作为一个地域概念,已经和大陆人的生活连在一起,连台湾乌龙茶也进入了普通人的家庭,那个神秘的,传说住着众多特务、杀人犯、白匪军的地方,正从陌生变得熟悉,原来他们和我们一样,也是种地、做工、吃大米饭,为每日的一日三餐而忙碌。只是他们的收入,平均收入好像要高于大陆不少,他们在老蒋死之前和之后,借着大海的优势,发展得还不懒,除了有点天生的崇美和恋旧,中国人的丑规陋习,他们一样也不少,在柏杨、李敖等人的连骂带训之下,他们也和大陆的很多人一样,并不太脸红。你骂你的,我干我的,只要不提俺的名,你愿骂谁就骂谁。万一有证据确凿的官吏或流氓被证据证得无话可说时,他们也会一言不发,以沉默来遮羞。

忽有一天传来消息,说我们村有几个台湾人要归来。这下,让人觉得有点不可思议,难道台湾真的离我们那么近?难道我们村还有不少人在台湾?

消息确实是真的,先是来一个,还是市里领导用小车送来的,没进村就下来,边哭边向村里扑,见人不管认识不认识,都是连抱拳带鞠躬,吃完饭再去上坟,到爹娘奶奶爷爷那已经平整成麦地的坟上,没鼻子没脸地一阵号啕,把干净的西服都弄脏了也不在乎,住了两天,或有三五天者,给亲属留些钱便又回去了。去的时候和来的时候差不多,也是咧着个嘴哭。

屈指算来,我们这个普通的村庄,竟有五六个在台湾的。他们有的是被抓壮丁抓去,家里人以为死了的;有的是出外做生意被老蒋强行带走,也以为是死了的。这下,很多在上世纪三四十年代家里丢了人的,都盼着某一天从村外头哭回来一个。于是,便有人时常打听,便有人不断询问,但好像除了这五六个在台湾或文莱的,别人的消息他们确实知道得不多,而且,就我们村这几个,在台湾也是没有多少联系的,他们也是回到我们村,才知道某某也在台湾,竟也从他们的近族近支那儿要来地址,看,噢噢噢,不远,住得不远,不远嗯。

有天母亲告诉我,我的一个舅舅也要从台湾来。这个舅舅和我母亲是三服上的兄妹呢。原来,这个舅舅正在地里干活,干着干着就不见了人,家人去找,却只找到那把锄头。当时不知他是跟了八路还是被匪军劫去,家人没敢对外说,只是悄悄地企盼着。一年没消息,两年没音信,三年没动静,七八年过去了,解放了,分地了,反右了,文革了,也没动静。已经有人怀疑,他可能去了台湾。别人无所谓,妗子那儿却有点危险,已经有人问她,某某某和你来过信没有?

妗子大惊。她和舅舅结婚才一个多月,亲热时还害羞呢,舅舅就不见了,空守新房十几年,舅舅音信皆无。时光忽快忽慢,心中有事的人,特别在意。妗子再不改嫁,通敌的嫌疑已经大大地有。家人劝,妯娌劝,妗子终于同意再婚。再婚时与新郎官约定:一旦某某某回来,只要是人而不是尸体,我就还要和他过,届时,咱们必须离婚!

快成新郎官的答应后,妗子便嫁了过去。

这个舅舅我至今也没见过。听母亲说,在台湾,舅舅已经有两个孩子,过得还很好。结婚时舅舅和这位二舅母约定,有一天能回大陆,只要她没改嫁,你就必须做老二。据说,我这位台湾的妗子也是满口答应。

那时候,谁会想到大陆和台湾真能通点什么呢,白匪共匪地骂了半个多世纪,亲兄弟都得打坏几个头了。妗子认为,这也就是说说而已的话。谁料,大陆对台湾开放了,台湾人可以回来探亲了,还欢迎。这下,可麻烦了。

舅舅和这边通信后,妗子却迟迟不让舅舅来大陆探亲。是从台湾来的老乡回去后找到他,把家里情况说给他听以后,关键,是我这边的妗子也嫁作他人之妇,台湾的妗子才迟迟答应来探亲。但她反过来又给舅舅立了规矩:探亲可以,但绝不能和原配夫人见面。因为,她已经改嫁了嘛,那你们再见面,算啥事?

舅舅思乡心切,也答应了台湾妗子的要求,台湾的妗子不放心,亲自一块来了。

据母亲讲,舅舅来的时候当然哭得也很像样子,只是身后的台湾妗子像个铁塔保镖般,目光炯炯,一脸严肃,姐妹们去看舅舅的,全被她盯得不知说什么好。

我这台湾妗子没准受过这方面的训练,她知道我们八路军爱隐蔽在群众中间,但她又实在没发现哪一位是他男人的"原配女八路"。但没发现情况并不代表没有情况或不出现情况,在接下来几天的走访中,台湾妗子寸步不离舅舅,把个舅舅搞得像个刚出嫁的小媳妇,而她倒像是这里的主人似的。

台湾的醋也很酸呐。

明知吃醋酸,偏有造醋人。也许是舅舅太想见一见那位结婚不到一个月而且还没香够的山东大妗子了。他把他的想法用极无奈的语言悄悄告诉了我另外一位老舅,我几个舅舅一商量,又经过众位妗子的指点,将他们两个见了面说说话的地点定在了京沪铁路边上。这条铁路,是祖国的大动脉,更是我们村的年轻人谈对象的好地方。为什么,铁路边的道路上行人较多,越是行人较多的地方越不引人注意。这很像《红灯记》中磨刀人的战术。

基本的作战方案是这样的:让我另外的一位老舅,陪着我从台湾来的老舅去散步,其间并指点一下当年这块地方叫什么名字,这块地曾经发生过什么样的故事。台湾来的人回来就是来寻找记忆的,寻找乡土的记忆,寻找孩童时的记忆。但祖国的大建设一日千里,时间越长,越不好找到这个记忆。大家帮他回忆记忆,理当理当很理当,就像李玉和已经喝完了粥，还要让大嫂再给他盛上一碗一般。

这个方案和第二步是派我另外一位妗子，而且是我这个台湾妗子认识的，一同和我那位可怜的原配妗子在铁路边很近的地里干活，而且还要扛着把锹什么的，假扮成收工回来，两路人马见面后，我台湾的妗子认识的妗子便负责缠住台湾妗子，让我台湾的老舅和他那位几十年未见面的"新媳妇"说几句话。

目标既明，分工又清，理由尚且充分，合情合理当中，一场阴谋与爱情的故事就上演了。

一切如料想的一样，一对分手了几十年的夫妻面目全非地见面了。意外的是，没等我那老舅介绍，我那原配妗子和台湾老舅，两人就你看我我看你，已经泪飞顿作倾盆雨了，特别是我那已作他人妇的老妗，差点昏死过去。台湾妗子张大了嘴，也一句话说不出来。

阴谋败露，爱情依旧，只是千言万语却是不知从何说起……台湾的醋真酸。

当天下午，台湾的妗子便以住得太久了、太麻烦了等借口提前结束了大陆乡村之行，住进了兖州的富都宾馆，并开始买去上海的火车票，从上海飞香港，从香港再回台湾。

我那已经快七十岁的老舅，像当年被人抓着锄头扔到地上，双胳膊一拧便成了国军去了台湾一样，又惶惶如丧家犬般被押回到了台湾。不同的是，上次抓他的是国民党，这次没抓，他也必须要回去。因为，他的家，还有他的孩子，都在那边。

历史，在惊人地嘲笑着所谓谱写历史的人，它以很多的相近和相似启迪着人们，应该思考的，是历史以外的事情。

据说，任何植物只要把它的内部结构改变一下，都可以造糖、造酒、造醋。台湾的糖，咱是吃过，酒也喝过，就是这醋没品过。我想，台湾的醋，肯定也很酸吧。

小男孩小女孩

黄的是麦子,
红的是高粱。
弯了头的是谷穗,
白花花的是太阳。

——鲁西南儿谣

二十年前的一个夏天,吃过午饭的光景,一个男孩背起草筐从院里走出来,他要去割草。

走出大门,男孩微微眯缝起眼,在太阳空出的阴凉里,他看大大在蹲着吸烟。这地方,管父亲叫大,或打。

大看了一眼男孩便说:"你割的草还不够猪塞牙缝的呢。再这样,我可管不起你饭了。"

男孩心中不大服气,你想管别人,还兴别人不吃呢。心里这样嘟噜,嘴竟说出来。男孩听到自己竟说出这话,不禁一愣。这一愣不打紧,谁料他竟把草筐往地上一放,重重地墩了下。

大没说话,走过来就掐住男孩往褂子里缩的半截脖子,对着屁股就是一巴掌。

"我让你他妈'别人'!"大这样骂。

男孩被打得跳起,哇一声尖叫,拉着草筐就跑了。

"揍断你的——狗腿。"大在后面叫一句。男孩一溜好跑，到了村外松下步子，屁股开始火辣辣地疼。他伸手一摸，泪哗哗落下来。

以前，他也挨过巴掌，但都没有这次挨得突然，没有这次挨得重。这是啥事呀，正好好说着话，过来就打，打完屁股还要打断腿！男孩一阵委屈，泪流得更欢了。

出村又走一段路，男孩回头看，一个人影也没有。大人都在吃了饭歇晌，要等太阳散过了热才到地里去。男孩感到空荡荡的，心里说大人真不是东西，他们歇着，却让小孩干活。

这时候的太阳，已到了该收敛收敛的时候，却一点也没有收敛的意思。田野上热气腾腾，知了高一声低一声地叫着，发出刺耳的声音。真把人要燥热死。男孩擦擦泪，满脸都是水，头发根也痒痒起来，他知道，这都是让太阳给晒坏了。

男孩走出阳光最集中的路上，蓝色的粗布褂子分外厚实，把太阳光全吸收进来，往他的脊梁上烙。男孩被烤得嗞嗞冒油，但就不敢扒下褂子。他明白，那样会把皮给晒卷了。男孩长得本来就瘦弱，头大大的，眼睛却凹凹的，要再晒了皮，就更没人样了。

男孩走到一个池塘边，有棵歪了脖子的老柳树遮来片阴凉。他站在阴凉地儿，用袖子擦汗，怎么也擦不干净。微微从水里袭来的风，连点凉气也没有，到了脸上，还有点干干巴巴的味道。

望着灰黄的池水，男孩一阵心酸。他真想扔掉草筐一下跳下去，那样，再也用不着鸡一叫就爬起来去上学，放了学就去割草。谁再想骂，谁再想揍，谁再想考，也没门了。

可是，男孩转而又一想，跳下去还不就死了？死了就不好了，就再也看不见娘没鼻子没脸地哭了，也看不到奶奶踮着小脚满街找我了。还是不能死，死了啥也不知道了。他想开了，擦擦汗。汗擦干净了，男孩走进一片蓖麻林里。

蓖麻林子里一片墨绿，走进去，立刻感到身上凉森森的。他抬头向上望了望，蓖麻叶子重重叠叠、密密麻麻，把天给遮了个严实，呈现出墨绿的天空。只有阳光直射到的单个叶子上，才露出翠绿的光影。

男孩放下草筐，坐了下来，肩膀那儿一株出奇粗的蓖麻棵白刷刷冲着天上，在叶子的空隙里，男孩看到了开着紫色小花的麻子尖。他将腔往前挪挪，裤裆里正好夹着另一株也是又高又粗的蓖麻子，男孩的头放在胳膊上，眼睛一闭，全身便松弛下来。

男孩正舒服得要死呢，猛听得外边好像有什么动静。他睁开眼，微微抬抬脑袋，就看见从远处慌里慌张地跑过来个女孩。她急急钻进来，一扭脸褪下裤子，那黑瘦的小屁股正对着男孩的脸。男孩吓坏了，忙把眼闭上，就听一阵哗啦哗啦的撒尿声。男孩的肩膀像被毛毛虫咬了一口，哆嗦成一团，碰在麻子棵上，麻叶子发出嘶啦嘶啦的声响。

撒尿的动静消失了，男孩的心还是一阵狂跳，麻叶子还是嘶啦嘶啦地响。女孩突然扭过脸来，眼睛一亮，正巧男孩也刚把眼睁开，女孩一愣神，差点歪倒。男孩一阵眼晕，连屁股都吓得不疼了。

这工夫，女孩系上腰带站起来，看着男孩，嘴嚅了半天才问，你在这儿做啥？男孩缓过劲来，头皮上凉丝丝的，屁股又疼了。他说是割草。

男孩坐起来，咧咧嘴，问女孩来做啥？她红了脸，眼也不敢再看，便说也是来割草。男孩很后悔，觉得怎么能这样问人家小女孩呢？他不好意思起来，不知该说什么才合适。

"俺认得你。"女孩说，"你叫大鲁，二年级的，对吧？"

男孩说对。他心想，我也认得你，也认得你家里的人，你大孙二胡是大队的干部，吃饱饭就在街上逛。男孩这样想，抬脸一看，那个叫小兰的女孩还看着他。男孩心下一慌，说："我也认得你，你叫小兰妮，是干部子女，对吧？你上一年级。"

女孩点点头，女孩的头圆圆的像个肉球。

四周一下静下来，女孩还是看着男孩，看样子是想再说点什么。男孩想替她擦擦汗，但没动。他说，小兰你把草筐背里头来吧，别让小豆子他们看见，小豆子经常偷人家割好的草。

女孩歪着头想了想，又抬头看看蓖麻子叶，便转身向外走。麻子叶跟在她后边，嘶啦嘶啦地响。

男孩看着她的背影，也歪头愣了一会儿神。男孩站起来，提着镰刀，绕过五棵蓖麻子，把女孩尿过的地方，用镰削了点干土掩上。

男孩刚刚掩好，隔着蓖麻棵看到女孩背筐来了，便悄悄回到原来待的地方，坐好，扔掉镰刀。男孩听得一阵嘶啦嘶啦的声响，女孩背着草筐进来，把麻子棵碰得左右摇摆，太阳花花地在地上亲了一阵便又回到麻子叶上去。

女孩放下筐，揪了两片麻子叶铺在地上，然后坐在上面。男孩这才发现，原来白里泛绿的麻子秆，有的已被磨得绿葱葱的，连上面上下扯直的暗白色的筋也可以清楚地看出来。

女孩用手当扇子，在脸上扇风。扇着风，女孩说，这儿真凉快。男孩看看她想，鼻尖上还有汗呢，就说起凉快来。

"真凉快。"男孩随了这么一句，觉得身上更潮乎乎的好受，腚也不如原先那般疼了。

女孩的头四下转转，说，哟！还有草呢。

男孩告诉她，这草用不着割，用手拔就行，不用使大劲就能拔出来。他说着，伸手从旁边拔过一棵车前子。地上的土松着呢。男孩说。

"猪不吃草根呀！"女孩看着男孩手里晃悠着的草说。

男孩撇撇嘴，哼！你不会交给队里当任务？男孩想，队里的牛泼实，什么草都吃，带泥巴的根也剩不下。

女孩不再说话。男孩觉得，应该说点什么，可说什么呢，他等着女孩问。

女孩却没问。她拿着镰刀削着地上一层层的土玩。男孩一动不动地看着，觉得削土真好玩。他也想试试，手在地上想活动活动，但终于没有动。

"你，"男孩先开口了，"想没想过死？"

"死？"女孩看看他，问，"死干啥？"

"我想死。"男孩坚定地说，把目光投放到蓖麻子外边，隔着蓖麻棵子，他看到了满地白花花的太阳。

女孩停下了削土，愣神儿地看他。

"他打我！"男孩重重地说，"他的手真有劲。他嫌我割草割得少。我要是死了，他想找割草的也找不到了。"

"你大打你了？"

男孩认真地点点头。那片白花花的太阳，把他的眼睛刺得有些酸。

女孩说，俺大也不好，他让俺叫他爸爸。

男孩收回目光，眼睛里立时一片昏茫。隐隐地，他看到女孩在看着自己，便说："你就叫他爸爸怕什么！哼，爸爸。"男孩的眼里出现了那个矮胖的孙二胡。哼，他还爸爸呢。他有点不服气。

"俺不会叫。俺叫大，他骂俺死妮子。他说，小兰妮，你该死，早晚掉到枯井里。哥哥叫他爸爸，弟弟也叫，就俺不会叫。"

"不叫就不叫！"

"大有糖，用花纸包着。舔舔，就甜掉牙。谁叫他爸爸他给谁吃。俺想吃，俺就不会叫。"

男孩想，叫爸爸干啥哩。大挺好的。

"叫你叫你就叫呗！"男孩说。

"俺笨，俺憨……俺大俺娘都说俺笨。俺也不会叫……俺不会笑，老师说俺的头皮是木头的。"

"木头的？"男孩觉得奇怪，"头皮怎么能是木头的呢？"

"老师说的。俺娘也这么说。俺弟弟也这么说。他说，小兰妮，木头的，吃饱喝足割草去。"

"他不割？"男孩问，他想割草时还真没见过小兰的弟弟呢。

"弟弟小，弟弟才上一年级就是班长。大说，弟弟大了，是公社干部。"

他是公社干部？男孩想，我上一年级，语文算术一考就是 100 分，那小子，才考 80 来分，就能当公社干部？男孩撇撇嘴，心里更不服气。

女孩看了男孩一眼，小心地说："俺大说的。"

"你大说的？你大还说恶巴巴泥拉呢。"男孩顶了她一句。心说，阿尔巴尼亚成恶巴巴泥拉啦！

女孩咧咧嘴，想哭。男孩看到，女孩把头低下去了，脸也看不见了，只看到一团头发。

"你的头皮不是木头的。"男孩说，觉得有点对不起她。

"老师这么说的。老师还说，俺弟弟的头是化学的。俺大听了，光笑。"

"我不信。我给你看看。"男孩向前挪了一步，搬过她的头来。他睁开眼，闻到一股烧糊煎饼的味。他仔细看看，女孩的头发一根一根的，不像木头呀！男孩想，木头里还能长出头发来？

男孩用手敲敲，一点也不像木头的声音。

男孩眯缝起眼睛，想了一会也想不出道理，便松开手。女孩抬起脸看他。他们贴得很近，连喘的气都闻得出来。男孩想，小兰今天吃的是胡萝卜咸菜。

"疼不？"男孩问，又回到那片阴凉里。

"不很疼，有点。"女孩说。男孩看到，有一束阳光正从蓖麻叶里泄出来，斜斜地照在她耳朵那儿，成了一个圆圈。

"不是木头的。"男孩说，"木头觉不着疼。"

"俺也敲过，就不是木头的嘛！老师说是。老师说，你这里头是木头！"

"不对，木头怎么会跑到你头皮里头去了呢？"

"俺怎么知道？——俺这么笨。"

……

男孩觉得没什么话可说。男孩想，该割草了，筐还干着底呢。他看看女孩，女孩正低着头削土。男孩越看越觉得削土真好玩。

"说话呀。"女孩突然抬起头来，男孩一怔。女孩没准以为男孩还是看着别处呢，没想到他正看着自己。女孩忙低下头，拿镰刀的手开始颤抖。

"我想跑。"男孩说，"到一个谁也不知道的地方去，不再割这熊草。"

"我也不想割草。不割，大会打死我的。"

"咱跑城里去，你大找不着。"

"城里？"女孩眼睛一亮，随即暗淡下来，"俺又没去过。"

男孩问："没去过？你连城里也没去过？"

她看着他，呆呆地摇摇头。

"我去过。跟我大去的——卖鸡蛋。城里人不会喂鸡……城里可好了，有卖花衣裳的，有卖肉的，还有卖包子的，一咬就出来一家伙油，可香啦！"

女孩听得出了神，看着男孩眉气色舞的样子，她悄悄地挺挺脖子。

男孩住了嘴，也挺挺脖子。

"你吃过？"女孩问。

我哪能吃过。男孩想：肉包子是那么好吃的吗？

"我看人家吃过。可香啦，吃的人一嘴油。"

男孩眯缝着眼，马上就看到了一咬就出一口油的肉包子。男孩默默地回忆，那包子真白，里边的肉真多，全是瘦的，还有油，那个香味，让人一闻就想吃一百斤。

"人家，给咱吃吗？"女孩怯怯地问。声音轻得几乎听不见。

73

男孩想,那么多油的肉包子,自己吃了还想吃呢,还给别人?

男孩想起那次进城看人家吃包子的情形:男孩在那儿站了半天,吃包子的那人,连头也不抬一下。男孩看到那人的后脖颈好像肉包子一样白。那人的脚下,放一个大包。那么吃起肉包子来真好看,吃一口,看一下馅,再吃一口,再看一下馅。那包子,上面还冒着热气呢。那人嘘嘘地吹着,吃进嘴里烫得呵呵喘气。

"人家,给咱吃吗?"女孩又怯怯地问。

"咱要呀!要饭的,他们该给了吧!"

"要饭?那多丢人。"女孩疑惑地望着他。

男孩止住笑,说:"那天,我大卖完鸡蛋,领我到饭馆喝丸子汤。丸子汤里有白菜,有粉条,还有酱油子。我那碗里,还有个鱼头。吃到嘴里,我大不让吐,让狠嚼,我就狠嚼,越嚼——嚄,越香。后来,不知咋回事,一下给咽下去了。大的那碗喝光了,我这碗还有一半,上面漂着一层油花。大说,你慢慢吃,别慌。这时候过来一个小要饭的。他穿的褂子,比我的还新。他向大要吃的,大说没有了。要饭的不走,站那儿看我,我不抬头。大说:快喝快喝,喝完还要看朋友去呢。"

女孩静静地听着,眼皮也不眨一下。男孩受到鼓舞又接着说:"我就快喝。大看着小要饭的吸烟,就说,'喂,你这褂子不错,卖给我吧!'要饭的说,'卖是行,反正我也不是买的。你给多少钱吧!'大说,'这是烂褂子,两毛都不值。'他说,'三毛吧!'大说,'两毛五。'他说,'三毛!少一分我也不卖,我穿着正好呢。'大说,'好吧!咱就这么着吧!'要饭的就扒褂子,扒了一个袖,大就掏出钱来。要饭的这小孩伸手就抢过去,一下子就跑了。大拉着我就撵,到门口,那小孩早没影了。"

女孩正仰着头,猛然启动嘴,露出两排小牙。男孩觉得,她笑得好看极了。

"咦，"男孩一想，"你怎么会笑了？"

"真的？咦——"女孩眼睛一亮，又笑了。

"你不说你不会笑吗？"男孩问她。

"俺……不知道。"女孩拖着长腔慢慢地说。

"呀！"男孩惊叫一声，"天黑了。"

这时，女孩吓得着火似的一骨碌起来，头和腿碰得蓖麻子秆东摇西晃，麻子叶沙沙响。

男孩听到，不少蚊子在头顶上叫呢。抬头看看，天下灰糊糊一片。男孩又往蓖麻子林外边看，远处的树木都模糊成一团了。

"俺……俺还没割草呢。"女孩捂着脸哭起来。

男孩的腔一阵一阵地又疼起来。

女孩赶忙擦泪。男孩站着，看着越来越暗的天，身上一阵一阵地冒凉气。麻叶子沙沙响。起风了。

"咱去死吧！"男孩说。

女孩吓了一跳。

"去不去？"男孩看着她，问。

"俺不，俺活。"

"你活吧！我去死去。"男孩说着，背起筐就往外走。男孩觉得，黑暗已经尾随在他身后，黑暗中，有个小女孩正凄凄地看着他。

男孩头也没回，径直走到池塘边。男孩放下筐，往后转脸一看，女孩正看着他呢。男孩一紧张，扑通，跳下去了。

女孩"哇"地大哭起来。她往四周看看，村庄已淹没在一片暮色之中了。她要跳下去救他。

这时，只听"哗啦"一声水响，男孩"噗噗"吐着气站起来，原来水才到腰那儿。

女孩也站起来。

"这水，淹不死人。"男孩一边把脸上的泥巴往下抹，一边笑着说。

75

女孩笑了，露出两排小白牙，在傍晚的景色里，男孩觉得，她的牙真白。

"上来吧！"女孩声音里透着兴奋。

男孩爬上来。天确实是黑了。

红摩托

中午，巨林镇的那老头，又像往常一样早早地搬出躺椅，斜侧着身子在那儿晒太阳。他眯缝着眼，在等一个骑红色摩托车的红衣女郎，从镇南头往村北驶。

这个时候，太阳已走到正晒午。

按说，这会儿应该是太阳最有劲的时候，天上没有云，远处也没有风，可太阳就是有劲不起。这是初冬，太阳的热劲快散光了，它要歇息歇息。

用老头以前的话说，太阳这是浪过劲了。

太阳闪着苍白的光，淡淡的，略带一丝清冷，仿佛伸手可触。伸手可触的太阳把老头的全身烘得像团棉花。在他身上，甚至可以看到一团若即若离的氤氲之气。

老头儿显然也感到了这一点。他觉得，太阳离他并不远，而且越来越不远。不远就不远吧！老头闭上了眼睛。

老头现在是歇息歇息——像浪过劲的太阳似的歇息歇息。全身软绵绵地松弛开来，可真让人好受。

不过，老头心里也很清楚，人，总共就有一股子劲，是不能随便就歇息的。歇，歇，一闭眼就该坏事。老头这样想的时候，已经是很累了，有个东西正向他身上压来，把老头的骨头给压重了，骨头又把骨头下的肉压重了。一股热气从老头身上的一个地方冒了出来，簌簌发着声响,有气无力,散到外边,就变成凉的了。

已晒了不少时光。

老头想站起来走走,往肚子里充点气。气进了肚子里,就会变热的。这样,他就不怕往外冒凉气了。可一站起身,走不出三步,喉咙那儿就干燥难忍,有件东西使劲往下坠,也没能往里边进多少气。身子中的力气却一个劲往外排。走一步,身上的气就少一点,就冒汗,就心虚。老头知道自己是啥时辰,怕的就是心虚。

太阳往西偏去,那个骑红色摩托车的人还没有来。老头支楞起耳朵,没听到任何动静——远近都没有动静。老头有点心烦,有点坐不住。老头想,摩托车出啥事了呢?以前可是天天来的,怎么今儿个没了影子?

——两年前,也是这么一个中午,太阳依然像个浪了一宿的男人。老头儿正抱怨它真不撑时,嘴嘟噜着,一抬头,却猛然看到天空昏黄昏黄地向他压来,大口大口吸过几口气后,头才停止轰鸣。他缓缓转动脑袋,看看四周,四周也是昏黄昏黄。

老头一下觉得掉进枯井里。阵阵阴风裹着黄雾从四周八方向他涌来。

这不可能,不可能,绝对不可能。

老头全身哆嗦着说,眼睛里一片空洞。

完了,这下完了。老头全身冰凉。他想喊人,可张不开嘴,他想站起身,却忘了是先让胳膊活动还是先让腿活动。

一切都是徒劳,因为老头的身子已经开始全面颤动。

"起起起起快快起。"

昏黄昏黄的天地之间,响起一阵马达声,一股强劲的风从天边卷来。没容老头的眼皮睁开,呼一声,一道红光闪过,一个红色的精灵从昏黄的天地中斜杀过来,如带血的箭,如披彩的云,老头全身一怔,"刷"地下竟站起来,对着那红色的影子就大喝一声:

"红的!"

老头儿英勇抖擞,老头儿顶天立地,老头儿不减当年!他向前迈了两步,腰是腰,腿是腿;老头儿挥挥胳膊,发现这两根棍还挺好使。老头儿又往后退两步,很气派地坐下,屁股从躺椅上弹起来又落下去。

"红的!一辆红的呢。"

老头儿兴奋地叫了声,激动得四肢抖动。

周围很静,太阳挺沉得住气。

院子里,一个简陋的茅坑边上,女人在擦腚。

"干啥咧?"

女人系着腰带问。

老头儿显然听到这声音。他把头往椅上一放,又闭上眼。老头懒得回答。

"啥?"

女人系好腰带,摸索着到大门口,向前探着头问。

女人头上,有两个黑洞。

这是个瞎眼女人。

"没啥。"

老头答了一句。没有回音。老头的嘴角动了动,随即向上喊了一声:

"红的!"

老头觉得,身上又有劲了。他睁开眼,老头儿看到,女人只是一片模糊的影子。

"啥?"女人提高了嗓门,背愈显得驼了。

"没啥!"

老头儿回答得很是威严。

从前,有人从老头的前边走过,老头儿听见脚步便摆摆手。话是不大说的。

"谁呀!"

总是女人在院子里问。

"老五家小三妮。"

"是了。"女人答。

她竟然没有听到摩托车的声音,一个穿红衣服的女孩,骑着一辆红色的摩托车打这儿过去了,不知道吗?

老头有点生气,便又闭上了眼。

不远处传来一声公鸡叫,那是在召唤母鸡。听到公鸡叫的时候,老头的头便轻摇一下。鸡叫过了,往后的事就不知道了。四周又静下来,老头便懒懒地想,她怎么知道有人打这儿过去的呢?

院子里站着位高个子、略显驼背的瘦女人。在距女人脚下不远处,放着一个普通的农家针线筐。针线筐里,盛着一块块五颜六色的布角、布块。放在那儿,色彩斑斓,在太阳光的照射之中,如一簇簇花儿开放。

在女人脚后跟—十五公分处,有个小方凳子,凳子上面的木纹清晰,亮闪闪的,一看就知道这是一个坐了许多年的小凳。小凳很沉静,在太阳的光芒里一言不发。女人坐上去,它也没有怨言。

平时,女人就坐在这儿晒太阳。有时,女人把手伸到筐里摸索一阵,半天抽出手来,却什么也没有。

女人觉得,这些布条像一个个的小鸟,总是蹦着、飞着,故意让她抓不住。

"哪儿去了呢?"

女人常这样自言自语。

什么哪儿去了?女人也不知道。她也闹不清楚筐里多了什么或少了什么,更不知道自己摸什么。

中午,女人站起身来的时候,觉得大地咣当一声,像有地震一样。

尽管女人脚大，也有点站不稳，眼看着就要歪倒了，地却停止晃荡。女人头顶那儿，噗一下窜出一股气去，女人立时感到头有点晕眩。

就这个样子站着，女人有点乏，骨头好像往外挪动似的。躺在地上一定很舒服，身子也就不会这么累了。骨头也可以往一块靠靠。女人从学会走路以后，还从没在地上躺着好好自在自在呢，现在老了，她真想躺下去安安稳稳睡一觉。但她又怕被人看见，没准以为是老头把她打得呢。有眼睛的人没一个有口德的，还是别躺着吧！

女人正这样想的时候，脚后跟那儿，有极轻极轻的风儿悄然掠过，跑出去很远。女人知道，在她的宝贝筐里，又一只小鸟飞跑了。

女人看到，小鸟贴着地皮跑得很快，没等她想出应该是什么色样的时候，那小东西已经消失了踪迹。女人埋怨自己：你瞎儿吧唧的，看它做什么？追又追不上，跑就跑了吧！

说不清这是跑的第几个了。有几次，女人都想把这些花儿胡哨的小鸟装到口袋里，再用针把口缝死。把这些东西全放在怀里，那样，它们想跑也跑不掉了。

女人没这样做，跑了就跑了吧！她说。

女人在那儿站着，感到身上有点冷。她觉得自己正在阴凉里站着。这个太阳，怎么一天比一天凉了？这个太阳，夏天的劲头哪儿去了？

太阳每天都到山里过上一夜，没准有个娘们儿在吸它。这个娘们儿是谁呢？不怕热不怕凉的，见了它就吸。

向前走了几步，女人觉得身上热乎了一点。眼里黑洞黑洞，脸上暖洋洋的，这是太阳在摸她呢。

摸吧！摸摸身上好受些，身子骨也舒服。

女人并不怕摸，怕脸红。女人觉得自己尽管瞎了，却在明处，不好意思。你没办法搞清楚有没有人看到，当然就自己难为情了。

女人想让太阳好好摸摸。太阳的手温暖而有力，说不定能把皱纹给摸平了呢。以前怎么就没有想到让太阳好好地摸摸呢？太阳，太阳摸得人多舒服呀!

"喂——老头。"

"噢——?"

"晒晒太阳。这儿,太阳,多不多?"

……

"你再向前走两步!"

老头喊。

女人向前大大地挪了两步。

"是这儿吗?"她愉快地问。

"嗯。是那儿。"

老头答。老头想,她的声音怎么一点也没变呢?

女人站的地方,正是片阴凉。

女人看不见。

老头其实也看不见。在他眼里,昏黄,已成为世界的唯一颜色。只有红色摩托车经过,他才能隐隐看到一点区别于昏黄的色彩。

"红的!"

他总是这么高叫一声。

女人相信,那呼——呜——嘟嘟的东西,就是红的。

女人站了好一会,觉得太阳没丁点的意思。她抬脸看看天上,天上黑黑的。——脖筋已经疼了。女人伸出手,向上随随便便地划了一个弧线。莫非天上有云彩?

女人不知道她在站在阴凉里晒太阳,是高高的大槐树把满院的太阳光都吸到它那密密麻麻的枝条上。

女人觉得老在这儿站着也不好,便想去屋里。去屋里坐坐,或躺躺,都行。

这个时候,那辆红色的摩托车还没有一点影子呢。

当老头感到自己的眼睛确实是什么也看不见了的时候，还要等上一阵子。在等这一阵子的时候，老头并没觉得自己是在等待什么。他只问，那辆摩托车——红色的摩托车今儿个怎么还不来呢？

以前老头可没这样等待过什么。老头年轻那会儿，浑身的骨头天天早上咯咯吧吧地响，响得他心花怒放，老想找人干一架。

老头觉得骨头上的环扣松了，骨头里边的精气没了，骨头和肉两边分了手，一敲准会梆梆响，就和街上要饭的拿的牛骨头差不多。

"嘿！"

老头冲天一声，想喊一嗓振作振作。谁料这声嘿到了嘴边，竟成了"唉——"

老头一惊，手上的骨头在那层干裂的皮里跳跃着想离开这里，把十个指头搅得一晃一晃——指甲已经很长了。

老头的两腿象征性地开始抽搐，抽搐的肌肉迅速扩散。老头儿的全身已经哆嗦成一团。

"突突突突唔唔唔唔……"

一阵马达声在镇南头响起，老头儿一个寒战，唰地一声站起，扬起胳膊，嘴唇蠕动着，骨头迅速集合，个顶个地撑起来。

老头一下又年轻了。

女人是在进屋后才听到老头的那一声唉的。

这声音使女人紧张了一下，她马上感到要坏事。女人头上一紧，她忙走两步。女人一下倒在床上，一团阴影把女人包围了。

有个东西走过来，伸手把女人的头拿走了。这是干什么？女人大吃一惊。你拿什么不好偏偏要拿我的头？

女人挺紧张，女人突然有了勇气。女人喊，给我给我，这个头是坏的，眼睛根本不管事，你们拿去也没用，给我给我快给我！

那东西还是不肯把头放回。女人看到，那头上有两个黑洞，还正对着自己。

你拿它做什么？

女人镇静下来，你还是去拿好的吧！把孬的还给我。

那东西便把头还给了女人。

女人暗自兴奋，幸亏这是坏的，要是好的，就甭想再要回来了。头要是被人拿去了，弄不回来，那可咋着办才好呀。一会儿老头晒完太阳，进来给我要头，我上哪儿给他弄去？

幸亏是坏的，人家都不稀罕。

我可稀罕。

女人缩着头想，我什么都稀罕，不稀罕怎么能行呢？筐子里的好东西，一件一件地偷偷就跑了，连抓也不抓住它们。正好好的，说跑，就跑一个。气人不气人？

女人心里一紧，她感到，有个什么东西把她的心给揪走了。肚里空荡荡，这下她慌了神。摸摸，却只摸到一层又松又干的皮，上面结成一个连着一个的小肉皮块。这是人皮吗？怎么和干玉米叶似的？又粗糙，又松弛，抓着一块就能扯到屋后边去。以前的皮可不是这个样子的。以前，那皮像刚刚出锅的热馒头，按一下，它就弹起来，弹劲足极了，只要有东西靠上来，不使劲就给弹回去。男人也能弹得开。要不是两只胳膊使轻搂着，凭这紧绷绷的肉皮，多浓的汗腥味、油烟味儿，也甭想靠上来。

那时，女人还没像今天这样。女人只是把男人拉过来，不再松手。现在她才想，幸亏那会没松手，要一松手，男人准会给弹得晕头转向。那样，可就糟了。

女人摸着皮，不由感慨。现在，也就是自个儿摸摸自个儿。连太阳都被云彩遮住了。她不敢摸老头，摸一次，身上就激灵一次。

"看你，净骨头。"

女人想这样说，话还没出口就收了回去。要是这么说，老头会不高兴的。老头老啦，怎么能让他不高兴呢？

"看你，光剩一层皮啦！"

老头却这么说她。女人不太高兴，我还没说你，你倒先说我了。算了，谁也甭说谁，谁也甭摸谁。

女人深陷的两个黑洞里，滚出两粒晶莹的泪珠。泪渐渐溢满眼眶，往下流淌过来，一直流到女人的嘴角。女人张开又一个黑洞，觉得泪是甜的。

女人又想起昨天夜里，老头竟爬到她身上来，女人一阵兴奋，她不好意思再吸男人，也舍不得。可男人却不管这些。

"歇息歇息吧！"她说。

"你不想?"老头气喘吁吁之中问，手还乱抓。

"想。"

"就是。我行！"老头还挺高兴。

"你行！"女人由衷地说。

可啥也没做成。男人又瘫倒了，呼呼喘了好半天粗气。粗气还没喘完，老头说，你不行了，你的皮太皱，你要年轻，我还是一样。

女人突然看到，一张破床上，并排堆放着两具骷髅。白花花的骨头有粗有细有短有长，头骨上几个深深的洞，两具竟然一个样。

"瞎不瞎，一个样。"

女人幸福地呻吟着。人老了，就不要眼睛了。

"我不瞎！"老头粗声粗气，"我还能看到红色的摩托车呢。"

"你老了。"

"不老。一点也不老。谁说我老了？我怎么老了？不信，你试试。"

老头说着，竟转身一口咬在女人干瘪的乳房上。那乳房早和胸脯一般平了，可老头还是一下子就咬住了。

"你还真不老呢。"女人说，"可是我老了。"

谁能不老？老就老了呗！女人想。

女人躺得久了，心里没个着落。她想站起来，她想还回到筐子那儿去晒太阳。她这么想着便站了起来。

女人还没动脚，就觉得身后像贴着一层干干巴巴的纸，前面也被人糊了一层。她向前迈一步，觉得身上的皮哗哗啦啦响。女人想，这么老的皮，该换新的了。要能把这层皮扒下来，身上就不那么干干巴巴了。女人又想：要是扒仔细了，连遮住眼的这层也能扒掉，就什么都可以看得见了。

"红的。"

老头在外边一声狗叫。女人嘴角动了动，他就会说红的。红的，有什么了不起？我的筐子里全是红色的小鸟！

女人侧起耳朵，果真听到了马达声。马达声越来越响，把屋震得上下不安。女人看到，一团带血的红云正浓浓地从南边向这儿压来。正当女人揪紧心弦期望什么的时候，嘟——嘟——嘟，马达声不响了。

四周一片死寂。

女人一怔，几乎同时抬起两个腿往外窜。"扑通——"，脚下一绊，"哗——"

女人的眼前一片辉煌……

人都有一怕。骑摩托车的姑娘最怕的就是走这条路，可她又没其他路可走。两年前，姑娘骑着那辆红色摩托车打这儿过的时候，就看到有个老头躺在路边的躺椅上半闭着眼睛晒太阳。听到马达声近了，老头子便折起身子看。姑娘也看，一看，姑娘吓了一跳，她分明看到老头的身上有块石头。

"呼——"

车驰出好远，姑娘仔细回忆，不由出了一身汗，妈，那哪里是什么石头，分明是一具白花花的骷髅。

姑娘几乎一夜没睡好。看到这玩意，能吉利吗？姑娘不敢再骑这辆红色的摩托车了,红的和白的在一块,总使人想到什么。于是,第二天,姑娘就把红色摩托车换成了天蓝色的。

骑天蓝色摩托车的姑娘,再次打这条路上过的时候,她看到的老头,就是一个老头,而不再是白花花的骨头。她暗自庆幸换了车。

可姑娘还是振作不起来。每逢从这儿过时,老头总叫一声"红的",那一声叫人心颤。

今年,这老头更别扭。姑娘发现,老头的躺椅几乎一天一个样地往路中央挪,后天,干脆摆在路中央躺着。弄得姑娘每次打这儿过,总要减下油门。姑娘想,别让风裹的沙子打了老头的眼睛。

骑天蓝色摩托车的姑娘今儿一大早就发现该换活塞了,可她又觉得还能凑合一次。姑娘坐在车上,总算把火打着了,腾腾腾腾,还挺是个动静。

明天你再休息!姑娘抓着车把对活塞说。

车在路上只坏了一次。摩托车驶进巨林镇时,已经快到吃下午饭的时候了。

姑娘想,到家吃什么呢?还是吃香椿拌豆腐吧!

姑娘的肚子有点饿。车颠,不太舒服。

"红的!"

姑娘听到这一声,立时吓了一跳。老头挥舞着胳膊大叫着跳起来。晚了,完了。姑娘一纵身,把自己从车上甩下来,头直直地往路旁的一块石头上撞去。老头倒骑着摩托车的前轮,手抓一下什么也没抓到。

摩托车歪倒,自动熄火。

老头躺在地上,嘿嘿笑了两声。他觉得自己已经骑上这带血的箭,正向一个地方飞,飞呀飞,一直飞到一汪鲜红的河里……

他不知道瞎女人也跌进一片灿烂里。

到县上开笔会

孙玉正在乡大院的东南角里蹲着。乡里的文书进来,一边解裤子的纽扣,一边从后边的裤兜里掏出张纸递给孙玉。孙玉说,我有我有,谢谢你。

谁料那纸却自个儿落下来,前边一阵哗哗的水声。孙玉蹲着向前挪挪身子,捡起那张纸。这时候,文书已吧哒吧哒地走远了。

孙玉蹲着也是闲着,取开纸一看,才知是份通知:

> 为繁荣我县文艺创作,促进精神文明的建设,更好地宣传改革成果,我们拟举办一期创作笔会,时间为一周。特请贵单位孙玉同志参加,望接到通知后,务必于6月4日到县委第四招待所报到。

此致敬礼年月日。下边的落款是文化馆。

通知是用打字机打出来的,字很大,孙玉看过一遍后又仔细看了一遍,目光在猩红的印章上停留了很久。停留的时间一长,孙玉竟有点憋得慌,嗓子里也堵了块热乎乎的东西。

孙玉到乡里文化站做通讯员已经快一年了,一个月二百多块钱,会议倒是参加过好几次,但还没有参加过一次这样的会,还没有见到过一次这样的通知呢。

瞧这通知上的字多大，多清楚呀，纸也很厚，很白。上面呢？写着孙玉，还同志，指名道姓。而且还务必。咦，咦。

孙玉提上裤子。

乡长看了看通知，愣了会，似乎没有看清似的又看了一遍，然后看着窗外。窗外有棵白杨树，从窗口上只能看到龟裂的树皮。

乡长用小指甲盖轻轻敲着那张很大很大的桌子，说，你，去吧！今天3号，明天就是4号了。明天你就去参加吧！

孙玉刚想说感谢话，乡长把脸由窗外向回转来，看看孙玉刚要动的嘴，说：去了，多认识一些人，少说话，多客气客气，多宣传宣传我们的编织厂。

孙玉这次没敢再说话，很小心地点点头。接过乡长递过来的通知，极小心地折好，看了看正在看报的乡长，才轻轻放回上衣的口袋。

出了乡长的办公室，孙玉才从别人那儿了解到，王庄乡参加这个会议的，就他孙玉一个。他还知道，这样的会是文化会议，不是谁想参加就可以参加的。

孙玉觉得不大公平似的，不让孙玉参加，也该让乡长或书记参加呀，乡长和书记忙，也该让文书参加呀？干嘛非要让孙玉一个人参加呢？这多不好。

孙玉后来又想，这通知是县上下来的，县上说让谁参加谁就参加，关你孙玉什么事？这样想，心才慢慢放下来。

孙玉觉得今天的太阳真好。

第二日一大早，孙玉就爬上了一辆到县城的拖拉机。到城里去打听半圈，才找到第四招待所。刚进招待所的大门，就看到一个大红纸上写的告示：

参加文艺创作笔会的同志请到北楼203报到。

孙玉的心里顿时热乎乎的,他觉得自己应该早来一会。看看,大家都有先来的了,这多不好。

孙玉兴冲冲地往北楼走,203房间里,一个扎着小辫子的姑娘正在看书。她看了看孙玉的通知,抬起头来笑笑说:噢,噢,你就是王庄乡的孙玉呀,请坐,请坐!

孙玉感到很亲切,亲切中又有点不大自在。便坐在床上靠栏杆的那一头。

扎着小辫子的姑娘拉开抽屉,拿出三个长条条的东西,一种是红色的,一种是绿色的,还有一种是蓝色的。孙玉接过来看,是餐证。白色的上面写着:早餐,只限一人。红色的写着中餐,绿色的则写着晚餐。孙玉正将这些折起来,小姑娘又让他签个名,孙玉手有点哆嗦。他从她手里接过圆珠笔,感到上面有点腻腻的滑。

发餐证的姑娘看了看孙玉的签名,说,你的字写得真秀气,比我的好多了。

孙玉便红了脸,不知该怎么谦虚一下才好。

姑娘倒没在意,然后看看登记册说,你和老陈住在一个屋吧!老陈是我们县的老作者,发表过好几首诗呢,有一首还登在地区的刊物上。你们住一块,挺好。

孙玉说,好,好,和谁住都挺好。话一出口,孙玉就红了脸。

姑娘的脸似乎也红了一下。她低下头去,从抽屉里拿了几个牛皮纸信封,站起来说:走,走,我领你去认识认识陈老师。

孙玉忙提起包,跟她出门,爬上一层楼,咯哒咯哒又走了几步,他敲了门。敲着门,她转过头来对孙玉说:就是这儿,就这儿。

姑娘的全身一下亮起,是门开了。孙玉挺挺腰,就听里边说,哟,小孙来了,快坐快坐。

孙玉觉得奇怪,他怎么知道我姓孙呢?跟着进了屋后,心里还有点疙瘩。见那扎小辫的姑娘笑眯眯地坐下,他也坐下来,背包也没好意思立刻放床上。

姑娘说，这是陈老师，诗人；这是孙玉，王庄乡文化站的。那陈老师便咧开大嘴，实实在在地笑了，啊！啊！你们原来是一家子呀！你们孙家，还真有人才呢。

三人都笑了。孙玉想，原来她也姓孙，就是不知道她家是不是农村的。看样子不大像，可要不是农村的，怎么待人这么热乎呢？

"老陈，信封放这儿了，你们谈吧，我去看看还有没有报到的。"姑娘——小孙姑娘说，说着就直起身，站起来往外走。孙玉忙站起来，老陈也站起来往外送。边送，老陈还边说，慌啥哩，慌啥哩。

两人目送小孙姑娘下楼后，相互对视一下，便客客气气地把对方让进屋来。进屋后，孙玉觉得没怎么地说话，两个就聊到了一块儿，这让孙玉自己也觉得奇怪。从陈老师的介绍里，孙玉知道，这次笔会，是县上搞的。往年，每年都要搞一次，这样，县上的作家们也就都有了个交流的机会。能到县上参加这样的笔会，对以后的"创作"很有利。而且，这还是个证明，证明什么呢？证明你是个文化人了，乡里、村里都会注意你。

孙玉觉得身上的血都热起来。他想，乡里的文书想参加这样的会还不一定能参加呢。没准他会说，瞧孙玉，不声不响地巴结上县里的官了。

老陈说，今年这个会，还要请大作家，知名的大作家来讲课。这个大作家很有名气，还是地区《龙山文学》的编辑，姓江，很有水平的一个人。

孙玉听着，觉得这一切都怪新鲜。有乡长办公会，三秋用电协调会，计划生育绝育先进代表会，三夏防火防盗联席会，防洪救灾会，支部书记村长会……没想到还有个作家的会，既不是碰头会、传达会、报告会、学习会，也不是妇女会，而是——笔会。

孙玉觉得身上有点热烘烘的，心想，这样的笔会怎么个开法呢？

是不是大家每人发一支笔,排好队每人写上一句,转着圈儿地写,看谁写得好?他很后怕,没有及早准备。写上几句有劲的,也让大家夸奖夸奖,回去见了乡长,见了站长,也好有个交待。

老陈说了会话,喝两口茶,站起身来提暖壶加水。加过水孙玉才看到,老陈是往两只白瓷杯里加的。微微的,上面还冒着热气。加过水放下壶后老陈说,这杯你喝,你喝。孙玉很感激,连忙从床上跳下来,坐到沙发上去喝水。

孙玉在乡里也常参加有沙发的会议,但很少喝水。一喝水,就误了记录,把乡长或书记的精神记错了。现在老陈讲话,他就不用记录了,况且老陈也没在意孙玉是记录还是没记录。孙玉极轻松地跷起一条腿来,端起杯子,轻轻吮一口。孙玉觉得味道还可以,便又轻轻地喝了一口。

老陈拿出小孙姑娘给他的信封看,孙玉微微歪头看老陈。老陈的白衬衫,看样子是用心洗过,显得很白。白白的衬衫套在黑黝黝的脖子上,显得更白。老陈的喉结很大,是很能吃饭也很能吃盐的那种。孙玉顺老陈的喉结看去,是一张极熟悉的脸,没什么特别,和王庄乡的农民差不多,和自己爸爸的脸型也差不多。孙玉心里顿觉踏实,顿觉亲切起来。

孙玉不好意思再仔细看下去,移动目光,孙玉又看老陈的手。老陈的手也和爸爸的差不多,筋根根粗壮,绝对出大力的那种。

孙玉觉得不该老盯着人家看,该说点什么,便又端起杯子喝水。喝过水放下杯子,老陈却问孙玉是写什么的,最爱读谁的小说,发表过什么没有,孙玉一一回答。老陈说,他小孩姨家有个亲戚在王庄乡,说不定哪会儿就到你们庄上去呢。孙玉忙点头说,你要去先告诉我一声,也到我家坐坐。老陈很高兴,说当然当然。

孙玉问老陈有几个孩子,这显然又勾起老陈的话题。老陈说三个,大的是闺女。女孩嘛,按说能让她上个初中会写个名字也就行了,可这闺女还就喜欢上学。上完初中，一下又考上了高中，全村就她一个呢。人家都说老陈，闺女再好，养大也是人家的，还不如早两年让她下地，能帮家里干点就干点，不干也比点灯熬油强呢。可老陈想，咱是文化人，怎么能耽误孩子的前程呢？闺女也能上大学不是更好吗？老陈想得开。老陈宁愿自己忙点苦点，也不愿麻烦孩子们。

至于老二，二小子嘛，一向不爱看书，上次——也就是去年，由初一升初二，差五分。按说得留级。老陈找到校长，校长知道老陈是个作家，又不大轻易求人，便特别客气，说，不留他不留他。这级也就不留了。小三也是个小子，这孩子更不爱学习，只爱掏麻雀窝。对这两个孩子，基本上来说，老陈已经失去了信心。

"大妮好。我看我这个文学事业，只能传给大妮了。"老陈说。孙玉点头称是，说就应该传给大妮。

老陈站起来，走到桌前中间的抽屉，拿出一叠纸。老陈说这是写给大妮的信，让孙玉看看。孙玉忙站起来说，不，不，我怎么能随便看你的信呢？老陈说没关系，看吧看吧，反正没什么秘密。

孙玉觉得不看真对不住老陈，便接了过来。信笺上面是印着文化艺术馆的笺头。里边写的是：爸爸到县上来参加笔会了，今天报到，明天正式开会。到会的都是我们县卓有成绩的作家，县报的编辑还要来讲课，地区《龙山文学》也派了编辑来组稿。农活忙，爸爸这段时间没有练笔，稿子怕一时还写不出来，但爸爸不愿落后，愿意借这个机会，好好向各位同行和老师学习，以提高自己的创作水平，云云。

孙玉看了信，觉得老陈写得真好，老陈这个字也真好，心里敬重不已。不过他不明白，既然"大妮子"个个星期六回家背煎饼，有什么话不能说，非要在信上说？

老陈解释：写信比当面说要好，女孩子脸皮薄，不如写信，写信说得清楚，什么时候想起来，什么时候就可以看。

孙玉说对。孙玉想，老陈的闺女接到老陈的信一定很高兴，很多同学也会羡慕她,她当然也会为有这样的爸爸高兴的。孙玉想,老陈真理解闺女的心事。

正想呢,老陈一拍腿说,嗨,我这人真好忘事。孙玉一惊,问他忘了什么大事呀。老陈说,刚才小孙介绍了您的大名呢,我怎么就一下想不起来了呢?你看你看,我真是粗心。

孙玉说不碍不碍,我叫孙玉,子小孙,王点玉。老陈说这名字好,这名字好,两个字。以后不会再忘。说完,拿起纸笔,起身到桌前,坐在那儿写起来。

孙玉端起杯子,却没喝。门外有轻轻的脚步声,由远而近,由近而远。孙玉想,县上到底是县上,县上开会也有县上开会的样。先报到,再领餐证,再住下。住下坐着说话,不认识的人,很快就成了朋友,真好。来县上开会的人也真好,像老陈这样的,一说话就让人觉得挺知己。门外走动的人也好,不高声说话,也不骂人,哒哒哒哒轻轻走过去,不细心听都听不到。哪像乡里开会似的,乱哄哄一团,嘻嘻哈哈,抽烟的光着脚丫子不管坐在什么地方都抽,烟头子满地扔;吐痰的不管坐在什么地方都咳嗽。有些干部们,见面就称呼外号。什么"扒灰头""破皮鞋""金豆子",还有带着小孩在会场撒尿的。哪有县上这么文明,这么安静,这么有水平?像老陈,三个孩子,一个也不往这带,而且衣服也都这么干净,说起话来也让人觉得一句是一句的。

老陈起身推开椅子,又拿信给孙玉看。孙玉看到了自己的名字:和我住一个寝室的,是位叫孙玉的青年作家,别看和你年龄差不多大小,可他已经在县报上发表了不少作品,你要好好向这位有作为的老师学习。

孙玉红了脸,忙说不中不中,我才初中毕业,她都上高中了,比我的文凭还硬,我该向她学习才是。

老陈说小孙你不要客气,你现在能参加这样的笔会,就是县上的名人了，说不定以后写县志、乡志的时候，还有你专门的一笔呢。

老陈又回头写信封。孙玉觉得老陈不仅人好，而且还热心，还谦虚，心里便愈加敬重。

嘭嘭，有人敲门。孙玉刚要放下杯子去开，老陈已很响亮地喊了声进来。门开了一个大缝，闪进一张姑娘的脸蛋，是小孙姑娘。小孙姑娘冲屋内一乐，说，先生们，开饭了。说完关上门去，又敲别的门。

老陈拧上钢笔帽，走廊里的开门声、脚步声就传到屋来，老陈起身说，走，走，咱们吃饭去。

孙玉带过门，又拍了拍腰里的钥匙，直起了腰板。老陈在前边走，他在后边跟。老陈走着走着一转身进了一个屋，孙玉也跟了进去。他以为就在这儿吃饭，却不料老陈去洗手。水管的水哗啦哗啦冒着水花。孙玉也挤上前去，很认真地冲了冲手。又有人进来，孙玉闪开让别人。洗过手的人，有的用手绢擦，有的则往地上甩甩，然后弹着手指走出洗刷间的门。孙玉没带小手绢，也学着前边那个人的样子，往地上甩了甩，还正好甩在老陈身上。老陈冲孙玉笑了笑，也甩了甩。

孙玉挺直腰，拐弯下楼。两人走进餐厅，文化馆笔会标志的餐桌有三张，还没一个人来。每桌上有四大盘菜，四小碟咸菜，中间一盆汤。两人看看，说不错不错，相互又看，都笑了。

小孙姑娘领着另外两个人出现在门口。老陈一见，忙站起来紧跑几步去握手，嘴里还喊着老师老师。孙玉忙着也站起来，跟着喊老师。大家笑眯眯地落座。

孙玉看老陈往怀里掏，也把手伸进口袋，见老陈掏出了绿色餐券，放在桌子上，便也照样做了。

五人开始吃饭。

江湖不远

　　唐先生是兖州人。作为古九州之一的名城，兖州历代有重视文化人的传统。但说唐先生是文化人，大概很多见过他的人都不会相信。

　　大家去过兖州火车站吧，那可是个客流量很大的站，一年之中除了冬天，三季都能见到戴皮帽子的东北旅客，一年四季也都能见到穿得花花绿绿的男人——香港或广州人。至于外国人中的大胖子、大个子，还有颠上颠下的大奶子，更是来来往往，熙熙不断。

　　唐先生就在火车站和汽车站旁边，常常坐着个小凳子，或用右手拦着左腿，或用左手抱着右腿，在那儿悠哉悠哉地东看看西瞅瞅。

　　唐先生已经八十多岁了。

　　出门在外的人，都知道火车站、码头一类的地方是个混乱场所，兖州火车站又是京沪线上的大站，自然也不例外。但无论是蹬三轮车的大嫂或开出租车的司机，无论是街痞、警察还是要饭的，只要在兖州火车站混过一段时间的，鲜有不认识唐先生的。

　　老师，打扰一下，见唐老先生了吗。

　　算卦的老唐？

　　是啊。

　　北边。那不，太阳底下蹲着呢。

　　这是我去兖州时常常上演的一幕。

　　要是再早上几年，问唐先生在哪儿，他们会反问我，是补鞋的老唐吧？我说是，他们才指给我唐先生在哪儿。

我认识唐先生时，正值文化大革命后期，父亲在大队里担任副业院的头头，副业院有三百亩地的果园，有两架榨油机，还有弹棉花的大机器，又有一排牲口院儿，里边有骡子有马，好像还有驴。那时候，全国人民都很穷，在十几岁的我看来，副业院该是很阔气的地方了——他们竟然隔三差五地喝顿咸汤，里边还有白面做成的疙瘩，还有油，还有葱花味儿。喝上它一碗，那真叫香。

我是在去果园蹭汤喝时认识老唐的。一个留着光脑袋的大个子，正坐在树下的阴凉里，摇头晃脑地讲故事，周围围着不少的人，走近了，才看到一个大箱子，周围胡乱堆着马车上使的皮革用具什么的，还有一堆儿臭胶鞋。那鞋，一律解放牌，一看就是青年队的那伙子人穿的，只只龇牙咧嘴，仿佛能看到又黑又炫眼的脚丫子从里边伸出来似的。

唐先生，那时候被称为老唐的人，边拿着一只鞋补着，边和周围的人讲雷公子投亲的故事。讲着讲着，他把鞋一挥，用左手打鞋底，还唱了起来，有板有眼有凄凉，是我们这一带流行的"柳琴戏"，土名也叫瞎腔。唱这种戏的，大都是瞎子，而这老头却目光炯炯，英气逼人，而他一仰头眯缝起眼来时，却又显得陶醉和遥远，好像是那些故事、那些故事里的人都进了他的眼皮里，只有他自己才看得见。

我便感到这老头的周身都有了一股或仙或神的东西，那东西高不可视，远不可见，一直等他喊我爷们时，我才醒过神来。周围一看，人们都上工去了。偌大的白杨树下，空空的打麦场上，只剩下了我们俩。

我和唐大爷便成了朋友。

放学后，只要有空儿，我就往苹果园子里跑，那些在苹果园干活的人，吃过饭也到唐大爷这儿来。他们一来就说，接着来，接着来。

唐大爷便接着来。

讲完《雷公子投亲》，又讲《杨家将》，讲完杨家将，好像还讲了姜太公封神。那是文革后期，我爹经常严肃地批评那些喜欢听唐大爷讲故事的人，要他们注意，不能光听，要批判，要批判着听，别中了毒。

唐大爷也笑哈哈地警告他们：不能中毒呵哈，可不能中毒。咱一块批判，要多批判，很批判。

大伙儿也就哈哈笑着说批判、批判，明天咱再接着批判。

我爹和唐大爷有私交，有几个晚上，父亲还约唐大爷到我们家喝酒，东一家穷过西一家出过人才什么的，一说就是半宿。

从父亲那儿得知，唐大爷家是有钱人家出身，家族世代书香，古代就是兖州望族。但唐大爷却不爱读书，上了不到五年的私塾，他便偷跑出来，跟着几个说书唱戏的戏班子跑了，把全家人气得四处乱找。找回来关起来，还是跑，一直跑到十七八岁。家里人说，这孩子，没治了。就由着他吧！

结果，他便成了民间说唱艺人。

解放后，戏班子解散，他也被迫回家，庄稼地里的活他也不会干，城里边当了工人，好像也不大走运。有领导就专门治他，据说让他去要饭。

唐大爷笑嘻嘻地拿着竹板去要饭。

"竹板一打叭叭叭，婶子大娘可在家，门口来了讨饭的，发发善心给点吃的吧！"

整个把人逗得哈哈直乐。

又有人看不下去，总觉得他活得太自在，就不许他要饭，要他"自谋生路"。想这阔宅门里出来的少爷，自谋生路还不得饿死？谁料唐大爷却做起糖葫芦买卖。

"咱姓唐，咱的糖葫芦儿也姓唐，谁的糖也不如咱的糖多。"

他的吆喝，比别人都揽生意。

于是,那些人更气不过,不许他卖糖葫芦,非要他"自食其力、自谋生路"不可。

他闹不准到底如何才是"自食其力"。那些看不惯他的人,干脆就告诉他,补鞋!你只配给贫下中农补鞋!

这鞋,唐大爷一补就补了三十多年,当时非要让他补鞋的人到底是谁,都让他老人家给补忘了。

唐大爷补鞋的手艺,虽然一直不断练习,练到了文革后期,他老人家怕是连中等水平也算不上。父亲就常常笑着对他说:老哥,您别给补结实了,你这回补结实了,到下回生意可就少了,可不能砸了自己的饭碗。

唐大爷就笑哈哈地回答:"就是,就是。都想让咱补结实点,补结实了,谁还给咱包子钱?他们说的我不能听。我,就听俺兄弟的吧!"

父亲在大队副业院当了三年多的领导。每年,唐大爷都在副业院待上两三个月,补骡马用的皮具,补补胶轮车的带子,再给青年队的人补补鞋,这个冬天也就快来了。平时,唐大爷就住到副业院里,一旦打道回府时,父亲除了给他结算工钱外,还送他点豆油或小麦什么的。逢这时候,唐大爷便哈哈一笑,装到车上再回首抱拳,笑哈哈地回城。

唐大爷后来告诉我说,你父亲——我们是老友。你大爷的老友不很多了,你父亲是一个。自从他不在副业院当领导,你们村的苹果园,我一次也没再去过。老友啊——得有很老很老的味才行。为什么苹果园这么多人,我只认他一个?

嗨——神交呐。

唐大爷说。

到我高中毕业后又到煤矿工作,事也多了,见的人也多了,慢慢地,唐大爷的印象在我的脑海里却一天比一天清晰起来,他那一耸肩、一抬肘、一抱拳的神态,那亮堂堂的额头,那陶醉而迷恋的表情,时常闪现在眼前。那呵呵的直抒胸臆的笑声，不时在耳边响起。

唐大爷，您老还好吗？

记得是上世纪八十年代的一个夏天，我在兖州教育局三楼旁听几位教授的课。课后天色尚早，我便骑自行车在兖州转悠，到火车站边的一个阴凉里吃冷饮，刚要推车走时，却发现一个大木箱子上，写着杜甫的诗，乃是刚刚听教授讲过的"李白斗酒诗百篇，长安街上酒家眠，天子呼来不上船，自言臣是酒中仙"。

字是用黄漆写上去的，笔锋粗壮厚实，显得很敦实，又是楷体，更显古风。细看，一个大圆头正亮晃晃地闪着，不是唐大爷又会是谁?!

哎哟哟，呵呵，这不是贤侄吗？

唐大爷起身，耸肩、抖肘、抱拳，然后，又弯腰捡起一个小凳子递给我坐。

说了不到三句话。唐大爷便说，收工，收工。今儿的包子钱挣够了，咱爷俩到我家喝酒去。

唐大爷家在兖州东关，两间的正房，一间厨房，正房里除了摆下他补鞋的大木箱子，就只有一张旧桌子，一个大大的用土坯垒成的床，合上大木箱子就当了酒桌，二个咸鸭蛋，一盘花生米，还有一大块五香豆腐皮。

我们爷俩便喝起来。

唐大爷问我这几年干啥去了。边喝边说当中，便扯到今天听课，唐诗中才讲到白居易。唐大爷一抿酒，竟然背起《琵琶行》来。不，他不是背，而是唱。老人眯缝起眼，看着远处，一边唱，一边轻轻用右手往左手心里敲着。几百句的琵琶行，他竟完完整整地全唱了下来。

看着我目瞪口呆的样子，唐大爷乐了。

唐大爷说，再听我给你背《长恨歌》。

说完，他抿了口酒，"杨家小女初长成，养在深闺人未识"。……

哇，又完整地背了下来。

这下，把我镇住了。

我把这两年自学古典文学的看家底子掏出来，从建安七子到唐宋八大家，只要我提出人名或一部作品名来，唐大爷均能背出作者的名篇和名句来，不禁将我惹得酒兴大发。一直到鸡叫，唐大爷才呵呵笑着说，睡吧，睡吧，你要想听，啥时候都有时间。

我们并排挤在床上的时候，唐大爷才告诉我，他的古文底子，也是后来学的，跟着说书艺人跑江湖，他就带着不少诗文选本，闲时就看，虽没有过目不忘的本领，倒也记上几遍就记住了，记住了，就不会忘了。

从此后，或到北京鲁院进修，或到上海复旦读书，或到外地出差，从兖州上下车的机会多了，或上车前，找唐先生聊上一阵，请教一番；或下车后和他老人家喝上几杯，总是意犹未尽，仿佛还有很多的话要问要说。

时间长了我才感到，唐先生吸引我的不仅仅是他丰富的诗文知识，更有魅力的是他那丰富飘逸的人格精神。也许，这便是我读古文时所一直所推崇的"品位"吧。试看：周围熙熙攘攘，他用一根针、一根线，针针线线，便给行人缝补好鞋子，满腹的才学，无一为时代所用，无一为世人所知，而他仍然自得自满，自乐自足，居贫困而笑看天下，处俗世而不媚权贵。一个咸鸡蛋、几块豆腐皮、一茶杯酒，咂咂有味，其妙处自感自悟，真有一种地老天荒的辽阔和弘远。

比起那些造假大学文凭当官，为职称哭爹喊娘之辈，唐先生之古风古韵，如青松一样高洁，如古柏一样虬劲。和唐先生的对话，使人有把酒临风之感，观先生之为人，又有与隔世圣贤谈话的酣畅。

到上世纪九十年代末，唐先生已经八十多岁了，人们对他的称呼也随之改为唐老先生。他告诉我，眼花了，认不准针眼了。他便起了个算卦摊，用周易的六爻给南来北往的困惑者解问除疑。至于卦钱嘛，随意。一个早上，曾见有给两元的，也有十元的。收入竟比补鞋还强得多。

2004年的春天，我又一次来到兖州火车站，几位老人告诉我，唐老先生走了。

唐老先生就这样无声无息地走了。

一个从来不抱怨生活的人，一个总是笑呵呵的人，一个为天南海北的行者，一个缝缝补补的人……就这样走了。

我好像看见远古的崇山峻岭中，又有一位衣袖宽大的智者在餐风饮露，在他周围我们所熟悉的同类中，有那一啸万山静的孙登，有采菊东篱的陶渊明，更有那我来竟何事、高卧沙丘城的李太白……和他们在一起，唐老先生该不会寂寞吧！

吾邑有古城

唐传新先生，兖州人，在火车站和汽车站卖菜、补鞋、算卦五十多年，由一个民族资本生产业主、庄园地主的公子哥，流落到街头，时刻与三轮车夫、卖大碗茶者为伍，至2004年无疾仙逝，享年八十四岁。

唐先生豪气干云，笑谑一生，虽穷苦不堪却傲骨铮然，不戚戚于贫贱，不汲汲于富贵，劳作谋生之余，唱古诗自遣情怀。不识真人者见其衣衫不整，又做些诸如补鞋钉掌之糊口营生，以为此公仅是市井之人，但兖州有诗书礼仪传家者，闻唐先生大名，无不仰慕其人之学识修养、道德文学，并赞其公有上古遗风，胸中藏有万卷奇书。

时值2000年夏，唐先生在泰安七里铺展摊打卦，帮人解惑明路之余，感阳光强烈，望巍峨泰山，唏嘘其亘古之伟岸，忽又想自己已是八十高龄，虽无疾无灾，倒也明显感到时光匆匆，不愿待人。

至中午小寐，醒来甚觉恍惚，凝神空意，心中竟大放光明，叹只叹尚有一些诗文旧稿，随自己在心多年，扔掉了，又回到心里，回到心里，又时常跑掉，虽无什么大的意思，毕竟是青年时代所作，便借房东家孩子们写作业的废纸，默想起一句来便记上一句，如此这般，也小有几首不甚完整之作。

先生将此稿寄给我，让我妥善处理。

而今，唐先生已走了几年，夜深人静之时，常捧读先生用线缝制联结的诗稿,不禁心中阵阵起伏,想老先生一生当中,是个从不与人争论、从不与人生气之人,外表又像是个没有城府、嘻嘻哈哈的爽落之士;行为做派,又如五柳先生般顺其自然,甘于平淡,但他的诗中,却充满着对兖州一份极执着的爱。这种爱超越当权者的一己之私,这种爱超越小市民对故土的谋生依恋,这种爱变作诗文后,竟也有怒目圆睁的一面。心中的血流淌至今,也很难唤起一丝人性的羞愧,就让逝者的血继续流淌吧,该警示的应该不仅仅是未来。

闲来无事,便将先生的部分诗文抄录,以做念想。

《古城别》

吾邑有古城,高可摘日星。
迂回二十里,并列十队兵。
五步一烽火,角楼宿军营。
刁斗设瞭望,警惕敌国冲。
禹王设九鼎,初建兖州城。
夏禹功劳大,威震泰山东。
周公封于鲁,现代曲阜城。
兖州为旁郡,地名瑕丘城。
孔子东都宰,在今汶上城。
笔下古兖州,功勋为大明。
皇城鲁王殿,西赛阿房宫。

我见兖州城,童年生幻景。
外城抱内城,城外还有城。
金城说曲阜,银城话济宁。
钢砖糯米灌,铁打兖府城。
城内有十景,景景生幽情。

御河烟柳道，塔影夕阳红。
钟楼对鼓楼，暮鼓听晨钟。
连桥十二座，莲藕水中生。
拂晓祈祷者，是念天主经。

大哉兖州城，人文有遗风。
名士王小隐，宿儒陈旭东。
文武俩举人，束氏二弟兄。
迨至建国前，兖州始凋零。
国人战事起，敌军守古城。
城墙设枪眼，上下洞三层。
犹如完体人，遍身疮流脓。

直到解放后，百业待复兴。
建设需用料，领导说现成。
料从何处取，城墙拆窟窿。
一曰现代战，不需要古城。
二曰拆城砖，建房能充盈。
三曰工代赈，度荒有保证。
有此三个理，决定拆古城。
浩荡兖州城，拆城费大工。
男女青壮年，镐镢皆上城。
一镐风不动，再镐雪花升。
风吹马尾动，汗随笑颜生。
城砖建粮库，城砖建兵营，
城砖铺马路，城砖住宅用。
运搬工人舍，全是城砖拱。

> 我叩古城砖，不禁泪双倾，
> 大砖五十重，犹有残灰停。
> 作为文物讲，兖州大有名，
> 一朝被破坏，能不使人疼。
> 火烧圆明园，焚炬阿房宫。
> 营建伊其始，破残告其终。
> 万物归土去，万物土中生。
> 回忆古城景，南柯一梦中。

这首诗初稿于1960年3月，2000年农历四月二十五唐先生才把它寄给我。他在信里说，回忆并撰写此稿时，是利用在泰安山洞口算卦空隙，边回忆边记下来的。

他说："这已经不是一首完整的作品了，很多的句子，已经记不起来，就当是一种回忆吧。"

这首诗是唐先生保留在心里的一首诗，据他讲，反右的时候，他就知道会不妙，于是，就将原诗稿烧掉了。后来形势好转，他又记起来，再手抄下来贴在家里看，结果，自己越看这诗，越像要出事的样子，便又烧掉了。

这是什么样的日子呀，不敢回忆美好的东西，害怕回忆所见所闻，害怕被人抓了什么把柄，甚至于被游斗、被批判。这，不能不说是一代人生命的无奈，现在看，老先生的想法是有点可笑，但却是那个时代不争的事实。

兖州自大禹治水划分为九州之一后，到汉、唐，直到明，及近代，既是战略要地，又是儒家文化的城头堡，李白、杜甫在此双星同耀几十年，文韬武略的张建封，抗金名将毕再遇，空山先生牛运震……每个时代都有兖州独特的光辉在闪耀。

清代大学者张岱曾撰文，认为兖州放烟花在当时的全国是一等一的美丽。大家知道，燃放烟花所呈现的美景，必须天上地下同时放出异彩，方有奇趣。兖州城东、城南，均有泗河水绕城而行，城外有护城河，城内又有众多的穿城河，放起烟花来，站在任何地方看，肯定都是很好看。

张岱写道：

> 兖州鲁藩烟火妙天下。烟火必张灯，鲁藩之灯，灯其殿、灯其壁、灯其楹柱、灯其屏、灯其座、灯其宫扇伞盖。诸王公子、宫娥僚属、队舞乐工，尽收为灯中景物。及放烟火，灯中景物又收为烟火中景物。天下之看灯者，看灯灯外；看烟火者，看烟火烟火外。未有身入灯中、光中、影中、烟中、火中，闪烁变幻，不知其为王宫内之烟火，亦不知烟火内之王宫也。殿前搭木架数层，上放"黄蜂出巢""撒花盖顶""天花喷薄"。四旁珍珠帘八架，架高二丈许。每一帘嵌孝、悌、忠、信、礼、义、廉、耻一大字，每字高丈许，晶映高明。下以五色火漆塑狮、象、橐驼之属百余头，上骑百蛮，手中持象牙、犀角、珊瑚、玉斗诸器，器中实"千丈菊""千丈梨"诸火器，兽足蹑以车轮，腹内藏人。旋转其下，百蛮手中瓶花徐发，雁雁行行，且阵且走。移时，百兽口出火，尻亦出火，纵横践踏。端门内外，烟焰蔽天，月不得明，露不得下。看者耳攫夺，屡欲狂易，恒内手持之。昔者有一苏州人，自夸其州中灯事之盛，曰："苏州此时有烟火，亦无处放，放亦不得上。"众曰："何也？"曰："此时天上被烟火挤住，无空隙处耳！"人笑其诞。于鲁府观之，殆不诬也。

张岱是谁？

张岱是位"极爱繁华，好精舍、好美婢、好娈童、好鲜衣、好美食、好骏马、好花灯、好烟火、好梨园、好吹鼓、好古董、好花鸟、兼以茶淫橘虐、书囊诗魔"之士，他的足迹遍布大江南北，其作《夜航船》系中国历史文化百科全书，能得到他所著文赞赏的，肯定是既有独到之处，又有特异的地方。

兖州古景不再。

且不说李白的"水做青龙盘石堤，桃花夹岸鲁门西"，像是个没人相信的浪漫主义神经病呓语，即使是唐先生的"连桥十二座，莲藕水中生"也被臭水沟子所代替，里边的破塑料袋子五颜六色地装点着没有城墙的古城，今天，兖州人所想念的，不应该再是无聊的历史所尘封的自然景观吧！

知识青年

我是在上初中的时候才认识那伙比我大的城里人的。

那时候，从城里直接到我们村来落户并吃我们家煎饼的，叫"知识青年"。什么叫知识青年呢？第一，他们有知识，已经初中毕业了，还能没知识？毛主席就说，知识青年到农村去，接受贫下中农的再教育，很有必要。

在农村的贫下中农看来，他们也一定是有知识的。我们村一位叫老拐子的贫下中农就曾当面问过我，你是初中生，人家也是初中生，你看，人家都成了知识青年，而你，算个嘛？

想想，我能算什么？挣工分比老娘们低，论力气比不过从来没上过学，或上学也不耽误喂猪割草的同伴们。再看穿衣服，知识青年们都有个白衬褂什么的，再不就有个军用黄书包，虽然已经洗得发白。更有神气的，还有着穿绿军裤的，虽然已经洗得发黄，但那都是很高级、很神圣的东西，农村的孩子，上完高中也难得弄顶军帽。

所以，知识青年的第二个特征是时髦，是反潮流但又领导着潮流的青年，这就更显得有知识。

第三个特征是他们说的话和我们不一样，一说话又脆又快，都和广播里的人说的似的，甚至于他们相互骂起来，顶多是你他妈的这一句，连我们村最笨的骂街老太太也比他们会骂得多。

这不大会骂人，也应该是个特点吧。

除这三条外，他们最主要的是城里人出身，城里出生的孩子上完初中、高中的，叫知识青年，而农村上完初高中的呢，却是什么也不是。这主要是毛主席把这事忘了，他老人家要是说，农村的孩子要到城里去，接受工人阶级的再教育，很有必要。那，情况就不一样了。

所以，和他们一仔细交往，倒是很失望。我们初中学的课本竟然是一样的，背古文，他们还不如咱背得好。他们给家里写信，查着字典也能写出不少的错别字来，要让我当老师，看他们如此文理不通还爸爸妈妈姐姐哥哥都好吗地乱写，我也会罚他们抄生字。

但是，谁让人家是知识青年呢。

我们村的知青都是我们那个小城的知青，跑步回家也就是四十五分钟的路程，刚来时他们却骂誓般地向大队干部保证半年不回家，要成为一个真正农民，把根扎到我们村。

就是揍死我，我也不想把根扎到我们村。上初中的假期里，队长让我打扫厕所，我就挑着粪便从街上走，到他家门口就故意晃悠，把些黄白之物洒到他门口才解气；让我牵牛耘玉米，我把缰绳往牛头上一盘，举着个树条子，边打牛边往前跑，气得我四大爷的鞭子差点没抽到我腚上；要让我去偷个瓜，偷个西红柿什么的倒还可以考虑，让我在农村待上一辈子，我可是大大地不情愿。

虽然，我还是个共青团员。

有个叫张金花的小胖姑娘，也是个共青团员，她的觉悟就很高，她主动要求去喂猪，还用个碗盛了半碗土，从几个队的仓库里找来麦种种到碗里，说是要进行科学实验，让我很开眼界。

只是后来那麦子忘了浇水，活活给干死了。问她，她说这是第一步，先观察观察出苗率。

我猜想，她的日记里没准会写上：麦苗长得绿油油的，真是可爱呀，十颗种子已经全部发了芽什么什么的。那时候的日记都学雷锋的写法，可以当众朗诵，也可以相互传阅，当然，最欢迎的还应该是领导能亲自检查检查。

还有个叫桑金谱的男知青，现在，他应该六十多了吧，拉一手好二胡，为人爽直，很有表演才能。张金花当记工员的时候，桑金谱又是宣传队，又是生产队的，竟当上了生产队的副队长，吹哨子领导别人干活，那架势，直奔当支书的劲头。

贫下中农没大教育他，他倒不断地教育起贫下中农来，他那待人宽容和亲切的态度，不仅知青们有点怕他，连农村里的不太想干重活的二流子们也怕他。二流子们曾见这个桑金谱清早起来，噼里啪啦走了两趟拳，据他们说，一个二脚飞，能起来一人高呢。

那玩意儿要踢着人，还不把人踹成稀泥？

所以他们很怕他。

桑金谱教我说山东快书，用两个铜板儿打出当里个当，当里个当，他教我几种拿阴阳板的架子，并训练我上台时的动作，这些动作其中包括一个人上了台，怎么样就显得满台，头怎么歪，眼怎么看，一直教了半个多月，那时，甚至于在我上了高中后，全校用这阴阳板说山东快书的，还找不出第二个。

至今，我家还保存着当初宣传队的那幅月牙板，偶尔兴致所致，还乱打一阵，仍是又脆又亮，金属之声当当。

只可惜桑老师教我的是用右手，后来看电视上说快书的，都用左手抄家伙，我这才傻了眼。

看来，桑老师没好好拜师，我也有点出师无名，大概中国说山东快书用右手敲板的，就我们师徒俩吧，如此说来，我们还是很早之前就已经超过传统和潮流了。只是现在这个传统和潮流又回来了，我也没把桑师傅的艺术往下传，不免遗憾。

还有个叫三三的知青，当时也不过十七八岁吧，大名叫张少华，他最感人的一幕是，大冬天穿着裤衩找班长评理去，班长好像姓王，是个女班长。和张少华睡一个大铺的家伙，夜里蹬他，白天不起床就不酸不咸地拿他说事。张少华很有自尊，一次说他他不理，两次说他他还不理，天天说他，他火了，结果一接茬，那个知青不真不假地乱掀他的被窝，张三同志一怒之下跑出去三四百米远，把班长喊来评理，连气带冻，知识青年张少华全身红彤彤的，嘴唇绽青，浑身哆嗦，但即便这样，他也不钻回热被窝，而是大义凛然地将龟缩在另一个被窝的知识青年训得抱着被子缩着头不出来。

这真是壮烈的一幕，当王班长和其他同志将张少华知青劝到被窝，回头去拉那个躲在被窝里被张少华训得乱哆嗦的知青时，一掀被子，那家伙竟然躲在被子里偷着笑，脸竟也憋得通红。

张少华同志是在领导的劝说下钻回被窝，消了气，这完全是因为他的敌人在被窝里被他的义正词严给批驳得哭了，认错了，自己已经大获全胜，真理在手了，这才进了被窝。没想到这小子竟然笑得乱哆嗦，于是，张少华又从被子里一掀而起，大喝一声，你，你死不改悔！

张少华也是主动要求去喂猪的。

猪圈旁有两间专放猪饲料的房子，里边作仓库，外间烧猪食，张少华拿本书，边烧猪食边看书，那情景还真感人，只不过这老兄看书仅仅是看热闹，而且捞着什么看什么，也就是《野火春风斗古城》《向阳院的故事》之类，而且没事还背背"万马军中一小丫"一类不分酸辣的诗，好像他对此还有些感触遐想。

能在猪圈畅想爱情，比阿Q在土谷寺里想吴妈还具体。况且喂猪是以喂母猪为主，给猪配种，帮猪接生，是饲养员的分内活。

我常到猪圈里找他去玩，一是换些书看，反正也没多少有味的书，但不看点书就更没味。二是仓库里有豆饼，在火里烤黄以后，用开水泡，泡完再放上盐或酱油，也是好吃得很。三是我们是好朋友，没事在一块吹牛也很投机。况且，他还领我到他家去过一次，把他从徐州姥姥家带来的牛肉干让我吃个饱，至今我也没再吃过那么好吃的牛肉干。

他也常到我这儿来玩,有很多和我一般大的孩子,除了练练摔跤、打坷垃仗、藏猫猫外,好像也没大事,他便建议我们成立个校外学习小组,大伙儿一块出钱买煤油,可以在一块排演节目,监督搞破坏的坏分子,没准凑巧了,还能抓个老特务什么的。

　　上海的向阳院的孩子们不是这样干的吗?像抗战时期的儿童团。

　　这建议很好,一大批孩子们正没事干呢,便推举他为辅导员,热热闹闹地胡闹了一个冬天。

　　到我去区中学读高中的时候,我们村的第一批知青也陆续回城了,他们有的分到了铁路上,有的分到一些商店,以后大家都忙,渐渐的,已经是许久没有消息了。

养鸟的人

养鸟的人已退休多年,鸟也养得越来越多,先是一个鸟笼子,里边有两只吱吱喳喳的小生灵,后来就成了两个鸟笼子。

养鸟的人先是用手提着,见人就忙着招呼,怕是大家握手,便空闲一只,招呼长了,见面点个头也就算是招呼,养鸟人就用个细长的棍儿挑着,天天大清早到岗山上去。现在,他已有四个笼子八只鸟了。认识他的人都说,这老头儿干啥像啥,伺候鸟儿,心可细着呢。

这些鸟的品种不一样,口味也不一样,有的鸟喜欢吃带皮的谷子,有的则专吃小米,还有的专吃熟了的小米,更有甚鸟,竟专吃用鸡蛋蒸的小米,但它无论爱吃什么米儿,这些都难不倒养鸟的人。

养鸟的人年轻那会,是不大喜欢这些鸟的。养鸟的人喜欢养鸽子,抓上把高粱,那些鸽子就把头点得一个劲儿,很有点叩头谢恩之意。鸽子的胆儿小,又是被人吓唬惯了的,所以很恋群。一只鸽子单独时东张西望,一群鸽子在一块,据说连老鹰也不怕。

养鸟的人知道鸽子脾气,便一次养了三对儿,等到雏鸽能飞的时候,不多久,养鸟的人的鸽子窝里,便有了四对咕咕叫着的鸟。天,渐渐黑了,鸽子叫得很急,而且带着要抢占地盘的样子。养鸟的人很明白鸽子没有窝的难处,便连夜造了几个鸽子窝。不到一个月,那些鸽子窝便满了。天黑以后,就见鸽子窝下有个黑东西慢慢升高,到了鸽子窝前,黑影一闪,鸽子窝里噼噼啦啦咕咕两声,然后便没了动静。

有胆大的鸽子伸头外看,借着远处闪来的光亮,依稀辨出是自家主人,鸽子便缩回头去睡觉。

那年头儿能吃上肉的人很少,养鸟的人的家里却时常飘出香味来,引诱得左邻右舍也想养鸽子,但大都养一对两对的,翅膀一硬,鸽子便飞向鸽子多的地方,夜里也不归巢。大家这才知道,养鸽子不是一件说养就能养的事儿。

养鸟的人养的鸽子多,养得鸽子胖,这使养鸟的人很得意,觉得这辈子就专养鸽子吧!其他的鸟是不再也不屑于养了。谁料有一天刮起大风,将养鸟的人屋后刮出个大坑,里面竟飞出片片鸽子毛来,那鸽子毛被风吹得漫天飞舞,使先寻食归来的鸽子很是恐慌,咕咕向着天空叫着,竟不敢再在养鸟的人屋顶上降落。这些鸽子可从来没见过有这么多的鸽毛漫天飞舞呢,所以它们慌了。

养鸟的人辛辛苦苦搭的鸽子窝被风吹被雨晒,一个月,两个月,半年过去了,那窝里再没鸽子来住,那鸽窝便自己开始塌了。有次塌得不是时候,差点儿砸了养鸟人的头。养鸟的人叹了口气,才爬上了梯了,将那鸟窝一一拆除。

等到条件好一点的时候,养鸟的人也从平房里搬到了楼房。养鸟的人闲着也是闲着,就买了支气枪,下班后便背着个书包出门,拣那郁郁葱葱的树林,钻进去半天,再出来时,那书包鼓鼓的,已是很有收获的了。

养鸟的人主要打麻雀,打回来的麻雀,从腿部使劲一拽,便把麻雀皮儿撕下来,红红的麻雀再被去掉五脏,再被扔进滚热的油锅,然后,自然便成了养鸟人的下酒菜。

养鸟的人打鸟练出一手好弹弓,好弹弓练好后又练一手好枪法,养鸟的人油炸麻雀,又练出一门好手艺,养鸟人吃鸟,嗨,吃出一个好身体。

养鸟的人靠吃鸽子、吃麻雀给家庭带来了欢乐和幸福。

养鸟的人已经有了孙子，他的孙子也时常拿着弹弓打鸟，但这小子的手艺实在太差，鸟没打着，倒是打着过人，虽然没有性命之纠纷，却也让人说成坏孩子。

养鸟人的气枪早就被公家收缴上去了，养鸟的人退休在家只有养鸟为乐，逢星期六星期天，儿子和儿媳都会带着孩子来看他，这孩子弹弓总惹事，又改用玩具枪，这孩子，竟用玩具枪打鸟。

鸟是好鸟，只是在笼子里，坏孩子枪法不好不好地自谦着，就一枪便打死了笼子里的两只鸟。

养鸟人的儿子见状很恼火，大声训斥儿子一顿，这使养鸟人的脸很难看。

养鸟的人说，你这样大声干什么？他不还是个孩子嘛，大了，自然就懂事了。

养鸟的人说这话时，一脸慈祥，让人越看越觉得这老人很可爱可敬。

诗人的冬天

诗人没有为冬天准备棉衣。

当诗人为秋天的诗歌才刚刚找到一个准确的词汇时,冬天的西北风已经吹了过来。在初冬的夜里,诗人紧缩一下脖颈,并用力地搓搓手,手没有搓完,他已经连着打了三个阿嚏。

对当代而言,诗人是没有记忆力的动物,诗人双眼茫然,孤零零地顺着街走。大街上的人很多,很少有人注意路边的诗人,诗人眼里涌满了泪水。他刚刚为丰收的人们写完赞歌,他心里是多么热爱这些劳动的人、朴实的人、丰收的人啊,但,这些人好像并不在乎他。

在大街的拐弯处,诗人拦住一个雄赳赳、气昂昂迎着北风走的人。这人厌恶地看了诗人一眼便又要走路,诗人结结巴巴问他对冬天的印象如何,这人吃了一惊,继而这人又笑了,笑得很宽容,这人说,印象嘛,有点儿印象,至于有点的么,是印象嘛。

这人说这话时,掩不住的得意。有人从他们身边经过时,大家都冲这人很恭敬地点头,这人也很有修养地微笑,但并不还礼,倒是诗人忙不迭地冲人茫然地点着头。诗人想,这个冬天真好,这个冬天怎么有这么多的人懂得了礼貌呢。

诗人看到这些有礼貌的人打心眼儿里高兴起来。他想,他以后也应该学些礼貌的。

这一天对诗人的整个冬天来讲至为重要,诗人仿佛一改以往在桌前苦思冥想的习惯，诗人很有信心地走出荒凉已久的住宅，开始正面呼吸深冬的气息。

诗人看到街上这么多人提着各种花花绿绿的盒子奔忙，他深为这些人的匆忙而兴奋。诗人不知道这是春节前的风景，诗人在为这些兴奋之余，不安地看着天空，他想，这个冬天的雪为什么迟迟不下呢。如此干燥下去，生命中会失去多少趣味呀。

诗人紧缩一下脖子，觉得这个冬天仿佛不吉祥了似的。诗人有了这种预感以后觉得一下有点可怕，他再看看街上的人，大家都匆匆忙忙，这使他有点儿孤独，又有点儿伤感，诗人有了这两点以后才发现，街上的人一点儿礼貌也没有了，甭说微笑，连个对他点头的人也都没有了。

诗人这才变得沮丧。诗人又想，肯定是冬天不下雪的缘故，人人才都变得这样慌张。诗人想，快点下雪吧，下雪就好了。

诗人这样想着的时候，顺嘴把这话说了出来，街上的人用奇怪的目光看了他一眼，便又匆忙赶路。诗人喊，快点下雪吧，下雪就好了。

街上的人听到这喊叫声时，脚步迟疑了一下，然后抬脸看看天上，天空灰蒙蒙的，不像有雪的样子，人们便奇怪地看了诗人一眼，又匆匆赶路了。

这使诗人有种恶作剧般的快感。于是，他便又大声地对着街上的人说，快点下雪吧，下雪，下很大很大的雪。人们又是迟疑，人们又是抬脸，人们又是奇怪地一瞥，诗人在这一瞥里紧张一下便补充说，下雪就好了。

诗人说这话时微笑了一下。诗人对自己说，我会用微笑来让大家对我好感的。但大家只是奇怪一下，便又奇怪地走了。

诗人茫然地想，这些人是不是没有见过雪呢，下雪多好啊，下雪了，大地一片银白了，麦苗被盖住了，化雪的时候，麦苗翠绿翠绿地从雪里钻出来，黑油油地生长，下雪多好啊，这些人怎么不想想下雪这件事情呢?

诗人伤感地蹲下来,他有点累,长期的写作和读书使他落下了咳嗽的毛病。他咳嗽咳嗽,又觉得不应该老是咳嗽,诗人便抬起头来,再看看天上,天上一点下雪的意思也没有。诗人禁不住一阵悲凉,他叹息道:下雪,下雪多好啊,下点雪吧!

嘻。有人在他身后一笑:这家伙,怎么整天想着下雪呢,下了雪,你还敢在街上蹲着吗。

这人说完便哼着曲儿走远了。

有个姑娘叫小芳

有个姑娘叫小芳,上高中的时候,亮晶晶的眼睛一闪,就把负责报到的老师的圆珠笔闪掉在地上。

小芳爱笑,爱和人说话。一堂课下来,同学们都知道了小芳家住在哪个村。没想到,小芳这个村里的人,竟全是同学们的亲戚,有个同学姑家的婶子的侄女姥姥家的干闺女,也在小芳的村里住呢。

小芳一听,小芳就想起村里那些老实巴交的乡亲们,小芳就笑了。小芳想,既然你们和俺村里都有亲戚,逢年过节怎么没见过你们呢?小芳这样想却没有这样说,小芳说,既然咱们都是亲戚,你们可别欺负俺。

上高二了,小芳的学习成绩还是中不溜,几个男老师很着急,便说小芳:这道题这么简单,你的脑子这么好用,怎么就做不会呢?再做遍试试。

老师的口气很柔软。小芳却没有做。小芳咬了半天嘴角,嗤地又笑了,小芳问,老师,你上高中那会,就没遇到过难题吗?

老师红了半天脸,看看左右前后,倒是什么也没说出来。

小芳没等到上高三就退了学,小芳嫁给一个很有钱的人。那有钱的人已经四十多岁了,头一回到小芳家来时,正好是个星期天。小芳说,俺家没啥好招待你的,你把这只公鸡杀了吧。

那人刚要解释,小芳就一瞪眼,一甩辫子,又一跺脚。

那人便赶忙去鸡圈里抓鸡。鸡乱叫乱踊,还乱拉,把那人身上弄了块鸡屎，那人呆呆地不知如何才好，脸红成鸡冠子。

小芳把菜刀递给这一脸茫然，一头大汗的人，那人用刀锯了半天，只锯掉了两根鸡毛。小芳说你真是个笨蛋，看你这可怜样，就别杀鸡了吧，你把鸡放回去吃鸡蛋吧！可别怪俺家没好菜招待你。

那人慌慌忙忙把鸡放回鸡圈，那鸡抖抖脖子，竟冲天喊了一声鸡给给。

鸡蛋刚刚磕到碗里，小芳问，你有多少钱，那人回答说有四十万。小芳又问能给她多少，那人说全归你。小芳说全归不行，还要归你儿子一部分呢。

那人吃完鸡蛋，第二天就给小芳送来一个二十万的存折。小芳那时候正上课，小芳收拾起书包说："老师我走了。"老师呆呆地问她走去干什么，小芳忍不住又笑了说："老师，我要嫁人了。"

小芳和有钱的人过了八年，给有钱人生了个小胖小子，有钱的人出车祸以后，有钱人的儿子把小芳告到法院，小芳见了那歪歪扭扭的起诉书噗地一声又笑了。小芳去了趟城里，找到她高中同学，那高中同学大学毕业后当了律师，见是小芳来找他，那高中同学来了精神，在法庭上意气风发神采激扬，不到一个小时就把有钱人的儿子请的律师放在马下。

小芳笑眯眯地说，你的嘴巴比上高中的时候要厉害多了。

胜诉的律师结结巴巴半天，倒是羞红了脸。

半年以后，小芳就领着她那上小学的儿子走进了律师的家门。小芳说，好好跟你爸爸学，大了当律师。

新婚之夜，大律师问小芳，当时怎么想起来嫁给个个体户呢？小芳反问他，不嫁给个体户嫁给谁？嫁给你，你能考上大学当上律师吗？

大律师一摸头皮也笑了。大律师说，也是也是。

现在，小芳和大律师生活在一座漂亮的城市里。她和那人生的孩子也快去北京上大学了。

岗山老道

岗山上有个老道士。

老道中等个儿,略显驼背,但却面色红润,有清风明月之朗。问及年龄,老道说,这是俺这行里的规矩:道不言寿。

道不言寿不知是真是假,还俺这行?听着有点不顺。

道,还分行?

岗山上的这位老道士,既没有传说中识天地、通鬼神的大能耐,也没有降妖捉怪的骗人本事。问及三玄,老道支支吾吾,好像是不屑于与人谈。有那朝山的香客,老道见往功德箱里放钱,便趁人磕头时,为人敲上两下磬,声音倒也洪亮。

别人若敲那磬,总有些刺耳和急促,老道敲来,却是沉着又稳重——肯定是敲了不少的年月了。

"放挂鞭炮去!"老道见放十元或二十元的大香客便略有些兴奋。

"放挂鞭炮,驱灾避邪。"老道说。

驱什么灾,避什么邪呢?

老道却没下文。

岗山上有棵枝干硕大的腊梅,有年临近春节,下了一场好爽的雪,雪后正逢中午,便约两位朋友一道去看看那梅花开了没有。腊梅是黄色的,开得果然不凡,看完梅再看老道,老道正一人撅着屁股煮稀饭呢。

见我们来，老道端出炸肉和咸豆腐，要让我们喝点再走。那菜，肯定是从供桌上撤下来的，我们辞谢了。

同行的朋友中，有位不穿道袍的年轻道士，和老道竟是师兄弟，同属于丘处机所创的"全真龙门派"弟子。他们师兄弟相称，看样很熟。

丘处机的故事，其实比《射雕英雄传》中所描述的更为感人和豪迈。射雕中的丘真人，文不及东邪、南帝、小黄蓉；武不及北丐、西毒、老玩童，书中的丘处机，只是个脾气暴躁、热情冲动之人，在武功上，好像比马钰还要差一些。

而历史上的丘处机，却是惊天动地的真实人物。

丘处机，字通密，号长春子，山东栖霞人。所著《摄生消息论》《大丹直指》和诗文语录《磻溪集》等，是道家重要的学术著作。

金蒙时期的公元1919年五年间，丘处机率弟子十八人，奔赴千里大沙漠，随成吉思汗西征，去规劝这位杀人不眨眼的大汗，少杀人，不杀人，尽量不要乱杀人。

要知道，蒙古铁骑在历史上是以屠城、掠夺为标志的大军，所有抵抗他的城池，几乎无不血流成河、尸骨如山。丘处机从胶东半岛上千里迢迢赶上前去，劝其不杀人，而且在大帐内一劝就是五年。在一般人看来，这无异于摸了五年的老虎屁股，无异于阻拦红了眼的雄狮五年不吃到口的鲜肉。

这样的胆识和修为，不到相当壮阔的程度，是不可能有这份雄迈的。

据记载，因丘处机历次阻挠和劝说，成吉思汗当着丘处机的面就放奴为良者几万人。

丘真人可谓功德无量。

岗山上的老道是丘处机的徒孙，但他却不知道丘处机这一惊天地、泣鬼神的壮举和故事。问及关于他祖师爷的事，原想他能滔滔不绝地讲述半天，再有些历史上看不到的传说或野史，却不料老道对此甚是迷糊。他好像只知道他的祖师爷是个了不起的人。

"当过国师"呢。

他说。

他只知道这个。

至于成吉思汗所赐给丘处机的玺书，玺书里边有什么内容，本应该是道家的基本常识。老道竟这样回答我们：

"咱没见过噢，那可不是谁想看就能看的"。

让人啼笑皆非。

岗山是个小山，上有正庙三间，东西又各有两小间，西边有一跨院，算来也有大大小小近十间屋。在老道的布置安排下，这些房间都被神仙们挤得满满的，元始天尊、玉皇大帝、观音菩萨、弥勒佛、财神爷，大的大，小的小，不知是谁，在老道睡觉的房间里，还贴了一张基督教的宣传画，更显得老道毫无章法，信仰不一。老道认为：你信谁就给谁磕头，你觉得谁好就给谁烧香吧。

问及灵验与否，老道嘿嘿：灵！心诚则灵。

我们和老道说笑一阵，天又卜起雪来。这时候，一般不会再有来许愿或还愿的香客。老道的供菜也不大宽裕，我们怕老道夜里饿着，便向他告辞。老道板着庙门送我们到门口。

老道的师弟（朋友）告诉我们，老道其实不通得很。老道青年时，并没拜过什么世外高人为师，也没有正儿八经学过念经和做过道场，对道家的这些师祖神灵，老道不是不想说，其实他就是个不知，而且就是个一问三不知。

我们大惊，那，他怎么成的老道？

朋友忍不住笑了。

老道原是峄山道观里的火工，就像给地主老财扛活的长工一样。老道少年时家里穷，在庙里打杂还能有个较稳定的收入。到1947年，陈粟大军从苏北往山东撤，庙里年轻的道士一窝蜂地脱下道袍穿军装，扛枪跟着陈毅去孟良崮了。偌大的峄山道观只剩下一个部队上不收的老道人和年轻但又不是道人的长工。

长工在庙里待着,收入依旧稳定。战争年代死人多,丢失的亲人也多,许愿求签保平安的自然多。峄山老道忙不过来时,便叫长工也弄身道袍一穿,帮着敲敲磬或是放放鞭炮一类的。

这便是岗山老道从峄山老道那儿得到的"真传"了。

解放了,峄山穿道袍的长工在家分了地。当时的人,思想都比较革命,到山上拜庙的人便稀了。老道和长工在峄山上的生活也面临着较大危机。不久,老道仙逝,身旁送终的,就只有这位长工伙计了。

上级有命令,这些"牛鬼蛇神"都要靠双手吃饭。这老兄原本就是干庄稼活的,虽然不太勤劳,倒也没懒到无药可救,便回家耕地,和老婆孩子过起贫穷又辛苦的日子。只是在收入上,是大大地不如以前了。

又到了改革开放,大家觉得峄山是个名山,又是秦始皇当了皇帝后东巡封的第一个山,上级便打起旅游的主意,查询之下,峄山老道已驾鹤西去,临行时有一人为他摔盆发丧,这个,应该是峄山老道的弟子吧!

改革开放真是个好年代。这位峄山长工又回来了,穿上道袍就成了老道,还拿起国家工资,一个月二三百元。

家里也富裕了,干点什么呢。老道说,大家都喜欢吃肉,肉里边数牛肉最好吃,就杀牛卖吧!

于是,道人在峄山上烧香敲磬,家里人便在家开起屠宰场。不久,被外地来峄山的道士知道,便给他提意见:你们家怎么能宰牛呢?牛是咱的大师兄,连咱的开道老祖太上老君的坐骑都敢杀,你让太上老君走着在人间捉妖拿怪?

知道咱为什么叫牛鼻子老道吗?

这位峄山的长工便喏喏不敢言语。回到家,他告诉家人,不能再杀牛。

牛，是师兄呢。我就是牛鼻子老道，拿国家工资呢。

家里人便不再杀牛。

再改革，再开放，峄山上也不知又从哪儿来了更多的道士。这些道士能掐会算，大言捉妖，小言拿怪，没妖没怪的也敢批签打卦，判人吉凶祸福。一个个都像飞天道人，把个只会敲罄放鞭的老道挤兑得不行。老道便到岗山上来了。

岗山上的香火不是太盛，油水少，有大能耐的道士也不想来。

老道便在岗山上设了坛。每日，太阳升他就起，太阳落他就睡，香客上来磕头他就敲罄，逢往功德箱里放大票的，他就送人一挂鞭炮到庙门外头去。噼里啪啦的人生，老道活的是另一种境界。

年逾八十的老道，已经不能自己从山下往山上提水了，有兖矿二院的，或有早晨到山上晨练的人，帮老道把水提上去，老道总是连声感谢，只是背，愈加驼了。

前年，老道觉得有点不大对，老是在夜里梦见师傅，老道便从山上回了家，不日，老道便安安静静、无声无息地走了。

王重阳在修行到天人合一，万世一新的境界时，看到东方临海之滨有紫烟升腾，正是仙家瑞气。王重阳便赶上前去，收丘处机等七大弟子，大弘道教，并分七派以安天下。

丘处机豪情万丈，不让大漠孤烟，无视血腥屠刀，有气壮山河之概，世人仰望，众神敬服，天地为之壮阔。

而他的徒孙——岗山老道则稀里糊涂一生，不清不爽一辈，让人替他难受。在时代的大变革中，他一会儿羡慕扛枪打仗的道友，一会儿体恤人到暮年的道长，一会儿被人赶回家种地，一会儿又非要穿上道袍伴青灯，山风凉冽，寒月欺人，冬天没暖气，夏天没电扇，冷热之中，岗山老道一步步地走完人生，比起他的祖师爷们来，他的人生，实在有点儿不值一提。

道法自然。岗山老道没准得的是真道吧！

笔记当然堂

当然堂

当然堂原为一片杨树林,树林方圆亩许,有近百棵杨树在此疯长。二十世纪七十年代初,村庄统一规划,当时称为:机井成排田成方,沟通路直树成行。村里村外一个样。于是便将满地树坑,满坑白哗哗的白杨树根茬子的树林少半划归给我们家,村里来人作了丈量,东西二十一米,南北十九点五米,在此地建三间砖坯瓦房,是为当然堂前身。

当然堂位于兖州城东南八华里的巨王林村,村庄因巨野王葬此而得名。滋阳县志上说:巨野王墓在城东南,明巨野恭定王朱阳鎣、庄宪王朱当涵等四王葬此。四王均兖鲁藩王朱檀后裔,分封巨野,村以此得名。

朱檀是朱元璋的第十个儿子,出生两个月便被封为王,十九岁就死了,朱元璋一怒之下,谥该王为"荒王"。意思是说这个王爷真是荒唐之极,却不料就此成就了王爷的一个封号。

巨王林距"荒王陵"很近,约六公里左右。

巨王林地势高于兖州城,再往东,还有一处更高的地势,村里人把那儿叫着"冢顶",传说是商朝国都旧址,又有人说埋秦始皇的地方,又有人说是沙丘城旧址,众说虽不一,村人说:不是平地也不是凡地那是肯定了。

村人说的肯定，是哨腔的意思，是更不准确，更恍惚。最肯定的，是王爷的坟，在这儿安葬众位巨野王，是真的。

1968年，文革起，有红卫兵近百人，掘开一座王墓，墓中葬王爷一人，王妃二人，开棺时尸体鲜活，栩栩如生，口中尚衔硕大夜明珍珠，墓中陶器、玉珍被抢劫一空，许多珍品至今散落民间，无人知其多少，但料定价值定然不菲。故，藏匿者至今不敢拿出面市。

巨王林原有六个自然村，依次为后林、杨家行、东厂、李家街、华家街、朱家街，六个村落自1975年前归拢村中心，统一房屋地基，统一大道小路，发展至今，人口有三千许，已是兖州城南最大的村庄了。

二十世纪八十年代末期至九十年代初期，分地到了户，村干部自私无能，村内乱起地基，胡乱搭房建楼，更有甚者，竟将自家地基垫高一米甚至两米许，雨天一到，四邻遭殃，有财大气粗之徒，一再抬高地基，又有家境贫寒之户，不堪忍受周围高楼挤压，省吃省喝，东借西挪，求亲告友，也要将房子重新建造，一时竟成为风气，至二十一世纪初，巨王林村的土坯砖房仅存十余间，其中就有当然堂。

有邻居见当然堂所处位置甚佳，且四邻友好，无恶语恶德之人，又知其原址乃树林一片，风水占先，便几次欲购此陋房，再起新居。老父在家守候，每每好言谢绝，从不应允此事。但周围邻居已起新房，逢雨季便排水困难，雨季过后，屋内潮湿一夏一秋，至冬，则坯砖相离，有风从四角吹进。老父言，省点钱，盖盖屋吧！

工薪者，盖房难，城里有套小的住房，仍想在农村再起一套新房，更难。

老父年迈，见几次提议无效，便弃权沉默，逢节假日在家团聚，村中偶有鞭炮声响起，问及何故，老父便长叹一口气：人家盖房子呢。其酸楚无奈之神情，让人莞尔。

有朋友刘传珠,乃窑厂销砖科长,喝酒时提醒我:大哥,现在的砖价,可是最便宜的时候,过了这个月,每块长三分不止呢。

邻座者,南张村曹经理也,放筷拍胸,你弄砖,我盖房。曹经理,名印成,乃一小建筑公司的大经理。

见有两辆拉砖的拖拉机停在家门口,正晒太阳的老父立时乐滋滋地让人家里来坐,又吩咐母亲备茶。同时摸出多年不用的一个破本子,满街上借人圆珠笔,他说他要"记个数"。

公元 2000 年 4 月 26 日,随着一阵鞭炮声响起,三间土坯房轰然倒塌,立时,二十多个精壮小伙子上来,清砖石瓦块,挖地槽放线,忙个热火朝天,二十二天后,一座新房盖起,四室一厅,又有厨房一间、卫生间一间,每一室面积为十六平方米,客厅面积超过三十六平方米。

建筑当然堂所用水泥为兖矿集团水泥厂优质水泥,房子中间大梁八点五米,内箍二十五厘米钢筋四根,大梁浇注而成,不足五天,便撤支柱,模版,别人家的大梁,固定半月有余,仍不敢下撤撑木护板,乡人见其水泥如此优质,莫不啧啧称奇。

水泥厂领导曾说,在农村盖房用这么高标号的产品,比铁打的还硬。大材小用嚇,这才真的是大材小用。

千头椿

当然堂当然很平常。建筑初,酒桌之上即和曹经理约:新房的地基和房檐,绝不要超过四周邻居,别家屋脊有多高,我们就多高,故而,在周围的十几间房屋中,当然堂很不起眼。

当然堂不起眼,但当然堂大门口的那棵老椿树却气势不凡。

小子很笨,一直把椿树分为两种,一种叫香椿,春天时的嫩芽,可生嚼,味浓香无比;如用开水略烫,便发出一股异香;拌热豆腐吃,已是大餐桌的名菜；还可以挂上面糊，炸着吃，更是一番美味。有那特爱吃香椿的人家，将嫩芽儿用细盐一撮，将其腌起来，一年之中，都是下饭美肴。

香椿是一种奇特的树，越掰它的嫩芽儿，它还越长得旺盛，细心的老百姓，一个春天掰上三茬椿芽，香椿树依然郁郁葱葱。

这是香椿。

又有一种树，也叫椿树，长相也和香椿差不多，但它的叶子不能吃，有人尝过，涩，很涩，涩得很。老百姓就把它叫臭椿了。

臭椿者，看着几乎和香椿一个样子，但难以下口，开水烫过的时候，一股子臭气。

老父纠正：椿树分三种——香椿、臭椿、千头椿。他指了指当然堂外的大椿树说，这就是一棵千头椿。

老父曰：臭椿乃小枝桠椿树，不仅长不高大，而且胡乱生长，不讲规矩，无知者见地上冒出一芽，长相若椿树，精心培养，却不经长，约拇指粗，便从周围胡乱发芽，自各儿却再不见长，此为臭椿。

千头椿，独立一杆，再无旁发，直挺挺冲上天际，全不顾周围树高林密，任何的树丛、树林中，只要长出一棵千头椿，此椿必奋起而上，直到树头冲过所有阴凉，才开始发粗发壮，无树可比。

老父说，因此，椿树，这种千头椿的椿树，真名叫着"椿树王"。

椿树王是北方的树神，谁家的孩子到十几岁时，依旧缩缩叽叽地不长个头，此人便可在除夕夜的三更，此时万籁俱寂，鸡不鸣狗不叫，正是天地合一、混沌如初之时，也正是神通天地之时辰，该小子大可放心而去，至千头椿树王树下，抱住树身祈曰：

> 椿树王，椿树王，
> 你长粗来我长长，
> 我长粗来穿衣裳，
> 你长粗呀作嫁妆。

如此这般地念上三遍，即可撒手而去，回家该吃饭吃饭，该尿床尿床，保证您长得又高又壮。

佛家有代修之说，那是对皇上、太子、大官、员外一类的有钱人而言，没时间不要紧，拿出钱来找个替身替你修就行，功德都记在你身上——当然，你要愿意拿出很多的钱来才行。

到了民间，又有寄托一说，把自己愿望的实现寄托到其他的团体或个人身上来完成，以达到自己不用太大努力便可成功的目的。祈告椿树王，就是一种寄托吧！

一人得道，鸡犬可以升天嘛！

既然千头椿是树中之王，况且，此类树皮光滑，无粗粝之外皮，抱抱就抱抱吧！

千头椿区别于臭椿的地方是尚可食用。老父一语惊人："五八年、五九年，能吃上椿树叶子的，就饿不死！"

这种椿树叶还能吃？

至今，我看着它那高大的身躯，看着它浓郁的绿荫在当然堂前半大也不离去时，总禁不住怀疑。

竹丛

当然堂院内有竹丛三处，刚进门就有几株，今一米多高，乃是栽置最晚的一丛。

西窗前的一簇翠竹最旺。

2002年夏末秋初，大雨连着下了三五天也不见晴，地湿得好，水洇得透，望天依然阴雨，兴致所致，从东院直接硬拔，竟当即拔出五丛竹子，沿着去西南厕所的小道两旁，北边栽上三棵，南边栽上两棵，立时，当然堂的院子里，就有了摇曳青翠的风景。

或许是这年的雨下得太勤,整个的秋天都湿漉漉的,也许是竹子下面地肥土沃,这年,刚刚把竹子移来的秋天,这几簇竹子竟又发出新竹来,墨绿墨绿地一根根长起,竟半人多高,黑油油的竹叶子,青翠欲滴。

时光匆匆,不足三年,这五株竟连成了一片小竹林,而且通过中间的砖石过道,路北的往路南扎去,路南的又往路北钻来,郁郁葱葱,粗的,已有大拇指一般了,看上去极显挺拔。

这几株竹子的老家来自一个叫王家楼的小村,是曹家国从家里挪来栽种在东院,又从东院挪到西院的。

王家楼现在已全村塌陷,整个的村庄淹没在一片大水里,村里最高的三层楼建筑,也仅仅剩下个楼顶还在水里漂着,远远看去,像是谁扔那儿一块破木头板子。

竹子是有灵性的植物,有年,竹子突然成片成片地开花,连大熊猫都饿成了野猫,飞机空运竹子给它吃,熊猫才得以活命。有朋友说,竹子开花有周期,像铁树开花一样有周期,可这个周期是几年或几十年,人们没弄清楚,但有一点是清楚的,就是一片的竹林里,尽量不要只栽一个品种的竹子,这样,竹子的生长才会在相互影响中健康成长。

孙思刚是我的一个小兄弟,他来我家喝酒时,我问他对我这个小竹林的看法,他实实在在地说,他一个朋友家的竹子,比这些竹子都粗。

立时停杯,让他去移上两棵来,现在就去,移来再接着喝酒。他坐车就去了兖州新驿,一个半小时的时候,他从汽车的后备箱里搬出来两墩被截了大半截的竹子,但竹根保存得很好。

当即栽上,浇上水,接着喝酒。思刚说:"伙计家里没人,我蹦进院去找了把锨就挖,挖断好几根,根都坏了,只有这两棵,挖得最仔细,保证能活。"

在岗山上游玩时,见一头硕大的螳螂,逮住拿回到当然堂,放在了竹林密处,没想到第二天,螳螂就做了茧,挂在竹林中摇摇摆摆了一个冬天,现在,当然堂院内的螳螂,最爱在竹林里玩耍,特别是在夏天,那螳螂的色彩和竹叶几乎一样,不仔细看,是辨认不出来谁是谁的。

芭蕉

常常饮恨兖州无山。在人们理想的居住梦境中,几乎无一不是背伏翠山,前流亮河,左有柳枝依依,右有桑田数亩。

兖州无山赖济宁,从济宁东北处争来一处小山,现在已成大坑,只留滋阳山一个山的名字。当然堂既不依山,也不傍水,显得纯朴而简陋,这种简陋,显得主人很没有灵气,从外表上看,确实是个不起眼的农居。

细看则不尽然,西窗外两株硕大的芭蕉粗壮丰腴,宽大的叶子直顶房檐之上,旧叶苍劲,新叶粉绿盈盈,观者无不动容,叹其倩影妖娆。与竹林相映,方寸之地,竟是另一番南国情调。

芭蕉是从苑庄一位先生家索来,尝从该院经过数次,见人家院内芭蕉,院外亦芭蕉,亭亭玉立,沙沙动人,几次想登门结交,又怕唐突,心中自是叹息缘分不佳。一日与建忠酒后,胆横心邪,谓建忠:"今你我兄弟舍脸去求,若给无话,若不给,夜间来偷。"

建忠酒胆更大,但计划却笨:"合你我兄弟之力,车停处冲下,四手突拔一棵,定能让它归咱。上车便走,他家又敢怎样?"

计划终是酒后笑谈,但酒壮人气,我俩直接登门索要,主人竟热情异常,不仅帮忙找到铁锹,还找来一只编织袋让多带点儿"娘娘土",当时已近中秋,根须不附土,怕是不好培养,依主人家言,我们挑选一棵不太大者，又附带约半锨旧土，合两人之力，将芭蕉挪放至车的后备箱中。后备箱是关不上了，里边，竟还有两瓶孔府家酒，我们将酒拿出，送与芭蕉主人。芭蕉主人连连推让几次，便笑哈哈地接下，临开车时，主人隔车窗云：若培养不佳，明春再来，定选更优芭蕉送上。

芭蕉栽在当然堂，竟是一绿再绿，旺盛卓然，周围小花小草，尽被其宽敞叶皮遮住，至冬，突一场寒流而来，芭蕉叶颓枝黄，又几日，叶片垂地，风过之时，刺啦啦声响，枝干弯垂，已是再扶不起。

老父指点，取草木灰围根，尽将上面残叶败茎削去，待年过春来，定然一发。

次年春三月，突一圆茎于夜间自此灰土中长出，白嫩执着，竟有十几厘米越过地面，又一夜，又是十几厘米，依然白嫩，只是昨日白嫩处，今晨已淡黄，再日，圆茎更粗更高，根部依旧白嫩鲜活，而淡黄处，竟是一叶儿鹅黄绿，约十日，叶从茎旁出，虽半截叶片，已是不凡于普通草木，近五月时，已有两片叶子在春风中摇摆，看上去，楚楚动人也。

至六月，忽一夜大雨，翌日看芭蕉，绿得夺目，嫩黄得鲜艳，芭蕉不远处，竟又破土两棵小的芭蕉，株株爽直，一场雨工夫，已高出地面二十公分有余。

至今，当然堂已有芭蕉六棵，均两米至三米高，芭蕉叶两米许，建忠每来饮酒，均称此"灵气"。

建忠姓郭，唐中兴名将郭子仪后裔，常来当然堂读书，认定宋朝开国前郭威亦是不凡之人，众兄弟亦然。

建忠者，儿时伙伴也，两村相隔数里，村与村相连，田与地相接。建忠自幼豪气，当时手下足有二十余人，光屁股时就俨然一世名主，后手下之人屡与我手下兄弟发生冲撞，局面有愈演愈烈之势，双方首领便与津浦铁路订立盟约：双方兄弟合为一伙，天下不取自得。

自此，生产队的大人们去干活或休息时，队里的苹果、核桃、黄瓜、西红柿虽然也是一再不翼而飞，但却常常跨过铁路，成为友谊的使者，双方兄弟品尝人民公社的丰硕果实之余，时常扼腕叹息：众家兄弟若早生百年，日本鬼子岂敢入关？

往往东方泛白，两路好汉才依依惜别。屈指算来，这已经是三十年前的故事了。如此这般叹息几十年，也就叹息老了。

现在喝酒，我们的孩子经常劝说：你们，一喝就说醉话，就不能少喝点？

小海是我兄

小海是海安人，他的学名叫涂海燕。海安是个出才子的地方，也是新四军的老根据地。小海这个笔名的本身，就有点儿对家乡的敬畏和自豪吧。

我们是在1984年认识的。那真是个让人激情勃发的时代。我从矿上下班回家，见八仙桌上坐着个半大小孩，正怪头怪脑地看着我，也不说话。我就想，这是哪家亲戚呢，我怎么没见过？便和他点点头。正不知说什么呢，郑爱民提着裤子从茅房出来，手没洗就介绍说，这就是小海。

小海那年十七岁，他十五岁开始发表诗歌，当年就获《青春》杂志诗歌大奖。在全国文学青年中大为轰动，老诗人陈敬容对他极为赏识。郑爱民是我的老朋友，他是徐州人，常来我这儿走动，每每提起小海，总称这是个天才。鬼才知道他怎么把他给哄来了。

那天下午的酒喝得才真叫兴奋。

我们老家的习惯是八仙桌的上首由老人坐，小海坐在上面很新奇。喝酒时爱民说，这地方，该是老爷子坐。小海滋溜滑下来，再也不知往哪儿坐。老爹就说爱民,你看你看,哪有那么多的规矩?

大家见小海不知所措的样子,全笑了。

二十世纪八十年代初期是文学青年的天下,只要是发表过几篇文章的青年,走到哪儿都受欢迎。这很像水浒时代的好汉们,相逢何必曾相识,见面就是文友朋友加酒友。小海正上高二,但已经会喝点酒和抽烟,而且抽烟的姿势还很老练。他不大说话,很单纯的样子。但是一谈起诗歌来,他却两眼冒光,很认真地听别人谈,也很诚恳地说自己的观点。

他那时谈得较多的是车前子、柯平、马原等人,对流行的文坛还较陌生。他自己的诗写得很纯,没有形容词,也没有激情。初看他的诗,好像人人都能写,大白话一般,但仔细读去,深意渐显。他写海安、写北凌河、写父亲、写土地、写雨后的树,是那么亲切可触,立眼可见。在他任何一首诗里,你找不到可以摘抄的、格言一样的句子,任何一首诗都是一个整体,你只有从整体上才能感受到诗的底蕴和精美。

小海的鼻子长且大,在听别人说话时,尤其显大。

在我们第二天去曲阜时,一路上,他支着耳朵听我介绍孔家典故,很少再问什么。这大大地鼓励了我,便一路说个不停。他也听得很认真,还不时点头赞同,那大鼻子,在阳光里更显大了。

等到晚上回来时,我问他对曲阜之行的感受如何,他认真地说,你一路上说的,我一句也没听懂!

我们从此便成了好朋友。

我在肥城工作时,心情很不愉快,但小海却常常给我一些新感动。他先是被南京大学中文系破格录取,后来又成了这个大学的学生会宣传部长兼文学社的头头,而且,他还和一批中国很优秀的作家诗人们创办了《他们》杂志。这个杂志引起文坛极大关注,韩东、于坚、苏童、马原、朱文、王寅、小君等人的作品一下征服了那些习惯搜肠刮肚写作的中国人。

文章，原来还可以这么写。

我们的通信是频繁的，他那工整而灵秀的字体，又是南京大学的信封——而且，下面还写着涂海燕缄。这在那个特尊崇大学生的时代，无疑，使周围的工友很眼热。他们还以为这是位女同学来的信呢。在那个灰色的日子里，小海的成功，无疑给我一种鞭策和鼓舞。而他不时寄来的读物，更成了精神食粮，也给周围的朋友以启迪。

终于得到个去看小海的机会了。那是我在上海读书时，一大早便骑上自行车去苏州，二百多华里的路程，几乎骑一整天，快傍晚才见到等得正急头怪脑的大鼻子。

小海还是老样子。他在南京读书时，节余的钱大都办杂志或和朋友喝酒了。有时，小妹给他一些补贴。现在，一本《他们》炒到上千元一本，但当时却是要全赔。而他刚刚参加工作不久，经济基础薄弱得很。他请我们吃饭，陪我们逛街，分手时说，大哥，兄弟现在还穷，你来玩，我没好东西送你，书橱里的书——尽你拿。

我冉没客气，一下就挑了三十多本，挑得他的大鼻子老是往里吸气。我说，多了我也驮不动，就这些吧。

他忙说就这些就这些吧。

那可都是些好书呐。

我都没好意思再看他的脸。

小海是坦诚的，一如他的诗歌。但有时他也不那么直接。他给我写信说：你写给我的信，我都当作是对我的鼓励，我应该好好写东西才是。其实，这话倒是该我说才对。小海这样写，倒是怕我消沉，用心可谓良苦。

在市政府办公室工作的小海工作之余不断创作，但他又不参加文学界的活动，即便是在苏州，知道小海的人也不知道此公乃办公室的涂处长矣。他倒不是清高，而是不大适合这种喧哗和热闹。

和小海交往算来也有十几年了,我不会写诗歌,在写作上也越来越没了感觉,能在心里留住的虚荣,也随着对自我的不断怀疑而变得可笑可悲,生活还该追求点什么呢——还该有什么呢?或者干脆说人还活个什么味儿呢——不知道,不明白,不想弄明白。

生活的河流是越来越脏,保持一份纯真一份真情也越来越难,小海在他生活和写作的姿态上,一直保持着原色,真让人羡慕。我们通信,他总是称我为大哥,其实,他倒更像个兄长才对。

小海是谁?

小海是我兄!

了不起是春东

在肥城的隆庄矿上班,是 1985 年。那年,我已经是快有九年工龄的运搬工人了。因此,年轻一点的便称呼我为华师傅。

所谓师傅是个通称,工作叫得,打听路时也叫得;食堂里炒菜的是师傅,管电闸的也是师傅。称呼师傅比叫同志亲近,比叫哥们客气,比起胡乱叫爷们来,叫师傅就更格外显得严肃。春东大概就是这么想的吧。

直到今天,春东见了我,依然还称呼我华师傅。

和春东在杨村煤矿时就认识。

那是 1984 年,见他刚从学校出来的模样,便不大去理会他。到了肥城,到了一个叫湖屯的县办煤矿,虽然前着村后着店,但都是小村小店,离县城有三十多里呢,离家远,离朋友更远,心里烦,便常常一个人读书。吃饭前,春东时常带着空饭盒进来,把饭盒放在我的桌子上,便找书看,也不言语。

往往是,看上几页,他便把书一合,问我捎不捎饭?本人常常兴致所至,也合上书抄起饭碗,同他一起去食堂;有时看到热闹处,又碰巧心里正茫然时,便请他帮我把饭一块捎来。

帮我把饭打来的同时,他也把自己的饭端回来,我们一块吃。

吃起饭来,他也是不和我言语什么,只是低头吃,一副木讷的样子,面无表情。

吃了饭,他便去洗碗,洗勺,连同我的一块。

干这事时,他也不言语。时间长了,好像这个人就该这么干似的,越发懒得和他说些什么,便由着他打饭和洗碗了。

又有年龄和工龄也和我一般资格的人,见状便也让春东捎饭。春东先红脸,吭哧半天才说,我一下拿不了这么多。

大伙儿见他说话这般实在,便逗他:

"捎我的,捎我的。"

春东便笑,边笑,边拿起我的饭盒去食堂,不理会大家在后边的说笑。

时间更长,春东竟连我的早饭也给捎起来。他知道我爱吃白庄矿上的油饼,又知道早晨想吃油饼的人特多,他便早早起来去排队,买回来后再端到我宿舍来。时间若还早,他也不开灯,随手抄起本书,到有亮的房间去看。

那时,我们住的是平房,一大间屋,里门与外门都通着。每月开百分之七十的工资,1958年就干工的老工人一月才领七十来块钱。全都是穷叽叽的,没人喜欢关门睡觉。我自己有幸弄了个小一点的单间,也就只能放一张床和一个小桌子。据说,建好矿井后,矿上的人把我当时住的这间,当作了卫生间。

"华师傅,起吧!"

快到上班时间时,春东便合上书本,走过来推我。那时候,天应该快亮了。

"几点了?再睡会儿。"

天天累得和没爹的似的,谁想早起?

"别,别,天都亮了——到点了。"

春东很慌,像是他把太阳招惹出来,或是他把表往前拨了一般。到点了,就是到了上班的时间。

工友们很羡慕我交了个这般"底实"的朋友。

他们知道,连当时官最大的区长和什么党总支书记一类的领导,也得自己排队打饭。没人早晨起来能把饭端到他的床前来。

看老华这谱摆的,大伙儿很眼红。

但就这个朋友,和我交往半年多,我既不知他家居何方,也不知他兄弟几个。虽然我们在一块的时间很多。他看书,我也看书,好像从没扯过家长里短。直到有一天,他愁容满面地说,他要走了,他要回鲍店矿去。我才吃了一惊。

我这才知道,他是另一个矿在这儿委培的青年工人,在我们这儿,只是短期的实习。我这才觉得不好意思,便张罗为他送行。

快二十年过去了。我已经忘了是否给他送了行,当时,谁参加了送行。只记得分手时他说,华帅傅,一定要早起,干咱这力气活,不吃早饭可不行。

说着,他又叹口气,好像很沉重,哎——,我不担心其他人,也不担心其他事,我就只担心你呀,你一定要早起。一定要吃早点!

在我的记忆中,春东从来没说过这么多的话,脸上的表情也从来没有这么多的变化。那真挚的神态,让我在无数个孤独的夜里,独望一轮星空,禁不住阵阵感动。

春东回鲍店的时间大概是在五月底六月初左右。那时候,运搬队里九成以上的人,家都在农村。正是割麦子的时候,为了能回家帮老婆割割麦子,有人哭,有人骂,有人让家里打假电报说死了人,或说孩子生了病,目的就是:回家收麦子!

我也是想回家收麦子中的一个,但我既没哭也没闹,队长的媳妇早就偷偷告诉我：到时候再说！

　　队长的爱人是个学校老师，她对喜欢看书的人格外关照。这真是个好嫂子。她的话，让我很是宽心。

　　果然，到了芒种的第二天，我去队长家，一去，队长就说，明天你回家吧，你就说是参加那个什么自学考试，别说是割麦子。

　　当时，我正参加自学考试，工区里的很多人都知道。因此，没有人敢和我"镖"。

　　"镖"，是攀比的意思。

　　没人敢镖，就是没有人敢攀比。

　　人家是去考试，你们是干什么？

　　队长振振有词，把那些三夏留勤的人训得一愣一愣的。其实，山东省的自学考试是四月份和十月份。队长知道，很多人也知道，大家在一块儿不易，谁也不想说透它就是了。

　　记得我从肥城回到家时已是晚上，地里的麦子大部分已收到家里。

　　听邻居说，我家的麦子已经割完，正往家拉呢。

　　今年割这么快？我很是高兴，匆匆卸下行装便去地头，刚到村西麦地不远，便听到有人在唱那首《高山上流云》的歌，而且还是清唱，不禁觉得好玩。

　　麦熟一晌，麦季里，无论早晨还是晚上，谁还有闲心唱呢？走近点听，竟像是春东的声音，再近，果不其然，不是春东是谁？见那春东，肩上斜挂着绊，两手抓着板车把儿，正伸脖子前行，边走还边唱。

　　这真是让我一辈子也忘不掉的感动：我的春东兄弟，不声不响地跑到我家来帮我割麦，而且还唱着歌，唱得，还那么好听。我这才知道，春东还喜欢唱歌，而且唱得还不错。

　　当时，我却是一句话也没说出来，只默默走到春东后，帮他向前推着满车的麦子。

　　麦收拾掇了一个多星期。春东就在我家帮着割麦、拉麦、打麦，直到交上公粮，用农村话说叫颗粒归仓，春东这才回鲍店。这期间，父母老是夸奖春东，从春东和我父亲的谈话里我才知道，春东是德州人，他父亲也是个煤矿工人，他们家兄弟两人，他是老大。

我到报社上班以后，才见到春东写的稿子，有小说、有散文，甚至于还有诗歌，细看，觉得他写得还是太实在。太实在了就容易生活化，是通讯稿，而不像文学作品，便劝他思想再解放一点，胆子再大一点，步子嘛，当然可以再快一点。

要一淫一盗嘛！

吓得个春东差点抱头鼠窜，春东大概实在弄不明白这人世间怎么能有淫有盗，写这些东西又干什么。

在他看来，写作是练笔，是练得写啥是啥，写得让别人夸好，是最好。

但小说，就是小说，你不会胡诌，谁看，你不弄点黄的还行？

于是，我便从春东几十篇的稿子中，选出几篇，也是老实人说老实话的那种，发表出来。发表出来影响也不大，但大家也说不出什么来。

春东大概也很失望。

知道春东不再写作而致力于考自修大学的文凭是在他和一位大学生认识以后。她是个大学毕业生，学英语的，还是个书香门第出身，到鲍店矿访友，竟认识了张春东，两人一见就投了缘。她在泰安学习，春东几乎一个星期去泰山一次，一个初中小伙，追爱着心爱的姑娘，更追盼着梦中新娘。

功夫不负有情人，大学生的她终于爱上了初中毕业的煤矿小伙子，并要求分到兖州矿务局。

当时的大学生，鲜有想来煤矿者，但她就是这个鲜有中的鲜有。

她分到职工子弟学校教英语，成了老师。老师在认真教授学生的同时，也破例收下春东这个开山大弟子。于是，春东，便一门心思儿拿文凭，先是拿了汉语言自修大学的专科文凭，后来又拿了自修大学的本科文凭，两人的家，也是整天叽里呱啦，像是收音机拨错了台。

她又是在大弟子的一再鼓励下考研的。第一次她没考上，很失望，觉得某些老师可能有问题。张春东觉得问题大概还是出在老师自己身上，他劝老师再考。

也许两人在对待考研上终于达成了共识，形成了一致，挺着个大肚子的她，又二次进了考场。

也许两个人的智商要超过一个人的——也许是，加上春东，这家正好凑成了个皮匠铺……不管怎么说和说什么，反正是她以总分第一的成绩，考入了曲阜师范大学研究生院。

领到通知书时，孩子也毫不含糊地降生了。

曲阜师范大学西邻农舍被人租下，年轻的母亲研究生和嗷嗷待哺的孩子在此"驻跸"。她白天上课，晚上上自习，夜里陪孩子；春东白天上班，夜里来曲阜，洗尿布、做饭、刷碗，还兼学着自修本科的课程。

简直是无人不被感动的生活：那么辛苦，那么执着，那么恩爱，那么温馨，在物欲横流的大舞台上，正出演着一幕高雅而弘远的歌剧，在这幕剧中，一扫流行的颓废和哀叹，一扫悲欢和矫情，他们，正把自己的心当做明天升起的太阳。

在那简陋的农舍里，连孩子的哭声也成为了世界上最幸福的音符。

她硕士毕业后又考上了华东师范大学的博士，半年多就断了奶的孩子，全靠春东照看了，春东，又当爹又当妈，还又当学生——他还要自修本科文凭呐。

可以想象，他的生活该是多么的忙碌。

好在春东从没有怨言，他觉得这一切都是他应该做的，也是他乐意做的，在别人看来又麻烦又琐碎的事情，春东做得有趣而坦然。

春东很忙，已好久不来看我了。我也瞎忙，很少去看看他。但我常常想起春东，我觉得他是个了不起的人。春东的了不起在于他几乎从来不想想自己，而总是想着别人，这样的人要是当了大官，肯定又是个焦裕禄一类的好领导。

可惜，这样的人越来越少了。

钢子

钢子是当然堂的常客，勤客。

当年，钢子没读完初中，家人就给他招了工，并让他学会开汽车，在省城一家大的单位给领导开伏尔加。

开头那半年，小孩机灵又勤快，领导很是喜欢。最终还是吃了少年得志又没把握的亏吧，他竟然学会了喝酒。酒后驾车，往车库里开车时，门没打开，就加足油门冲了上去。

上世纪八十年代初期的伏尔加还是很上档次的车，眼看是修不好了，他自己也怕了，便连夜窜回家来。

回到农村的钢子绝对不想当农民，于是便做起生意：帮窑厂销销砖，和别人联系联系工程等等。他心眼儿活，嘴头子上又很大方，况且有见面儿熟的本领，从来不认识的人，反正只要他能偎上，说不了几句话，别人立马会觉得这是个久违了的朋友，半天下来，你会感到你们已经认识了好多年。

有这等能耐，钢子的生意是越做越红火了，况且他又是个爱花钱的人，又爱喝酒交朋友，钢子竟渐渐成了一方名人。黑白两道，不知道他的人，少也。

钢子有了钱，家里盖了新房，也买了辆摩托车，骑上去很像骑马的将军，钢子又帅了，不仅娶了个媳妇，还生了儿子，老一代的人，都夸他有本事；年轻一代的，有不少人也奉承他。

但他的酒还是喝得很凶,一次大醉,竟然把摩托车骑到正飞驰着的火车上去,摩托车当时稀巴烂了,他却被反弹出十几米,断了几根肋骨,头和脚都受了重伤,而且事情发生在夜里,火车向前开着,这庞然大物,竟然没觉得被我们的钢子撞了一下,停也没停,晃晃然地开远了。

到天明,这位老兄才被人送到医院,一星期也没醒过酒来。

铁路方面对此事当然毫无责任,昂贵的医疗费使小钢家立时瘪了。但小钢住在医院里却什么也不在乎,逗儿子玩,和同室病友开玩笑,仿佛是越南战场上下来的功臣。但是,家里送饭,菜里的肉却是越来越少,钢子想吃个辣子鸡儿,钢子的媳妇也装着没听到,老父亲在门外唉声叹气,这对钢子的自尊也是个大的挑战,他明显感到自己成了大家心中的一个疙瘩,他已经有不被大家重视的危险。

这种危险让钢子很生气,特别是当着漂亮的护士面,更让钢子难看。

钢子便决定,和老婆亲个嘴!

这提议果真把大伙儿吓了一跳。首先,护士小姐坚决反对,理由是他还在输血,不能太激动,怕对他心脏不好。媳妇儿更不同意,你小子快二十天没刷牙了,亲你儿子的屁股还差不多,乱亲嘛?

小钢大怒,钢子举起拳头,说,你们猜我这里边攥着什么?

大家都很茫然。都猜不着——也不敢猜。

手表?小钢一晃,不让我亲嘴,我就吃手表,自杀!

我是在手表和亲嘴事件后的第二天去看望钢子的,但钢子当时脸已红得像个猴子腚,他坚决否认了这件事。在大家一阵接一阵的笑声里,钢子的脸更红了。

火车的力量肯定不小,即便是出了院,钢子的脑袋明显不如以前灵巧了。而且钢子还坏了脾气。没和火车对练前的钢子,说话咬文嚼字,好像上过大学似的,而被火车教训了的钢子,却学会了骂人,而且在家里也胡乱发脾气。

据传闻，有一次把媳妇儿骂急了，媳妇儿当街就把咱从不服输的钢子摁在地上，扒下鞋底，照着屁股像打逃学的孩子一样，一阵子噼里啪啦。关于这件事的传说有两个版本，一个版本说是打得咱这位朋友胡乱求饶，并发誓"我改了我改了"，完全是王连举的现代版；另一版本则把钢子说成了是刘胡兰，不仅宁死不屈，而且还"哎哟哎哟"地继续破口大骂。

说这两个版本的人常常以亲眼所见来证实。到后来，连钢子自己也闹不清楚当时是当了英雄还是狗熊。

但他打不过自己的媳妇儿却是个不争的事实了，因为他的腿早就在那次事故后就有点儿不太一致。

好像是新世纪的第一年的春天吧！钢子兴奋地跑来告诉我，看看，咱的证办下来了。

我一看，是个残疾人的证明本，绿的。上面说，钢子同志已经和一位大人物的协会有了关联，是市级瘸子了。

这下，你该给我弄个狗了吧！

弄狗干什么？

逮兔子去啊。他一本正经地说。

瘸子带着残疾证追兔子，那不瘸的人干嘛？我实在忍不住地乐了。

原来，他是托我给他弄条"灵缇"，一条灵缇的价格几千元，他买不起，想让我找人去要一只来，并说是我想养。我告诉他，养一只"灵缇"，一年要花一万多元，不仅要给它天天喝骨头汤，吃猪油拌玉米面，还要每天训练，实在是比养一个大学生都麻烦的事，一般人养不起。再说，我的面子也不值几千块钱，还是算了吧！

这个事你给我想着点吧！钢子还不甘心地说，万一有人给你"灵缇"，你可别谦虚，接过来，我给你养着，逮了兔子归你。我嘛，就图个锻炼锻炼。

看他一拐一拐地还要逮兔子，我就想乐。问他如何来的，他说是骑三轮摩托来的。那摩托,不知是不是二手车,反正是连个牌子也没有。听钢子说,这车没人敢查,只要把咱这会员证一亮,车打不起来火,警察也得帮我推,不推,我打110。

钢子对他的破车很自信。

在我的朋友中,曾有三位朋友想做的事让我感到好玩,钢子领了残疾证就想逮兔子去,也算是其中一件。这件事的关键在于,我笑得乐不可支,而钢子却一本正经,他一点儿也没觉得这里边有什么荒诞的成分。反而,觉得这很正常,好像应该就是这样。

现在已经到了市场经济的年代。几年以来,随着市场经济的透明化,钢子再想做一手托两家的中间商生意已经很困难,他用他的三轮车做起了收废钢烂铁的生意,运气好的话,一天也能挣上四五十块钱,生意不好时,也可能白跑一天,还搭着汽油钱。

天越来越冷了,每当我看到钢子在寒风中开着破摩托三轮车走街串巷时,都禁不住想喊他停下来,和他喝一壶暖烫的酒,再说说他吃手表的故事。但他总是在忙。他知道,钱越来越难挣,儿子也快上大学了,天天喝酒是不行的。

大画家

认识正民是因为他的《捉放曹》,那是一幅十几年前的画。画面上大红大黑,曹操的脸被郭正民画得东倒西歪,胡子和头发纠缠在一起向四方张扬,愤怒?恐怖?紧张?绝望?嚎叫?撕裂……反正让人触目惊心。

国画讲究个意趣,讲究个恬淡,有那山水,用很黑很黑的墨涂,也有多的亮色,布局上浓淡相宜,厚重但绝不失空灵,枯枝上也要有生机鲜活的花骨朵。还没见过正民这种不顾尺寸、不顾墨韵、不顾疏密的画法，一派的泼红洒绿，挤黄甩黑，一味的光线刺激，而且道道色彩逼人。

于是便向友人打听作者的背景，心下揣想郭正民的为人，大概应该是狂放不羁；应该是狮吼虎啸；应该是愤世嫉俗，更应该是积恨、积怨、积仇，积下了一切不平之事的人。

捉住了曹操又放掉又想再抓起来再把他杀掉的陈宫，他内心的矛盾和痛苦，不正体现在了曹操的胡子和头发上吗？那种男性的宏阔和侠爽，那种责任者的无奈和彷徨，不也体现在代表雄性的胡须和头发上吗？在四下散开纷乱无序的粗壮发系上，正体现了诸如水深火热，英雄拔剑，新旧观念冲突、死亡和新生等等原生态。

逃命者曹操身上，体现着陈宫的彷徨，真让人开眼。

应该是从上世纪八十年代那个热血的年代说起吧，郭正民的作品被更壮阔的激情所左右，喧闹和不安变成了强烈的色彩，直扑人的眼前，他从古代的英雄身上寻找着悲凉和豪壮，无论是《霸王别姬》还是《捉放曹》，他都大量借助京剧脸谱的表现手法，并加以夸张、强化，所用线条粗犷而灵活，色彩鲜明而凝重，人物也大都有个叫一世的豪迈。

到了九十年代末期，正民进入了文化部重彩高级研究班，我们才知道，除了油画色彩外，中国还有了个重彩，这个重彩介于单纯的国画和油画之间，又不同于日本水墨画，这个班的研究人员不用画布而用净皮表现自己对色彩的感觉，对光线的理悟。

朱砂泼撒的大红色似乎一下子从郭正民的画上消失，蒋采萍先生把郭正民1997年至2000年前后的画称为"青铜时代"，在这个青铜时代的画卷里，他由对个体行为的思考转向理念的探索，《中国神》《战争·爱情·生命》《东方的歌》《圣地·圣火》《东方的魂与魄》……在这些充满着青铜腥气的画卷上，远古的记忆一下变得伸手可触，冰冷、厚重、深邃、冷静而滚烫，这些画卷，粗看，是一件件的出土青铜器；

细看，则是粗犷而剧烈的人，人的表情亘远而神秘，痛苦而执着；再细看，则看到国画中"线"的内在骨架，油画中"色"的凝重。这些作品仿佛是古代的、传统的，但质地又是现代的。准确地说，应该是超越了时代，跨越了时空，而成为一种先天浑成的苍雄展现。

郭正民大丰收的时代已经到来：1990年，他的母校为他举办了个人画展，1995年到1998年，他连续参加中国艺术博览会，每次都有作品被日本、法国收藏。2000年，他携带十五幅作品赴法国参加"巴黎国际现代艺术博览会"，当场就被买了四幅。在流行油画的国土上，外国艺术家对在一张宣纸上能表现多层次、多色彩的技法大感兴趣。事隔两年后，郭正民又来到了法国，把一幅巨大的《战争·爱情·生命》呈现出来时，立时震惊了法国vich春季沙龙，法国著名雕塑家米师大站在他这幅作品前久久不肯离去，这位大师说：这是件雕塑作品，它不像是画出来的，而是用青铜刻出来的。2004年，应韩国美术家协会之邀在韩国汉城参加《韩中六人中坚画家展》，2006年，应韩国美术馆邀请，郭正民又一次来到汉城举办个人展览，这次，他一下又展出了不少幅佳作。

至今，郭正民的画已被日本、韩国、法国、美国等十多个国家的收藏家收藏。他个人，也被清华大学艺术学院聘为教授。也许，是因为他探索的题材太厚重和广阔了，因而，在国内外艺术同行的盛赞之下，他时刻在诚惶诚恐地读书和思考，喝酒的时候还是常常一言不发。

正民成了名人，成了中国美术家协会重彩画研究会理事，中国美术家协会会员、法国美术家协会会员、北京市房山区美术家协会副主席、北京现代典藏美术馆馆长。

狂野、冲动、激烈，如一场巨大的地震后的海啸，正在他的胸中酝酿。

让一切的矫情和呻吟，都在他的画前闭上眼睛吧！野性的郭正民正挥舞着巨斧开天辟地,从那混沌中时时闪出的亮点中,我们看到了新生命的火花。

玉奎

在常来当然堂喝酒的朋友中,较为沉默的是张玉奎。在众多的争鸣和喧闹中,张玉奎对此常常一言不发,只是点头微笑。有时争论双方都以为张玉奎倾向于自己一方,其实我知道,张玉奎就是张玉奎,他总是在自己的一方。

不太爱说话的张玉奎是有古典味的张玉奎,出身于中医世家,有着良好的传统教育,使他在性格上外圆内方,为人做事内敛、从容、优雅,一如他的书法,中正而端庄,少了些张牙舞爪的创新,淡远了西方美学和文化,从而显得厚重中多了份清雅,多了份飘逸自如。

张玉奎的第一位老师是他祖父,那是位饱读诗书悬壶济世的乡村智者,更是一位传统文化的守护者,他不仅让张玉奎从小就背诵"麻黄汤中用桂枝,杏仁甘草四般施"的《汤头歌诀》,更让他从三岁时就接触毛笔并开始描红,那是1973年,中医、书法正被作为和四旧沾边的封建残留物而受责难之时,感谢老人深厚的文化积淀,让他在贫困而又艰难的生活压力下,让张玉奎受到除大街文化之外,还有更神奇、更奥妙的文化滋养,这也让张玉奎从幼时就养成了相对独立的思考习惯,这种思考习惯延自今日,已成为张玉奎特点。

到七岁入学之时,张玉奎已经在同学当中写得一手好字,方方正正的楷体,让老师和同学们羡慕,这也更为他以后热爱书法、研习书法奠定了良好的心理基础,他开始研习柳公权的《玄秘塔》,研习二王,赵孟頫、米芾、褚遂良及现代书法大师启功先生的作品,有着浓厚的传统文化底蕴,又得到众多大师的文化润养,张玉奎自身的书法特色渐渐显现，相比较于青年书家，他的楷书底子扎实而厚实，他喜欢中锋行笔，写楷书如此，写草书也如此，在张扬的行笔中，他的中心点始终不变，光洁而饱满的运笔，使他的草书看起来狂放飘渺，如乱云行空，又如参差林海中瀑飞山涧，但细看起来，却又万流归海，滔滔然不变其宗。

书不离楷是个古训，这个古训在张玉奎身上最显作用，他所认识的李荣海老师，画中有诗，画中取境，淡淡几笔，古韵盈然，情趣交融；泼墨之写意，浑然天成；其书法则古朴执拙，浑厚有力；张剑萍的作品则飘逸清新，大张大合之间，中规佳矩，八面藏锋，灵机处处；而丁振来又师古明今，于平凡处听取惊雷，于无意处知微见真。张玉奎这几位老师各显春秋，但有一点相通或相近，那就是对古韵致的品味，使其作品均呈现出汉唐气象，无须细雕慢刻，笔行气韵，有一笔呵成之妙趣；无须再皱再折，浑然一体中是粗犷的豪情，流露出的是不为人后，不甘寂寥的壮志雄酬。

张玉奎的书法，用"俊耸"二字形容毫不过分，如山中青松，亭亭玉立中挥洒自如；风袭雨击，我自豪情万丈；特别是他的行书，俊俏中带着轻盈的浪漫，但又不失厚重稳健，如一位步履轻捷、身着道袍的仙者，在崇山峻岭中健步如飞，有神龙见首不见尾之急速和飘渺。他的草书则俊逸凌空，起笔处如石破天惊，而收笔处则羚羊挂角，飞鸿踏雪，惊忽悠然；闪耀的流动线条，起伏有致，让人目不暇接。

认识张玉奎的朋友都觉得他在使用工具上极端随意，他常说的是，拿个扫帚把就能写字才是书法的高人。在别人看来叫提笔写字，他则反问，提筷子就不能写字？正因为他有这样一种意在笔外、意在字外的境界，才使他的作品摆脱了一种现当代流行的处处创新、极力创新、没新也硬显示新的怪圈，从而走着一条自如，自真自趣的宽阔大道。

张玉奎的书法是珍品，但他从不把这珍品当做自己争名取利的工具，只要有人求字，他总是慷慨而挥就，从不矫情于世俗的规则，这也是我最敬服他的地方之一。

自古曹州多俊杰,古有返私盐的好汉行走其间,多是杀富济贫的好汉;宋有梁山英雄多出菏泽,文气荡然,武运绵绵;受其地域文化影响,张玉奎从小练武,三十多年的跌打,一个又黑又壮实的汉子总是让人把他和武行联系,其实他的吃饭家伙还是医学,特别是中医学,虽然他在领导的位置上极少坐诊,但他一直潜心于对中医学的研究,书法,仅是他的爱好和抒情的形态,即便是这样,他的书法成就也不可小窥,仅全国奖就有几十项:如庆祝建军国五十周年暨澳门回归全国书画大赛二等奖;纪念米芾逝世九百周年全国书展一等奖;纪念建军八十周年全国展金奖;入展第二届中国代表书家日本东京展和香港回归祖国十周年书画作品金奖,并享有"中华爱国艺术家"称号。他的多幅作品被韩国、日本、新加坡、法国、意大利等友人和博物馆收藏。

峄山生命雕塑

从当然堂往东南看过去,每一个雨后,峄山都是一幅画。我的前院高尚文先生就执教于峄山下的邹县老八中。

峄山是秦始皇东巡所封第一山,有李斯碑碣为证;峄山有孤桐,更为历史,有曹操和蔡文姬为证;1987年我去邹城八中找高先生辅导作文,峄山上又没光头的和尚,也无扎辫子的道士,有的,只是几只山羊蹦蹦跳跳,我为证。

峄山就是坦荡的峄山,就是水墨画中用厚重色彩显现的灰石色。如果说黄山是造物主的精制盆景,华山是开天斧的练兵场,那峄山众多石头之堆积,恰如众生咸集,灵态各异,如果没有人胡搭乱建,真是上苍独赐一景观,好欢实个灵鹫法会。

峄山的生命是千万年的存在。它们在这儿已经无数个世纪，或立或卧，或仰首长天或匍匐祈祷，天上乌云滚滚，地上风吹草动，一种灵光的闪烁在无人时闪耀。

秦始皇来了，又匆匆走了；孔子来了，长叹一声，也走了；旅游人来了，惊叹一声，真奇怪呐，这么多的石头，然后，趁天色尚早，又匆忙赶往下一个景点去了。夕阳西下，喧闹的峄山又恢复了远古的宁静和庄严，一个背着简单行装，提着照相机的人在那儿坐着，看着渐渐暗淡的田野，看着远处飞来飞去归巢的鸟儿，夜色渐浓，边振晋的身影已经和峄山融在了一起。

在世间所有静止的物质中，石头是最具有灵性的一种，且不说美猴王破石而出的神话，印第安人视石头有魔力的咒语，就是老百姓中间，也有把石头视为神祇的传统。很多宅基不祥之家，总爱在石头上刻上"泰山石敢当"之类，以镇邪气。非洲很多土著民族，也有视石头为灵性的图腾。至于欣赏收集巧石、怪石、奇石的爱好，在我国也越来越广泛。但把石头纯粹视为一种生命，一种自然的灵魂，一种天地间活灵活现的生物存在，边振晋的这本《峄山生命雕塑》可谓是巧夺天工。

把对生命状态的热爱融入到对艺术形式的超越，是边振晋摄影集的一大特色。在作者所选取的一百多幅作品中，我们首先感到的是强烈而刺激的生命气息，这种气息在扩张生命自身中，早已超出自身的物质形态，而化为正生长着、正强烈地张扬着、正因为生长和张扬而又被扭曲着的形体，它已不再是单纯的石头，也不再是像什么或似什么的猜想和判断，大自然的演变历程，各种动物的嬗变和异化，人类意念中远古的图腾和暗喻，均在此展开并显示出张力。

克莱夫·贝尔说，"艺术是有意味的形式"，而在这本摄影集中，形式被一种浓浓的生命意味所弥漫，意味和形式融为一体，在荒野上，连作者本人也定格为一种静止的造型，并在造型的形态上，闪烁着灵性的光辉。

在广袤的天地间展示生命的强大,自由,独立,隐含作者重构人生的壮怀,是该摄影集的又一大特色。作者移情于石,在把读者导入对生命状态的赞叹之余,又令人不得不回头思索:这些巧夺天工、钟灵于自然的奇景,作者是如何选择角度和把握色光的?不少到峥山拍过照片的朋友,见到这个集子都大吃一惊,这是峥山上的石头吗?我们怎么就找不到这样的角度?

摄影的角度包含作者的想象,创作心态的积极与否又同样体现着作者想象力的充盈或贫乏,这种想象力说到底是一种精神性和文化性的体现。《峥山生命雕塑》中,有分裂、扭曲、变异的造型,也有昂然、亢奋、孤傲的基调,更有奔放、灵动、自信的生气,再加上苍天浮云,再加上杂草枯枝,作者自然而然地把读者导入一个纯自然生态群像中,它跨越了时空的束缚,超越了一般有山有水有人物点缀的旅游景观的俗气和媚态,将可惊可饰、可痛可泣、可壮可叹的生命群雕凸现给读者,其分裂情绪、差异感慨、错位移置的焦灼、符号化的延伸等等现代意识,也不言而喻地融在其中,其隐含的象征意味更浓郁了。

边振晋的摄影创作一向表现着对生命的关注,在他的作品中,生命是庄严的,凝重的,生命状态神圣而幽深。他不像有些摄影家一味沉浸在美丽的山水之间,初春、朝阳、小鸟、翠芽,而是把严肃的生命话题变得更为厚重。他早期的作品《升井》,画面几乎全是黑色,只有仰着脸,迎着斜射来的阳光是白的,巨大的反差震撼人心。而他在另一组《生命的祈祷》中,仍然保持着黑白强烈对比的反差——一群匍匐在地上正在做气功的人,他们庄重而虔诚,气氛令人压抑而惆怅。

在这一百多幅峥山石头的拍摄中,边振晋依然发挥了他的长项,并将此推向极致。这些作品中,亮度少了,多了含蓄和沉重;小巧精致没了,多了大气磅礴咄咄逼人的豪迈。

这便是生命，生命定格在这样一种状态下，自身的意义才显得本色而壮美。

天地间有很多物态和人的灵性相通，一个摄影家排除理念的干扰，排除功利的束缚，摆脱世俗的偏见和无知，用心灵去感悟，用真情去触摸，便会有意外的惊喜。

边振晋从小时便用粉笔、砖石在地上摹画花鸟鸡鸭，少年时立志当一名画家，并在油画上下过一番功夫，正因为有这样的一种能概括生命意志的物象，才可以用来表达心中的那份爱和执着。

他曾自费去西藏，也曾独身一人去过西双版纳，踏遍千山万水，他寻找着、探求着，执着地前进着，这本关于峄山的摄影集，仅仅是他的一个足印！那些等待多年的精灵，那些在峄山上怅望人生的守护神，现今，终于可以得到一种认同。而边振晋他还年轻，他还在探求，寻找。对一个摄影家来说，终生都在途中，终生也没有结束。

有话则短　无话则长
——写给冀成兄

有次听老作家讲课，老人家说：有话则短，无话则长。当时听了，却不敢往小本本上记，怕是听错了，记下来让别人看到，会成为笑话。

后来，有了当面和老作家说话的机会，便想问，又怕自己太唐突，显得浅薄，却实实憋住了，不问。

谁料，老头儿自己又说，写作的窍门儿，是——有话则短，无话则长。

老头叫林斤澜，一直认为读自己作品的人不会太多的大作家。1986年我跟他说，我们那儿有批小朋友，喜欢读您的小说呢，他听了啊啊地乐一阵，完全是客气地笑。1988年，请他来跟矿上的作者们讲几天课，临走前来当然堂吃个家宴，家宴中他跟江山说，德民说兖州有很多人喜欢读我的小说，我的小说啊哈哈哈。

林老的意思很明显，他觉得我们是客气。

没等林老和江山笑完，有人一声不吭地把一个油印小刊《椿芽》递过来，小刊是手工油印刻板，非止一种字体跃然，但1984年第三期却是色彩已黄斑点点，林斤澜作品讨论会摘要却是用行楷书写，江山很认真地边看边点头，想不到，想不到，老林，兖州开过你的讨论会，你的知己在兖州呢。

林老喝一大杯。我跟林老说，如不是怕你喝多，还有一则故事要告诉您，等下次喝时再说吧。

林老是上世纪五十年代开始出名的作家，写了很多故事，他没想到在兖州还有他的故事，而且还被吊着胃口。

我这样说，其实心中也是忐忑不安，看看自己写的东西，竟全是有话则长、无话则短。甚至于无话的时候，则全省略了，或全回避开。生活中，比如说和林老玩笑，于玩笑中有真意，于意料中有意外，小说的趣味和生活的趣味有时很一致。这，也能算无话则长吧。

作为文章，冀成结集的作品也有这种"有话则长，无话则短"的毛病儿，因此，从艺术的角度看，冀成的文章还没有摆脱就事论事的局限，因而，我们在阅读他的文章时，会发现里边到处是大实话，不遮不掩，实实在在，朴朴实实的真心话。

这是他文章的第一个特点。

托尔斯泰有个断言，说是当人类的经济和文化发展到一定的程度后，作家作为一种专门职业会失业。届时，任何人，只要把他看到或想到的有趣的事情记下来，他就是作家。

这个时期已经到来。

冀成的文章里，看到的太多，想到的太少，琐碎的生活原生态记录太多，空灵而有趣的想象太少，这不能不说是一种遗憾和不足。

是不是可以换个说法，这正是冀成写作的特色呢？

写作，特别是散文的写作，原本就没有什么定势，有人以说理见长，有的用叙事表达胸臆，更有以抒情而显露自我者，无论写什么，只要是说得有趣，表达出自己的感情来，就值得我们一看。

冀成给我们写了什么呢？

写了岗山，写了上下班的工友，写了他的小院，他的婚事，他的旅游，等等。所写这些，都有一个共同点，那就是全是身边的人和事，是实话实说，不掺假，不拔高。而且，在个别的地方，这老兄不怕露丑。

笔者在未经冀成兄同意的情况下，删去了一大段关于较为自然主义的描写，删后自己也忐忑不安，那是一段关于三陪小姐的故事，这故事大部分人都碰到过，或多或少地闻听或实践，但大部分人都没有写，是不好意思写还是怕惹了老婆麻烦呢。

我觉得都有可能。

故而，在删掉这段时，我也把握不住自己是做对了还是错了。更重要的是，会不会破坏了整体行文的质朴呢？

冀成写的是小人物的心态，普通人的世界，因而，读来让人感到是和一个朋友在交心谈话，而不是读文章。这种轻松自如的写作很容易让人认识作者，并从中勾勒出作者人生轮廓。冀成的童年很像个孤胆英雄的童年，从他的文章里我们可以看到倔强、好斗、尚有一丝狡猾的冀成；到青年时代，他又意气风发，不顾忌周围人如何看，我行我素，一副天生我才我怕谁的执拗；转眼中年，在他既不甘心这样混下去又不得不这样混下去的矛盾焦躁中不能自满……冀成其实还不成，既不成熟，也不老练，内心深处的正义感和人生的纯洁性，使他陷入一种思想者的苦恼而不能自拔。所以，这更像一部人的心灵史，是一种小于一的自嘲，也是一种倘若当年身相遇、难老英雄的感慨。

这更接近一种普通人的感慨。

在万千社会的不断大变化中，人能保持住自身完全不受外在物欲的刺激是不可能的，在良心和诱惑面前，能保留住一份清醒的良知，就已经难能可贵了。

正如庄子所言：余愧乎道德，是以上不敢为仁义之操，而下不敢为淫僻之行也。

这一点，冀成做到了，我真为他欣喜。

再说冀成的诗。

他的诗不成功者居多，特别是写供水工人如何如何时，太像黑板报上的作品了，太直露，太白。太白的诗，就少了诗味，少了诗的意韵。

但我喜欢他写的带有个人小情趣的作品，这些作品天然去雕饰，有一种率真和质朴的特点，读来让人忍俊不禁，莞尔一乐，特别是他的一些无题诗，更有趣味：

> 昨日醉倒鹦鹉洲，
> 今早又上黄鹤楼。
> 残酒助狂仿骚客，
> 丢笔细看字字愁。
> 草书无形游人笑，
> 泪水汩汩不知羞。
> ……

典型的一个现代多余人形象，一个处于矛盾和困惑中的现代罗亭。"手无利剑少酒友，没有社交没自由"。现代人的怪诞感，现代思想者的无目的状态，都在作者无意的呻吟中显露出来。

有人把这种情绪叫做"后现代"，是一种实实在在的生活困惑。

无奈的幽默，幽默的无奈，在自嘲中品味生活，在生活中感受自嘲的乐趣，因而，泪泉汩汩不知羞。

我觉得，冀成在无意中已经触摸到现代人的某根脆弱的神经了。他这种无意识的显露，有时，比有专门的理论基础的认同更可贵；比"伪现代"更实际。

冀成出书让我给他写点什么，我把林老在当然堂喝酒的故事讲给他听，他也极其认真地追问，后来，后来呢。

不是后来，是以前，是1984年。兖州作者在林斤澜作品讨论会上，专门请文化馆武秀老师给大家讲了林斤澜小说的结构特点，林斤澜小说的语言太精致，不好学，想胡编发稿，先学点结构也有实惠，大家的想法很一致。这，怕是大作家也猜不透的小作者意图吧。

最巧合的是，讨论会开过后的当年，山东省首次举行自学考试，山东省委书记姜春云和我们一块报考了汉语言文学专业，下半年首场考试《文学概论》，唯一的大题是分析小说《木雕》结构特点，这下，参加过林斤澜作品讨论会的考生一下觉得拾了个金娃娃。这道题，虽没标明作者是谁，但讨论会上武秀先生重点讲的就是林老这篇。

林老也觉得很有意思，他的小说，成了考题，他嘿嘿又喝一大杯。

这是巧，很巧的一宗文案，到1988年才和林老说，大家起哄要林老跟山东自考办要稿酬去，林老乐得光啊啊哈哈。

2016年，林老又一次被引爆，江苏省高考作文题是：俗话说，有话则长，无话则短。有人却说，有话则短，无话则长——别人已说的我不必再说，别人无话可说处我也许有话要说。有时这是个性的彰显，有时则是创新意识的闪现。

有网友说：面对这道作文题，网上网下，一片哀号。分析这些哭爹喊娘的原因，不外乎三种：其一，这一题目就一大堆废话，绕来绕去的，连个文题都没有，让人如何下手？其二，把"说话的长短"与"个性、创新"搭一块，属于"霸王硬上弓"，这两者有多大关系？想着就让人别扭的话题，怎么下笔？其三，彰显个性并不一定全是好事，创新的另一面也需要传承与守旧，我们怎么能无视这事物的两面性，一味去歌唱"个性与创新"呢？

这个说法很是有趣，但是，很多的学生得了满分，得了高分，那又如何说？

什么叫无话则长？钱穆把曹操的《让县自明述志令》比作罗斯福的《炉边夜话》，他说："落花水面皆文章，拈来皆是的文学境界，要到曹操以后才有，故建安文学亲切而有味。"

钱穆推论："后来诸葛亮羽扇纶巾，指挥三军，他的《出师表》亦如与朋友话家常，学的是曹操。"

曹操比诸葛亮大二十六岁，学曹很有可能。钱穆认为文学应该是写个人情感际遇的，而不是所有流传下来的都是文学，"分析曹氏父子的文字里，感觉最好最有味道的是'读曹氏父子，可说如到了冬天，一泓清水似的，谈的都是没有价值的，却生出了价值'。"

"没有价值的，却生出了价值。"这才是对"有话则短，无话则长"的最好解释。

看到网上争论纷纭四起，我却是又一次想起见林老的最后一面，在八宝山，在束束黄菊花的围绕中，林老安详如梦中，在向他告别后才猛地想起，刚才没听到哀乐啊。

我不大懂音乐的，晚上问及朋友才知，林老生前安排，不放哀乐，要放，就放美国的乡间音乐，平时，他就喜欢。

翁亮

我相信，很多写小说的人都想把翁亮写到自己的小说里，在当代作家普遍生活缺乏、思想僵化、感情飘浮的今天，翁亮的确能给人种种生活启悟。

翁亮的生活很是透明，不用你问，他发生的、看到的、观察到的、甚至所思所想的事，他自己就会告诉你，有时，虽然你们还不是太熟，但你只要认识了他，你们很快就能熟起来。

我和翁亮是鲁迅文学院第五届进修班的同学，有个傍晚，他穿着一件不系领带但又很宽大的西服，悄不声地踱到我跟前说，晚上跳舞去吗？我说我不会，他说他也不会，说完他又想起什么似的说不对，我好像上次见你跳过，跳得还不错。我忙说我是胡跳，没有章法地闹玩，没女人邀请，我不敢上场云云，他来了劲，非要让我教教他不可。

我看这个大头小子实在好玩，便恶作剧般地答应了他，说是教他，其实我也不会，只是和他去了食堂大厅，别人跳起来时，趁人不注意挤进去，嘴里喊着一二一，把他的肩膀往后推，接着又往前揪他的裤子，这样一来二去，他满头是汗，我也累得不撑，两人便从人堆里逃出来。我对他说，这下，你会了吧？以后就这样跳。

他一脸不解，哼哧哼哧地自己在外头开练。

没过一个月，这家伙竟然成了跳舞高手，几乎逢场必上，逢女便邀，女生说，我不会，他便说我教你；女生说累，他便说跳舞就是为了轻松；女生说不想学，他便说一学就会；反正你不起身他就站在那儿不屈不挠地等你，于是，他成了鲁院舞厅的铁杆舞迷，而我，至今三年也不去一次舞厅。

翁亮是独行侠，常常一个人出去，又常常一个人在一个角落里想心事。西服穿在他身上总是又肥又大，再加上个子不高，又胖，还不大系领带，整个的格调不是落拓，而是"洋拓"。但就这个洋拓，却有一次混进了我们的队伍，还弄了个排号。这个被人称为十二个半的小集团不真不假，大姐叫白玲，写诗歌，是河北邯郸人；二哥孙希录，山东人；三哥张南城，安徽安庆人；四姐苏小玲，广西北海人；五姐田辛华，河南商丘；六哥张学康，云南楚雄；七哥是本兄弟；老八叫赵香，齐鲁石化的一个小姑娘；老九杨会泽，是山东一个写诗的大夫；

老十便是翁亮。往下排去，老十一是雪戎，十二是王德强，大兴安岭的作家；半个为东荡子。这是因为我们喝酒喝了很久，也把座次排了很久，结果就漏了笑嘻嘻一直没说话的荡子，想起他来时天色已太晚，大家觉得学过西方文艺，十三不大吉利，于是就把东荡子叫成了半个，十二个半。

翁亮又是好玩的，在鲁院听课时，他总是拿个傻瓜相机在那儿给讲课老师啪一下，啪又一下的，弄得大家很不是滋味，你是来学习还是照相？便有人称他为"鲁迅文学院照相的"，并简称"鲁照"，时间一长又叫成了"乳罩"，不知他叫什么的，甚至于当面叫他"老乳"。翁兄大急，谁他妈再叫我乳罩我就叫谁"裤衩"！

叫归叫，但如果有谁想和讲课的老师合影，翁亮也是爽快答应，但照片洗出来，要交七毛五才能领走，这叫翁亮的工本费。当时洗一张照片大概是四毛五，翁亮天天去洗，可能还有内部照顾价。一张照片有三毛钱的跑腿钱，翁亮没挣多，但起码没赔。

我有一张和叶文福坐在一块开座谈会的照片，照片上的老叶正激动地站着讲着什么。那是前苏联作家代表团到鲁院来交流，老叶和他们谈起一些政治话题，于是激动了。翁亮把照片送给我时很骄傲，说这是很有特点的一张，关键是老叶很激动，而坐在他身边的我却面无表情，一高一低，一动一静，他说他是显出了抓拍功夫。我接过来一看不错，就跟他要肖像权，七毛五没给他，还把照片没收，气得翁亮嗡嗡乱叫。

特立独行的翁亮总是能碰到一些在别人看来不可思议的事情。他曾在北京火车站救过一位晕倒的老太太。这事，有生活经验的人都不大敢干，自持身份的人也不会干，北京火车站，一天要有多少人啊，大家都不干，共青团员翁亮却干了，而且还在医院帮了人家两天忙，直到亲属到来。其间，翁亮只吃了两袋方便面。

在复旦大学读书时，他晚上竟拾到了五千块钱，第二天他上交给学校,很多人都说他有病。

五千呢,当时读大学,一年也就两千多元的学费,有这笔钱,足以让这小子买四千多股股票,那些股票后来涨到一百多一股,当时就在复旦门口推介路演。

于是,我便叫他翁大傻子。

他问我,拣到钱了,换你,你交不交?我说,拣到了上交,后悔;不上交,心不安宁,还是最好别让我拣到。他笑着说,这就是你们聪明人?还不如我呢。

他很得意,一点也没后悔上交的样子。这真让我有了点莫明其妙的嫉妒。

翁亮常常有惊人之举。在复旦的最后一个学期,不知这小子的哪根筋出了问题,一学期他竟然拿到近几十门课的学分,让复旦大为晕菜。我上了两年,笔记记了十几本,总共才获得十七门课的学分,这个水平在作家班略占中等,大部分同学两年上课,也就十二门左右。因为有的课比如古代文学、古代汉语什么的要上两年。而他一学期竟考了这么多,翁亮却说,这都是我学来的。

有你这么学的吗?你有几个耳朵几只眼?

翁亮的可爱在于他的认真。某夜零时之后他打电话给我,让我快帮他的忙,原来一个女孩给他出了道谜语考他,七句话,每名话含一个字,是什么,他没猜出来。这种小女孩的把戏不用猜也差不多,连谜也没听他说完我就告诉他:"我、的、心、里、只、有、你。"

不一会,他就很激动地回电说我很厉害,一猜就猜着了,不过还有一个需要我再帮忙猜一猜。"你小子今年多大啦?还玩这熊买卖?"气得我对着电话大训他一通,他嘿嘿笑着承认,是不能和这样太小的女孩子交往,屁大的事就考兄弟们的智商,这还过不过日子?

他很认真地说:咱还得干事业,光猜谜哪行?

翁亮的事业是广告,那年他在青鸟参加个广告节,节过后他打电话来,我从日照把他接过,逛日照、邹城、曲阜、兖州巨王林,一个星期的时间,仿佛一直就是这样,翁亮和上学时一样自信。

翁亮至今未婚。早些年,他收到了很多女孩子的信,有几个女孩还找到学校里来,他又管吃又管喝,走时还要管车票,把个翁亮吃得有点真傻。于是,他给她们写信,不让她们到上海来,他要去一一拜访,结果,他转悠了大半个中国,也没找到某个合适的。

那宽大的西服在他身上甩甩搭搭的更显孤独。

翁亮待人诚恳而善良,一如赤子,心里对人不设任何的防备。君子固穷,小人也固穷,作家班的同学有不少固穷,借钱不还的也有。但只要翁亮知道谁借过谁的钱,他肯定把这事找机会说明,而且还把不还钱同学的现状说明。这很让人没面子,怪他的话传到翁亮这儿,翁亮常常大怒,真事呀,真事还怕说,怕说,早干嘛去了?

这就牵扯到翁亮的社交。说翁亮是个有多大成就的作家,怕是他自己也不信,但要说他是个社会活动家,这没二话:十多年的交往,很多同学被人冷落下来,只有翁亮还记得;很多人不如意,只有翁亮还和他联系;同学中有人有了困难,只要翁亮知道;动员他人帮忙的,也大都是翁亮。他在复旦后来好像当过生活委员一类的官,这官,怕是让他一直当到了今天。

今天,哦,今天应该是2008年的4月25日,就在三天前的4月22日,那个平常而普通的日子,山东正在下着一场秋天才会下的连阴雨,四十三年前,翁亮,我兄弟中排行老十的翁亮,就是在4月22日这一天,来到了这个让人哭不起来恨不起来也爱不起来的世界上,4月22日,成了他岁月中打下烙印的一页,而在四十三年后的同一天,他突然就走了,这一走,而且是永别。

翁亮的后事是由我的一位同学操办,悲伤中他已提不起电话,只在网上给我匆匆留言,我看到时已是三天之后,但在此之前,我已从这怪异的春天里,嗅到了一丝不同于以往的气息,这冰冷而又喧闹的世界，是很难留得住一个好人的。唉，翁亮啊，走就走吧，穿着那件宽大的西服，不要系领带，就这样慢慢地走。

我们已问心无悔。

陷入火焰内部

1982年，西北一家叫《青海湖》的杂志上，刊登了一位士兵的处女作，小诗的名字叫《贝壳说》，短短几行，却是纯静而富有情感，自然流畅的诗韵中竟带有一种说不出的愁叹：

> 你到海上航行
> 就把我忘了
> ……
> 海上好吗
> 不好就回来吧
> 我还是你可爱的贝壳
> ……

像个女孩子写的，又像个经历了许多磨难的中年人发出的一声叹息。

但作者王黎明的确是个男的，而且还是个兵，脱了军装换工装，从杏花春雨的江南，一头扎进了八百米深处的地层，挥舞起大镐，扬起铁锹，抱起风钻，又开始一轮更坚实的人生。他的诗歌写作，也为之一变。

我们读到这首诗时，已是在他复员以后。那是1983年的春天，他刚复员，就到兴隆庄矿当了一名掘进工，当然也成为当然堂的半个主人。这个曾在南京高级陆军学校教导队服役的士兵,十六岁当兵,十八岁当班长,十九岁就又当上矿工。

他没做矿工前写的诗多是抒情诗——"我的歌,像无边的长廊"——这样的句子显示了作者灵巧的才智,明显地受印象派诗人的影响。老诗人孔孚就很喜欢他沿着这条路走下去。

写诗嘛,还是纯一点好。老诗人这样说。

煤矿上没那么多的纯情表现,生活在影响着诗人的构思和写作。

他发现煤矿和部队有很多的相同之处,又发现"煤"这个意象有很广大的张力和外延,煤——煤矿——矿工——火焰——青春……一条链式结构,形成生命的一种特殊符号,象征和暗示,都与燃烧有关,与生命的流失有关,这,简直就像沙漏一样的给人以明确意义。于是,出煤口的漏斗上,诗的光芒闪现:本来,太阳和煤应该是一对老伙计,在还没有人类的时候,它们就是朋友,就是世界的全貌。阳光和树木,曾经构成过多么好的世界呀,是谁,把它们分开?分开几亿万年后,现在又见了面,这是怎样的一种情感呈现?

"都激动了。煤的颜色,闪着难言的光泽;也许,要说的很多很多,痛苦的记忆已变成深沉的思索;四周仿佛又响起那支原始的歌、开花的溪头和幻想的森林;一切都过去了,一切的一切都归于命运吗?"

这不是写煤,而是写人,写人和人的命运。同样是人,有人赤胆忠心,却蒙受不白之冤,直至冤死,这事儿还少吗?有人生下来就是山顶的小草,无须生长就比山下的树位置突出,这一切都是命运吗?

他在思考。

绿色的生命变黑了。

于是,《出煤口情思》说:"四周仿佛又响起那支原始的歌,开花的溪头和幻想的森林……"这首诗,很快被《萌芽》选用。在当时,能在《萌芽》发稿,是很大的成功和荣耀。但光荣并不代表生活,在艰苦的工作环境里，他开始思索创造、人生、火焰、命运等等相关意味，一首首一组组洋溢着青春活力和献身激情的诗，相继出现在《星星》《萌芽》《泉城》《诗刊》《飞天》《山东文学》《诗人》等报刊上。

1984年，他被送到省作协文讲所学习。

翌年，他的组诗《青春，黄金时代》获中国煤炭文学基金会建国三十五周年征文一等奖。

作为一名矿工，他真挚地表现矿工对阳光的渴求及对劳动价值的认识和赞美；同时，他又用诗人那颗敏感而又善良的心去感受生活。这样，他就把矿工的命运和时代联系在一起，和创造联系在一起，和希望联系在一起。这使他的诗既呈现出生命的阳刚之美，又充溢着阴柔之情。

早期那种单纯抒情的意味淡了，他写道："读我的诗／最好在冬天／炉火变成电流／变成温暖／那个上大学的青年／会在我的祝福里读书一直到天明／路灯下徘徊的少女啊／你知道我二十二岁蛰伏在地层里／会想到什么？"

这，可以看作他创作的基本定位：一个纯情少年，正在显示他作为男子汉的深沉和强劲，虽然他也不平衡，虽然知道这很不公，但又别无选择。因此，他也不再回避生活的矛盾：

"罗丹的思想者正举起大镐／跪在地层像母亲祈祷的样子／这之前他们是向日葵／是一株株挺拔的风景树。"

但他更清楚：

"世界天天都在燃烧／所以，他们天天流汗。"

青春期的诗人，在他的一首《那一片阳光呵》中，把一个青年矿工渴望人间理解，呼唤真诚的心理表现得淋漓尽致：

"许许多多的青年人和我一样／凭一双手一双聪慧的眼睛来这里谋生／光辉把古老的祝福和幸运的秘密／告诉每个人……待黑夜的尽头栽种的最后一棵路灯／照亮我身后弯曲的巷道／出土的森林化石开始生长

火焰/我手中的镐头已变成写诗的笔/无法向你透露那个爱着我的人/是怎样沿着我的诗行走进我的心里。"

这是无奈的实话,也是实话的无奈。这种话语的分量让人难以承受。特别是当井下出现事故时,更让诗人恐惧,也更让诗人的内心颤动不已。

> 谁会想到那天会有一场大雪/连他也奇怪/四周怎么一下子变得洁白/他只弹弹那身蓝杠杠工装/任水靴踏着积雪发出/咯咯的奇响/他走的时候/只看了一眼楼下那株/枝条发达的老树/三十年了,像乡下忠贞的女人/明年退休就接她来树下乘凉/谁知道他不再回来/只感觉走得有点匆忙/下楼时有人听见/他床底摇摇晃晃的空酒瓶/丁当作响
>
> 一盏矿灯明明灭灭/眼睛里有一条走不到尽头的深巷/他强悍的身躯过早佝偻了/那被干渴的号子破裂的矽尘/却钻进他的心泉畅饮阳光/谁知道呢/那个只能用黑色铅字描写的地方/成了他永久的归宿
>
> ……

人类需要煤,煤是人生活的必需品,但煤的开采却又是和艰苦、危险连在一起,故而,那个因盗火而成为人类榜样的普罗米修斯才受到万世敬仰,那么,在井下殉职的工人呢?

> 岩石与乌金交融
> 荣耀与自卑的叹息中
> 丁点的苦恼显得幼稚而单纯
> 汗水落下的感叹
> 充实而凝重

钢架支撑的空间

筑成立体的人生

青春啊！从这里走向永恒

这是一个青年矿工的感受，这是一个男人的自尊，这是挑战命运的誓词，尽管这种挑战带有阿贵的影子，不是那么有力、和谐，但它作为青年工人的一种品格呈现，一种形而上的生活体验，仍是可敬的。

正如他在《冬天纪事》中写到的一样：

——我陷入火焰内部

漆黑一团。连真理也不能拯救

命运的囚徒被自身的束缚捆绑

韩师傅

1982年，鲍店矿北风井已经和主井通上了风，地上的建筑还是一溜一溜的平房子，平房里边没粉刷墙皮，设着工区的办公室，也设有各个队的办公室和工人宿舍。这些办公室里除了有一两张破破烂烂的办公桌外，就是还有床，床上的被子也大都色彩昏暗。

相对而言，工友们住的房间里，人就挤得更多了，人多床就多，被子也多，差别也大，有的人很讲干净，靠床沿的地方，还铺着条浴巾，上面散发着肥皂味儿，这都是些很讲究的人，且以复员军人和高中毕业生为多，他们的被子，也大都叠得有角有棱，很是利索。

同是一个房间住着，也有很不讲究的，不仅不叠被子，袜子也乱扔，本来就是不清洁的床上，没准他还把工作服堆在上面。平房里边的光线很暗，不熟悉煤矿的人进来，乍一看，还以为床上卧着条黑狗呢。

工友们上班是三八制。说是八小时，实际上不是。要提前吃饭，还要提前四十五分钟开个班前会，这个班前会上，要讲具体的工作规程，讲具体的安全注意事项，就是让大家小心小心再小心，到了井下别碰着伤着的意思。这种会天天开，该注意的事项大家都会背了，都会背了也要讲，这是煤矿上的规矩。

三八制虽然规定是八小时工作制，但实际上的时间是十几个小时，吃饭用十五分钟，加上班前会的十五分钟，还要提前半小时接班。到井下接班，讲究的是手拉手，口对口，你不来，他不走。听起来，这很像个爱情小说的提纲。细掰起来一点儿不浪漫，这是在井下呢，这是风钻，这是车皮，这是没清扫完的矸子石……且慢，让咱先松松手，你们留的矸石太多，这个班我们不接。这就有了矛盾。赵师傅，今儿我拉肚子，上个班也留得多点，累得没了力气，明天吧，明天我保证打扫干净。这赵师傅也就不好意思再说什么，把工作服一脱，抄起铁锹就装。

"走吧！"

"我走啦赵师傅。"

这就叫手拉手，口对口。

到了井口，上了井，再交了灯，交了自救器。再洗了澡，再去食堂吃了饭，十几个小时也就这样匆匆忙忙地过去了。这是上早班，上中班要从中午十一点准备，下班后再到井上吃过饭，差不多就到凌晨一点左右了。

上夜班的正确时间是晚上十点，上这个班比较好。夜里，当领导的也该睡觉了，管你的人少了，只要干完你该干的活，领导不会再安排突击性任务，很是轻松。最妙的是，你在井下干了一夜，很是疲惫，上来井，明晃晃的太阳唰地射过来，让人心里一震，情绪高得直想唱个小曲儿。

夜班工人一般都在中午醒来，拿起饭盒到食堂去打了个菜，端回来吃。在鲍店矿北风井的平房前面，不少宿舍在外边垒了小饭桌，从宿舍里拿出小凳子来，在小饭桌前一围，再倒上二两酒，真是神仙过的日子。

有位姓韩的师傅，个子不高，黑脸膛，满腮的胡子被他一天一刮，半个脸都刮成了青色的。他是个爱喝酒的人，一顿只喝半斤，要是有人向他讨口酒喝，他很大方地说，喝，你喝就是。他只把茶缸里的酒端给你，瓶子里的酒，他基本上不给别人倒，他还要再喝一顿呢。

韩师傅的茶缸又喝茶又喝酒，上面有不少茶垢，但他就是不刷干净，他说，刷干净了，就藏不住酒味，酒香就没了。有茶垢，喝完酒再喝茶，茶水里边还有酒香呢。他很为自己的这套茶酒文化得意。

韩师傅的宿舍前面种了几十棵辣椒，秋天来的时候，辣椒有红有紫。吃饭的时候，韩师傅便去摘上几个，边喝酒，边吃菜，边吃辣椒。

井下工人下井前是不许喝酒的，韩师傅上早班的时候，这顿酒留在夜里喝，也是几只辣椒，一份菜，半茶缸酒。上中班的时候，韩师傅下班后已是凌晨，那也要喝，也是几只辣椒，一份菜，半茶缸酒。

宿舍里灯光昏暗，韩师傅长得又黑，看不出他脸上是什么色儿，同宿舍的只听到滋——哑哑，哑哑的动静，很是静。这种静静的一人独饮的喝法，大家都称作是"喝闷酒"。

韩师傅不喝闷酒的时候是上完夜班的中午，那时候，阳光正足，韩师傅专门拣那被太阳晒红的辣椒摘来，端出从食堂打来的菜，再倒上半茶缸酒，先捏起一只红辣椒，端起茶缸，眯缝起眼，美美地哑一口，再把大半个辣椒往嘴里一放，唏哈，唏哈，上午的阳光照在他那黑黑的脸上，那脸，也变成了紫红色。逢这时，我们几个年轻的也凑上去，也到韩师傅的地里摘上几只青辣椒，围着韩师傅，他喝酒，我们吃饭。

矿工这个职业，和酒最近，和阳光最亲热，即便是夏天，也喜欢在屋外喝。因此，邻居们知道，来当然堂喝酒大呼小叫，在屋外就开喝的，肯定是矿上的朋友。

在外头吃饭会不会有苍蝇乱飞呢？从道理上讲，肯定会有，我和韩师傅在一块工作了两年，有没有苍蝇这件事，却是怎么也想不起来了。

傻狍子

1984年去东北时，听大哥讲了个他自己的故事，当时听了一笑了之，谁料，事隔多年后却又想了起来，干脆记下吧，省得老是憋着。

有年冬天，东北忽寒忽暖，雪下了又化，化了又下，大哥家门前的好大一片凹地，已成了湖一样的东西，冰溜滑。

在一个大清早儿，大哥去蹲坑，东北人把去厕所叫蹲坑。东北的厕所大都是木板子钉起来的，能站脚的地方，要高出地面半米多。那木板子风吹日晒，四下裂缝，从里边往外看，什么都看得清楚，从外边往里看，距离不近，你就什么也看不见。

这个早晨很静，东天边才刚露出一缕红光，大哥蹲着没事，便四下乱瞅。远处，竟有一个黑影正渐渐变大，大哥仔细看去，是一只正东瞧西看的狍子。狍子的腿很长，肉很耐嚼——吃过这玩意儿的东北人都这么说。

狍子极小心地往外走，它的蹄子小，走在那么一大片的冰上不得不小心翼翼，耳、眼、鼻都极小心。见状，大哥便有了主意，等那狍子离厕所近了，大哥猛然大喝一声，并从厕所里窜出来，狍子急切地一跳，扭身回窜，蹄子在冰上一滑，当时便摔个底朝天，四蹄乱蹬，再也站不起来。

大哥提着裤子到了狍子跟前，禁不住嘿嘿笑了。那狍子先还蹬腿，见大哥一笑，它竟不动了。大哥用腰带将它栓住，又扶它起来，一手

173

提裤子,一手牵狍子,笑嘻嘻地往家走。狍子极温顺地跟着,颤颤惊惊地在冰上走。

大哥家离厕所有一百多米远,路上碰到又一个去蹲坑的妇女,见大哥牵着一只狍子,不禁眼睛都亮了,惺忪的面容上也有了笑容。

"刚逮的?"

"嗨,巧了。"

两人都挺高兴。那时候,谁家逮个野味,总要送点给老乡。这妇女也是山东人,当然会有她一份。

东方的红光直向中天铺来,大哥的心里也有了万道霞光。他来东北后,只吃过别人逮的狍子肉,自己还从来没逮住过呢。他张张嘴,大口大口地哈气,那热气团从嘴里涌出,他的心也要跟着涌出来了。

走出那片被冰覆盖的大块土地,大哥的脚步也轻快了,离家还有十来米,他刚要张嘴来句山东梆子,还没等想好来哪一段呢,那狍子一昂头,一弓身,一下窜起一米多高,吓得大哥一愣,那狍子,沿冰周围的黑土地几下就窜远了。

大哥笑着摇摇头说:"连腰带都被它带走了。"

据大哥说,打那以后,他既没再吃过狍子肉,也没再见过狍子。

免贵姓华

倘若有人如此问：世界上，姓什么的人最多。答案有多种，其中的一种就是：姓华的最多。

众所周知，在国外，所有的中国人，均被称为华人，而我们说到外国人时，却要说他是英国人、法国人，很少有人呓呓怔怔地称外国人为英人、美人或者比人、澳人的。即便是已经入了某国籍的中国人，我们称他们时也是这样称呼：这位是某籍华人。

可以不牵强地说，每一个中国人，除了自己原本的姓氏外，还有一个共同的姓氏，那就是"华"。

倘若有人如此问我：先生贵姓？按常规礼节，我应该回答：免贵，姓华。但实际上，逢有此问，我就毫不谦虚地说：姓华，中华的华。

姓华，是不能免贵的。

一

华姓在中国历史上，其实是个很尴尬的姓。尴尬的原因还不止一个。

首先是因为孔子。

孔、华、宋、戴等等，原本是一家人，亲弟兄级别。这几个姓氏，都是商朝皇室后裔。商朝有个叫微子的大臣，和商纣王是同父异母的兄弟，商纣王剖比干、贬商容、欺微子，闹得天下反起八百诸侯，结果是把天下让给了一个少数民族的西方部落，这就是周朝。眼看国破家亡之时，微子很识时务，便抱着神器，也就是体现皇族荣誉和地位的宝贝儿——家谱，归顺了周武王，周武王将微子分封到河南商丘一带，于是，商朝便缩小成为宋国，微子，当然成了宋国的第一代国君。当时的宋国，祭祖的礼节可以用天子礼，这是唯一一个除了周天子之外可以用国礼规格的诸侯国。

微子死后，埋在微山岛上，现在的微山湖往南一百里，往西南一百多里，尽是当年宋国的封地。微子死后，他的弟弟微中衍继承了微子的国君位置，这便是殷姓始祖，有学说认为是现居美国的印第安人一族，印者，殷也；殷者，商也，殷商殷商，不是胡乱说的。

微中衍死后，其儿子宋公稽入继大统，这是宋姓祖先。在微中衍的孙子中，有一支封于商丘东部，安徽西北部和江苏西北部、山东西南部的子孙，这支子孙便是华姓。

另有一支封在了商丘的南部和西南部，就是今天河南的夏邑。这是孔姓始祖。

这些商代没落贵族们，虽然他们都有了很大的封地，是宋国最大的地主，但他们的工作单位却是在商丘。到了宋殇公时，大司马孔父嘉喜欢上了打仗，而且是十年之内竟和周围的邻国打了十一次，把个宋国打得很是穷困，百姓们也有了怨气。孔父嘉的兄长华睿是个文官，他不太喜欢打仗，这个老祖宗，竟然爱上了弟媳妇——孔父嘉的妻子，趁国内外对宋老大、孔老三怨声四起之时，华老二就带领百姓和士兵突袭大司马府，杀了孔父嘉并带走了孔父嘉的妻子，夺得宋国执政大权。孔父嘉的儿子木金父逃到鲁国，是孔姓祖先。

春秋无义战。

从历史书上我们得知，春秋时代父子反目、兄弟相残者比比皆是，至于兄妹乱伦、母子苟且之事更是举不胜举。也许正因为春秋时的混乱，孔子才特别重视礼法对人的约束，特别重视强调三纲五常。他年纪大的时候重新编写《春秋》一书，其目的就是让"乱臣贼子惧"，就是让浑浊的天空清朗一些。我们今天看到的宋国"华氏之乱"，在孔老夫子编写到此节时，心里一定是痛楚而无奈的。但，这毕竟是历史。

华氏一族自此在宋国独撑局面，其家族荣耀二百多年，历代高官，历代权柄在手，已经是和宋国难分荣辱了。

宋国在春秋战国时代存在了近八百年，其间共二十六世三十四君，比鲁、陈、蔡、郑、晋等众多国家存在的时间都长久。大家知道，商丘历来是兵家必争之地，但商丘周围又无险可守，同时还是黄泛区，地薄人稀，物阜不丰，能存在近八百年，也是奇事一件。

这里边，谁又能抹杀掉华氏一族的功劳呢？

还有个尴尬人是华歆。

《世说新语》说，华歆小时候和一个叫管宁的孩子在一块儿读书，门口儿有大官的仪仗队经过，我们这位小老祖宗贪玩好奇，就跑出去看，一心二用不好好读书。这事儿，本来很正常也很合理，谁料，等他看完了仪仗队再回来读书时，却发现原本友善的管宁同学正在怒目圆睁地瞪着自己，华歆不知如何招惹了他，正发呆之时，这管宁，竟然拿起刀来把好好的一张座席给割成了两半，并宣布绝交。清高的和世俗的不愿意混在一块儿了。

用佛家的观点来看，这个管宁其实更是小心眼，外表的清高并不能掩饰对虚荣和繁华的向往。相反，我倒觉得我们这位老祖宗倒是率真可爱，颇具真性情。就像那位抱着美妇人过河的和尚，该抱的时候抱起来就走，该放下的时候说放下就放下。"本来无一物，何处惹尘埃?!"只要心中放下，就比想抱不抱、想抱不敢抱、想抱不会抱的邪恶之徒高尚万倍。

但这个故事竟然被人给编到教科书里，让认识汉字的小孩子们都要学习管宁,都来瞧不起华歆。且不说这个故事其实是个经不起推敲的传说,即使是事实,又能证明管宁同志的什么呢?只证明小管是个伪君子,假正经。这对启蒙时期的幼童教育来说不是正确而是偏颇;是伪教育,是对孩子天真好玩习性的扼杀。

历史上的华歆,字子鱼,青州高唐人,史书说他:"议论持平,终不毁伤人。"也就是华歆为人处事总能一碗水端平,从理出发,就事论事,不抱个人成见。同时,他还不说别人坏话。就是这样一位谦和君子,其实对时局的把握一直很准确,看人的眼也很毒。当年,有个叫王芬的约他一块儿把汉灵帝废了,他阻止无效,但声明自己绝不参与,并告诉别人也不要参和,因为:此事弄不成!结果,真如他所言,王芬果然败了。

华歆年轻的时候已经是尚书郎,属于京师高官,但他见董卓入主长安,知道这董卓也不是好鸟,他便装病离朝,南去邀袁术讨伐董卓,袁术不敢,华歆便投奔了孙策。孙策"待以上宾之礼",到孙权当政时,曹操颁天子令,让华歆归朝,华歆离开江东时,"宾客旧人送之者千余人,赠馈数百金"。但华歆一一封好,退给了送礼的人。他说,他不是不需要这些东西,也不是不领大伙儿的情,只是路途遥远,带这些东西不仅不方便,而且还有危险。

史书说:江东人闻听,"而服其德"。

华歆当了太尉的时候,几次称病乞退,而让位于管宁——就是那个让他尴尬不已的人。看来,他把割席这茬儿给忘了吧!但曹丕没忘,他就不同意管宁替代华歆。

华歆墓位于高唐县城东固河镇大华村北,至今保持完整。可以想象,在喜欢厚葬的汉代,华歆的葬礼一定是简朴而寒酸。如不然,早让人连挖带盗弄个稀巴烂了。

还有一位名人秩事也让华家人感到哭笑不得。江南风流才子唐伯虎,看中了当朝华太师家的一个丫头,于是打扮成仆人混入太师府,历尽千辛万苦,终于将秋香搞定。在这出滑稽戏中,华太师昏头晕脑,管家竟然叫"臭鼻头",太师夫人则又聋又哑,不堪世事,唐伯虎小丑一般地上蹿下跳,祝枝山鹅头鸭脑一派胡言……且不说这故事的漏洞百出,就人物塑造而言,也是一出不值一看的闹剧。但这闹剧闹得和名人有关,就更显闹,更显无聊的闹。

历史上的华太师确有其人。华太师名察,其家族在北宋末年由江苏西北部迁往无锡并成为无锡望族。华察于嘉庆五年中进士,后任应天府会试主考官,拜侍读学士。华察诗文双绝,在朝鲜、日本,都有人特别崇拜他的诗歌和文章,是领军文坛的一代鸿儒。

唐伯虎生于1470年,死于1523年,而华察,则是1526年才中的进士。唐伯虎死的时候,华察还未金榜题名呢,何来太师一说?

华家还有个华国锋,实在又厚道,没跟上形势变化,真令国人唏嘘。华国锋1976年10月当上中共中央主席,军委主席兼国务院总理,党政军大权集于一身,可惜在1980年,先是辞去了国务院总理职务,翌年又辞去中共中央主席和军委主席职务,和华太师一样,告老在家。

要说,当了六年多的主席也是很风光,但大家提起"华老"来,总是止不住的叹息。

叹息什么呢?不好说。

二

华氏家族有商代遗风。

商代遗风的特征是处处讲面子,讲一定的旧规矩,在逆境中也时刻保持自己那份可怜的尊严。

既然叫遗风,就要和时务不太一致,轻物质享受,重精神愉悦,在一个相对稳定的环境中,保持固有的传统。

此乃所有"遗民"家族的特性。

华氏家族是殷商遗民,当然也具有这种冻死迎风站、饿死打饱嗝的姿态。华睿的曾孙华元,在任宋国最高执政官的时候,宋被楚国围困近十个月,商丘城里已经"易子而食,析骸而炊"。也就是说,大家相互交换着煮孩子吃,因为吃自己的孩子实在是不忍心。而煮孩子用的柴,则是死人的骨头。即便是这样,宋国人也不投降。在内无粮草外无救兵的情况下,华元独身一人携刀于夜间潜伏出城,用匕首直逼到楚国元帅子反的喉咙间,梦中醒来的子反吓破了胆,只好答应退兵,宋国得救。

还是这个华元,见宋国南有强楚,北有猛齐,西有晋旅,自己周围的小国被大国压制得几乎无法喘息的严峻形势下,发明了"弭兵之盟"。弭者,罢、休的意思。这种弭兵之盟,即"休兵养民,倡导和平,谋求共同发展,签订互不侵犯条约"。

这一举措得到众多国家的响应,也使宋国避免了多次战火的袭扰。宋国人抓紧恢复生产,古语中"殷人好贾"就是此意。当时,在全国负责货物流通、从事物质交换的人,大都是宋国人。今天我们所称呼的"商人",原意就是指商丘从事商业活动的人。

春秋战国时代的华元,多次出使邻国,奔走和平,他集政治家、外交家、军事家、刺客、人质、战将于一身,在强敌如林、诸侯纷乱的时代,为宋国独撑一木大厦。

华姓在春秋特别是战国时代成为显赫的大贵族:楚国有华亥,吴国有华登,齐国有华周,卫国有华仲,宋国更是华氏大本营,华费道、华驱、华多僚父子及华氏三雄,以至于人们只知道华氏而不知国君,实实在在地到了功高震主的程度。

到了著名的"华氏之乱"之时,华家自己人闹个不止,和国君也闹得不可开交的时候,华氏家族衰落了,有往北迁的,有往南行的,也有西去的。商丘城里的华氏门前冷落,封地中的华姓则老老实实地种地、吃饭。

不久，宋国也随即灭亡。

到秦末汉初，朝阳侯华寄跟随吕泽和刘邦一同打天下，功劳卓著；终陵齐侯华毋害，以越将从高祖起于留城，入汉，定三秦，封为侯，享七百四十户。

两汉时，山东华姓成为齐鲁望族，除山东平原、高唐等地外，原在宋国封地的华姓人氏也开始兴盛，并出现了神医华佗。

华氏家族很少出武将。那位杀了孔父嘉的华睿本身就是个文官，华元虽然单刀夜行，但那也是逼急了的潜能发挥，说他是武将，还不如说他是个外交家更恰如其分。华寄，华毋害追随刘邦打天下，好像只是带兵，也没有太大的一刀一枪之战争记录。因而，纵观历史人物中，华氏家族中文士较多，有一技之长者更多，他们身上体现着一种共同的品质就是"平民思想。"

平民思想，某种意义上说就是遗民思想的世俗化，是贵族姿态的普通化，是纯市民或农民意识的高贵化。

华佗行医，无论贫富一视同仁，瞧病不瞧人，而且，他还特别重视从民间学习治疗经验，研究偏方，他既然能写两部重要的医书，那么，他的文化知识和修养也理应杰出，他在和老乡曹操的抗争中，维护的是科学精神，是对医学神圣不可侵犯的爱。临死，他所想的还是天下的老百姓，他在把他的医书传给狱吏时说："此书传世，可活苍生。"

至大难临头，他仍坚信自己的医术，坚信自己没有错，错的，是人家。

这种硬骨头精神也是一种遗民精神，遗民之所以成为遗民，就在于对历史和传统精神的坚守，对信仰和理想的坚守。

遗民者，知世道变而己不变。

华察，即传说中的华太师，平素以"五不欺"自慰，浑然不管世人如何评说。五不欺即"不欺天,不欺君,不欺亲,不欺友,不欺民"。这个五不欺的坦言者,十二岁就风华绰约,写得一手好文章,其弟子遍及天下,他曾出使朝鲜,以文词才学让友邦惊叹。他个人的一生则济公好义,不畏权势。奸相严嵩几次巴结他不成,便密谋陷害,华察不与此人合污,便告老还乡。

华察到家乡后,将一万多亩良田分给贫困佃户,并捐八百亩为"役田",用来资助无钱读书的孩子们,大搞希望工程。他所建的隆亭,因与龙同音,皇上派钦差暗查,华察连夜改为东亭,并嘱咐乡邻说,此亭名叫东亭。结果,待外乡人至无锡打探,众乡亲众口一词:此亭就叫东亭,一直就叫东亭,我们没听说过什么隆亭。使得钦差无功而返,也使严嵩的陷害阴谋破产。

在如此关键之时,他老人家能赢得如此众多乡亲的支持,足见其平时之为人矣。

三

朴素,是华氏家族的又一特征。用评价华峤《汉后书》的话就是说:文质事核。

汉代大司徒,是相当于国务院总理一级的官儿,华歆被封为安乐乡侯后,又当上了大司徒,但他"素清贫,禄赐以振施亲戚故人,家无担石之储"。曹丕赞曰:老华,是国之俊老啊,国家的大事小事全靠他操劳。现在,社会上的风气是当了官就吃好的,穿好的,只有我们的大司徒,吃什么和不吃什么都无所谓也,即便是吃,也是吃很简单饭食呐。

因此,曹丕特地赐给华歆衣服,不仅给华歆,连华歆的妻子孩子皆给做上一身。堂堂大魏国首辅,竟寒酸到连出门的衣服都靠皇帝赐给的程度。但华歆依旧不以为然。既不惊，也不恐。坦然受之。

近代从无锡迁出一支华姓人氏去了贵州，华家在贵州投资办厂，捐钱助学，从1905年开始，华家就创办了诸如贵州通省公立中学堂、优质师范选科学堂、宪群法政学堂、遵义中学堂等等。除教育投资和捐助外，华氏家族还创办了贵州文通书局，早在1901年时，这个书局就能用全套彩印机器印刷书籍，工人达到一百多人。文通书局不仅印刷学生课本、古文书籍，还印刷出版了《莎士比亚全集》《巴尔扎克全集》等翻译作品，文通书局印的书畅销全国，其分局遍布全国，诸如上海、广州、长沙、重庆等大中城市。有资料证明，华氏家族在贵州捐资助学、赈济贫穷、资助军饷的款项竟超过三百万两，折合成今天的人民币，足有一亿多元。西南近代工商业的繁荣，华家当居首功。

特别值得大书特书的是华联辉所创办的酒坊，这个叫"成义酒坊"生产的酒，原本是自家人年节时品尝并馈赠亲友的，不外场销售。越是不卖，名气还越是大，后来，华家酒的名声竟传到全国，袁世凯下帖，请成义酒坊的酒去参加首届巴拿马国际博览会。华之鸿去了以后，发现外国人根本就瞧不起他送来的上头土脑的泥巴罐子，他们认为，这里边还能装好酒？

华之鸿趁评委们走来时，急中生智，将酒瓶往地上一摔，立时，大厅内芳香四溢，众评委吃惊之余，鼻子也猛猛地抽吸，再一品尝，嘿嘿，成义酒坊的白酒被评为世界第一，酒名也改为茅台酒。

华氏家族在贵州有钱有势有名，但华家的钱却绝不乱花，在修建现在的贵阳一中时，校长华之鸿"亲往督工，晨出暮归，无间寒暑……"他竟然亲自备料验砖，和小工一样地"战斗在第一线"。

贵州人民评价华氏三代巨富时说，"虽处丰裕，而寒素家风，自安淡泊，于世俗声色玩好皆无一染"。

华蘅芳，我国第一台蒸汽机的制造者，他喜欢钻研物理数学，在咸丰年间他就写出了《抛物线说》，并翻译了《金石识别》等外文书籍，同治年间，他研究并写出了数学专著《开方别术》《开方古义》《数根术解》等重要的学术著作，在我国的自然科学研究领域塑造了一座座巨型丰碑。

就是这位深受曾国藩、李鸿章等封疆大吏所敬重的科学家，一生却"敝衣粗食，穷极终身"。别的人，只要能见上曾、李一面，无不想花钱捐顶红帽子以光宗耀祖，而和曾、李在一起朝暮相处的华蘅芳，则一生"未尝求禄仕进"。

著名数学家华罗庚则一生灾难不断：幼小时家贫失学，凭兴趣爱好自学数学，早年时患重病还落下腿残；文化大革命中，他做的演算稿也被人当"白专"的罪证毁掉，连家也被抄被抢；到了晚年，他又碰上了学风恶劣低俗的时代，做个老实人，做个实在人的愿望，也被各种外来力量搅得心烦意乱。

即便是这样，他也尽量保持一份做普通人的心态。尽管他是"伟大的数学家"，职位已是学部委员，但他却从不隐讳自己先天不足，一生全靠勤奋自学，因此，别人护短，他则漏丑、揭丑，他提出，弄斧必到班门，要多找比自己水平高的人请教。

作为大数学家的华罗庚没有任何架子，连三流的专科学校请他做讲座，只要有时间，他也不推辞，比起那些讲身份、讲地位、讲排场、讲规格的人来说，华罗庚的行动无疑是对他们的讽刺。他说的"努力在我，评价在人"的心里话，更是于朴实中透出平民思想的光辉。

四

华氏家族多奇才、多自学成才之人，多远离仕途之士。

这些奇才贯穿到社会科学和自然科学的各个领域。可以毫不骄傲地说，华家，在任何领域都曾出过高手。

明代出了个叫华燧的巧匠，这位老祖宗从少年时就喜欢读史学经，聪慧异常，至中年，他则"喜校阅异同"，凡碰到奇书、怪书、稀罕书，无不想快点儿读到，读完还不算完，还要找出里边的问题来，找出和其他书的不同和相同。他自谓能把天下的书"会而通之"。会，还要通，口气之大让人瞠目。他的书房就叫个"会通馆"，专门研究这些会和通的学问。

他还喜欢动手研究，亲身劳作一些事情，绝不似其他知识分子只爱钻古文纸堆而不劳动的习惯。他发现以前的印刷都是活字印刷，用的是石印或陶印，制作起来不仅不方便，而且直接影响印刷的数量，于是，他发明了用"铜版"工艺印刷，他和他的侄子华坚等人，创了"会通馆"和"兰雪堂"。现存的《容斋随笔》《艺文类聚》等著名古典书籍，就是他们印刷出来的。

华燧和华坚在改进中国印刷技术上，具有划时代的意义，他们使我国的印刷技术领先了世界几百年。

这是印刷上。而另一个造纸坊的小工，经过多年的努力，成为大画家，也是机缘和勤奋．天才和时代的有机结合。

这便是扬州八怪之一的华喦。

华喦是福建华姓，少年时在造纸厂当小工学徒，家贫不足食粥，但他从小喜欢写诗，喜欢画画，康熙年间，福建华氏一族建造祠堂，有人推荐让喜欢画画的华喦画壁画，但族长不同意。华喦一怒之下，于夜间偷进祠堂，一气画了四幅画，然后远走他乡，开始了卖画为生的生涯。

雍正年间，华喦来到扬州，和金农、郑板桥、高翔等人混在一起。金农曾这样赞叹华喦说：老华画兰草，五丈多的纸，烧顿饭的工夫他便能画出来，而且"清而不媚，恍闻幽香散空谷之中……余恨不能步其后尘也"。

华喦擅画人物、山水、花鸟草虫，其诗、其书法又有古风古韵，当时人称"三绝",并有《离垢集》《解弢馆诗集》传世。

华秋萍则有另一手绝活。这位清代中后期的奇人,自幼酷爱金石篆刻,其作品苍劲秀美,有大汉气象,他邀集华氏族人,成立了诗文音乐社,每逢春秋佳日,均弹唱古曲,作诗饮酒,快活至极,他弹古琴,弹琵琶,唱昆曲,并整理出《借云馆小唱》《琵琶曲》三卷,并创编了著名的《十面埋伏》,他自创了一套独特指法符号系统来记录琵琶弹法,对琵琶这类乐器的推广和交流起到重要作用。

这位名字带有女性气息的老祖宗还热爱绘画,并喜工笔勾勒,同时,他还旁通医学,并专攻喉科,并与两个弟弟合著过《喉科秘书》四种。

只一样,他不喜仕途,不爱和官府交往,只愿以平民身份自娱。

还有个被称为"江南第一隐富"的华绎之老人也很有意思,他是养蜂大王,而且还是养进口的蜂,所用的技术还是国外最科学的方法。他所创办的实业有丝厂,有贸易货栈,有纺织厂,有面粉厂,同时,他还科学地养鸡、养牛,种植果树,等等。在民国时期,他的实业公司就拥有整套的现代化的孵化、繁殖禽畜设备。就是这位大实业家,在四十岁时竟喜欢上了书法,自学成才,竟然自成一家。

华绎之的儿子华仲厚,近年从国外回来出资百万,重新修缮了著名的"华孝子祠堂"。

华孝子名华宝,东晋时人。华宝八岁时,父亲去当兵,临走时对华宝说,你在家里是长子,长兄为父,你母亲不在了,你要好好照顾你的弟弟们。如果我这次打完仗回来,我一定亲自给你行冠礼,给你娶个媳妇成个家。

父亲说完就去了前线,从此,年仅八岁的华宝领着弟弟,独撑起一片天。特别是父亲阵亡的消息传来时,华宝伤心至极,并发誓一生不加冠、不娶妻。他把全部的心血都用在了弟弟身上,帮弟弟娶了妻子,生了孩子,而他却还孤身一人,逢有人登门为他提亲,他总是号嚎大哭，以示拒绝。

华宝活到八十六岁，弟弟华宽将次子过继给华宝为后。到南齐建元三年，齐高帝闻听到华宝的故事后大为感动，他亲赐华宝故宅为"孝子第"匾额，这便是华孝子祠堂的由来。

华孝子祠紧邻天下第二泉，盲人阿炳一曲悠扬的《二泉映月》如泣如诉，曲子怀现世悲悯，发远古悠情，叹天地之广阔，诉清冷之人生，天荒地老的身世感怀中，往事如烟如岚，心绪似愁似怨，清泉由平静变得激昂，月光由姣美而变得斑驳陆离，一幕幕历史的画面在清冷的月光下鲜活如初，琴声、月光、泉水浑然一体，完成了一幅亘古不变的自然呈现，天地人合一，声光色同韵……

阿炳名叫华彦钧，正是华孝子的后裔，在祖先的祠堂边对着一轮清冷的月亮，诉说自己苦难身世，无怪乎他能演奏得如此玄妙高远，无怪乎小泽征尔认为：听《二泉映月》必须跪下来，用心听。

《二泉映月》现在已是世界十大名曲之一，不同肤色、不同语言、不同文化信仰的人，听到《二泉映月》时，灵魂无不为之震动。

没上过学堂的华彦钧一生创作了七百多首音乐曲月，他个人除了会拉二胡外，还会打鼓、弹琵琶、吹笛。

五

姓华的人见面亲。

由于华姓人数较少，几千年来，华家没有赐过其他姓为华，故而，华氏家族一直处在姓稀人少的状态。

中国有"无李不成村""无张不开席""无刘不成集"的说法，张王李赵刘几个大姓的人见面，客气了说一声，哟，一家子，便再无下文；不客气了，管你姓什么，先挥拳上去再说。

而华姓则不尽然，无论在哪儿碰到同姓，无论续上续不上，均有三分亲的情分。而到了酒桌上，要是有两个姓华的在一块儿，甭说，两人即便是第一次见面，也比别人显得近乎。

在复旦大学读书时，临毕业时才知道校长叫华中一，是个享誉世界的大科学家、教育家，在数学、物理学方面作出突出贡献。当时听了，觉得很凑巧，也很自豪。一日和同学喝酒吹牛，说我可以去见见校长。大家均不相信。

同座的骆玉明老师慢悠悠地说，想见校长还不容易？——就怕他没时间。大伙儿哄堂大笑。夜间，借着酒劲，我给华中一先生写了一封信，其中的大意是：我姓华，是山东兖州华家街的人，我们村几百户姓华的，就我一个来复旦读书，老家的人听说校长也姓华，都很自豪，嘱咐我一定要见见您，向您当面表达敬意。写完后，连看也没看就投到楼下的信箱里。等第二天睡醒，隐约记得昨日的荒唐举动，不禁倍感惭愧，亦觉此事尴尬无比，你姓华，我也姓华，这种酸掉牙的话也能说出来？

于是，忐忑不安中找到骆老师，把此事讲给他听，骆老师扑哧一声笑起来，边笑边连连摇头，一副乐不可支的样子。我很紧张地问他，你猜猜，校长接到我的信会怎么想？骆老师笑嘻嘻地反问，你先猜。一见他也没多少的好主意和准确把握，我反倒平静了，我说，"华校长肯定说，看看中文系，干嘛的？怎么净教这样的半吊子学生？——还有那个骆玉明，不会教学生点好学问？校长肯定会这么说。中文系，就等着挨训吧！"骆老师不笑了。骆老师说："这信，到校长办公室就会被扣下的，华校长看到看不到还不好说呢。放心上你的课去吧！"

谁料在信发走的第三天，校长办公室就打来电话，说是明天一早八点钟，星期六，校长要见我。

在我有生的几个难眠之夜里，复旦大学南区的难眠之夜最让我记忆深刻，兴奋、惊喜、不安，脑子里翻来覆去地想起这句话忘了上句词,翻过身来一个念头,背过身去一个想法,恍恍惚惚一觉醒来,提前二十分钟到了校长的小办公楼前,还不知道该说什么。

关键是,华中一先生所研究的学科太高深莫测了,而我,则连一元一次方程也解不准,复旦作家班的同学大部分都有数学恐惧症与英语恐惧症,而自己,又是这些恐惧症患者中最为严重的一个。参加工作二十多年,竟从来没算准过一次一月该领多少工资。

说真的,我有点后悔自己的孟浪和冲动了。

一个走路很轻很稳的先生缓缓走过来,提着个粗布包,像是早晨去市场买菜的,我看着他,他缓缓地上下打量了一下我,老先生轻声慢语地说:"你是华德民?"

这就是冠誉世界的大学者华中一。看上去,先生也就四十多岁,但他的举止和风范,却又是那么老成和自然。进了他的办公室后,他把那个不起眼的小包放在桌子上,然后走过来和我坐在一个沙发上,静静地看了看我,先生轻轻地笑了。

我从来没有觉得山东普通话有什么不好,从一坐下说话,我就腔后边发烧,在先生的轻声缓语、极具磁性的亲切话语里,我发现山东话真夯、真硬、真土。

先生问我的生活、问学习、问上海菜好吃不好吃,山东的煎饼……问什么,我就答什么,边回答,边觉得顺溜起来,直到先生让我喝水,我抬头看看挂钟,已经是九点多钟了,这下,我才慌了神,急忙向先生告辞。他站起身,笑眯眯地一直把我送到门口,嘱咐我要用功读书,多写作品。

眨眼间,十六年过去了,每每有人提到上海,我就想起复旦,想起校长的单独召见。骆老师对此的评价是:也就你华德民好意思耽误校长这么长时间,我在复旦上学、教学几十年,也没像你这样。

像我这样什么呢?骆老师没好意思说。

六

华姓在中国姓氏中排行196位,这是按人数来排的。资料上说,华姓约占汉族人口的百分之零点零四七。中国是个多民族的国家,汉族约六亿、七亿?那么,华姓人也就二百多万人。

《姓氏略考》上说,"夏仲康封观于西岳,曰华山",中国以姓氏为名的名山,好像只有华山一山。再往上数,华姓的老祖宗应该是颛顼帝高阳氏。若只算到这里,那,华氏和屈原又成了同祖同宗了——四千四百多年前的同祖。屈原在《离骚》中首先称自己"帝高阳之苗裔兮",即,"我是古帝高阳氏的后代呀"。

那么,高阳氏又是谁的后代呢?是黄帝。颛顼是黄帝的孙子,黄帝升天成仙后,让颛顼继承了黄帝的位置。

如此说来,华姓的始祖百分之百是黄帝了,但又有个说法:远古时有个叫华胥的,即伏羲的母亲。伏羲为远古三皇五帝中的头一皇,他创八卦、论阴阳、定伦理,并规定了近亲不能结婚。把人,从动物堆里拉出来,成了万物主宰。要不,全世界的华人都叫华夏子孙呢。

这个"华"的原意,就在伏羲的母亲这儿。

真正意义上的华姓还是应该以华睿老祖宗为第一位,近代天津著名书法家华世奎所手抄的《华氏家谱》中,开篇就写:"吾华系出子姓,周封微子于宋……"

现在,华姓人已经认可了是殷商后裔,就我们华家街来说,华姓人口近五百口,还不包括迁到黑龙江、唐山等地的。我们家应是从明代时来兖州的,说是一挑子挑来的,那,华姓是山西移民无疑了。但又有老人说,我们这个华,是从滕县南沙河迁出来的。

滕县南沙河一带,又是古宋国领地,微子墓就在滕县旁边的微山岛上,南沙河的水也是流向微山湖的,难道我们是留守古宋国华氏封地的一支？

宗谱族谱在文革时被我的一位大娘在夜里烧了，据老人们说，族谱烧了大半宿。这个大娘傻乎乎地用个粪筐背着，烧完一筐，回家再背一筐，前前后后烧了十几筐，四千年的血脉被这个无知的村妇一把火给烧断了，还把她累得逢年过节就说腰痛，显得有了功一般。她说，留这些王八孙子玩意儿干什么？不顶吃也不顶喝，还占俺家的地方。

底板路

"扑嗒扑嗒"的脚步声渐渐远去了，底板路上寂静下来。他呆呆地愣了片刻，默默地坐在木板上，习惯地把手摁在上面。木板坐得很久了，溜光油滑，质地呈暗黄色。尽管天长日久，木纹总算还看得清。他仔细数过，整整三十道年轮呢。

荧光灯的光芒很柔和，给这小小的底板路镀上一层银晖。打这儿往顶盘子上看，一溜排开的荧光灯，使这个四十五度运输巷显得富丽堂皇。两道铁轨闪着银光往上面延伸，一直延伸到看不着的地方，那便是掌子面了。

他的手触到脸颊，觉得皮肤格外粗糙。额头上一道又一道的皱纹挤在一起，硬是散不开。这就是老了。人一老，就不愿多动，只愿多想。时间过得多快啊！他心中不由地感慨道。刚到煤矿干工的时候，才二十来岁，啥也不懂，只穿个撅腚棉袄。师傅带着他来到这里，学打信号、挂车、松车。后来，师傅退休了。他自个在这里守着，一直到现在。

太阳该爬到井架了吧？太阳真好，太阳真亮。刚参加工作那会，上了班就想太阳。小时候割草，太阳一落山他就害怕。大山黑乎乎的，树林子也黑乎乎的。风吹动路旁沟坎的小树林，传出沙沙的响声。他全身便出汗豆豆，赶紧夹起草筐往家跑。越跑越怕，身后老有个黑家伙在追。到家里钻进被窝，还心惊肉跳呢。

第二日，太阳爬到小窗上的时候，他的胆又壮了。太阳真好。小树林也好，绿油油的，风一吹哗啦啦。小花笑，小草摇，还有很多很多的小鸟叫。小鸟都会唱歌。一个比一个唱得好听。

而矿井下是没有太阳的，只有荧光灯。荧光灯也是太阳。荧光灯怎么能不是太阳呢？太阳不就是亮吗？荧光灯也亮，虽然不如太阳耀眼，但终归是亮。谁能理解在又潮湿又阴暗的巷道，在炮烟味弥漫的井下，矿工对阳光的渴望呢？对他来说，是亮，就不必害怕又黑又大的妖怪，是亮，就不会再担惊受怕。亮就是希望，就是温暖，就是勇气。

电车司机进来了，电车头上也亮着一轮圆圆的太阳。司机的头顶上也悬着轮太阳。太阳真多，太阳真亮，煤海里全是太阳！

电车每个班只来一趟。他的工作也就是每天往顶盘子上挂十个车皮，往下放十个煤车。就这么简单，简单得让人再也无事可干。刚来这儿的时候，为了应付这漫长的、孤寂的八小时，他学会了唱歌，先哼山歌，再唱"学习雷锋"，又接着唱"文化大革命就是好"！

老唱歌也实在没大味道。他便吹口哨，学各种鸟叫。这日子也不好混。连个吹大牛的也没有。总不能一个人吹吧？那才叫自吹自擂呢。他真羡慕开电车的伙计，在大巷里挂足档，拖着一溜车皮，呼隆隆隆呼隆隆隆，煞是风光、得意。况且，他们哪儿都去，中翼、西大巷、东大门、配电室，没有不到的地方。八百米深处，他们才自由自在啊！井口不提升的时候，司机们还常摸起电话和总机逗乐——

"亲爱的，想我了吧？"

"儿走千里母担忧。哪有不想的？"总机话务员久经锻炼，根本不在乎。

"大闺女想要儿，难呀！咱们合作吧？"司机不乏厚脸皮。

"……"总机没词了，便偷放电。井下电话是铁壳的，具有防爆性能。也不知怎么搞的，只要总机不说话，这边的便全身一麻，赶忙扔话筒。话筒落在地上,还能传来咯咯的笑声。

"我啃掉你的鼻子!"被电得伸着脖子,对着话筒吼吓。里边笑得更欢了。

他从来没有这样干过,尽管这儿有个电话。多少个日子,他望着电话发呆,时刻准备摇几下。有几次,手都触到上面,但终于没摇。在这见不到阳光、闻不到花香、听不到鸟叫的底板路,任何声音都是悦耳的。矿井下,要是有了姑娘的声音,甭管是沙哑的,清丽的,还是嘹亮的,细微的,都是美妙的,让人心旷神怡的,别有一番风味的。为品尝这种风味,不少人挨了电仍然再挨。他倒不怕电一家伙,但不敢奢望。

都是她——这个话筒的主人。他们是在一个会上认识的。两人坐在一条凳上,他一动也不动,脸也不敢扭,肩膀硬撑着脑袋,挺着腰,脸上沁着层汗珠。她笑了,主动和他说话,几句就拨开他的话匣子。他告诉她,底板路上有荧光灯、铁轨……

"有电话吗?"

"有。可没用过。一次也没用过。"

她点点头,开始扯别的。第二天上夜班,刚过十二点,电话铃就突然响起来,他一愣神,看看四周,好一会才明白过来,慌忙抱起话筒。

"喂,你睡觉了是不是?小心扣你的工资!"

一个女人的声音。唰——好像一股电流从身上通过,他扔下话筒,提起手来,让眼睛仔细搜索。

"说话呀,聋了?"话筒里的她说。

"说……说话。"

他不知说什么好。里边笑起来。

"你放电了吧?"他问,蛮懂行似的。

"放电?放什么电?"里边一愣,接着送来一串笑。他也乐了,摸着又短又硬的头发。

"你被电过?"她突然止住笑,问。语气也严厉了许多。

"没……没有。真没有。"

"撒谎。你被电过!"

他明白过来了,谁被电过,就摆明谁和总机打过顽皮。我不会顽皮啊!他委屈地想。嘴一咧,急眼了,"谁被电过谁是……狗——谁不相信也是。"他还补上一句。话筒里又咯咯笑起来。

从此,底板路上不再是无聊和孤独了。上了班挂完车皮,他就坐在木板上耐心地等着。

"就你一个人吗?"

"就我一个人还闲着。"

"闲着干什么?"

"等你的电话呀!"

"屁!"她脱口而出,"你小子少来花点子,老娘什么样的都见过。"

"真……真的。我现在一上班,就想打电话。"

"……以前呢?"

"以前?吹口哨,学鸟叫。有时候也唱歌……唱不好。"

"别谦虚嘛!给我唱个听听。"

于是,他便扯开嗓门叫起来,有时候也学鸟叫。底板路上热闹了,那日子,真令人羡慕。

好事总不大长久。后来,她当了学习毛主席著作积极分子。再后来,又当了红卫兵造反司令部的广播员。不再给他打电话,不再干总机,大串联去了。串联回来,开始夺权,天天唱:革命的站起来,不革命的就滚他妈的蛋!

凭良心讲,她并没忘掉他,和"司令"说说,让他当红卫兵中队长——专门看押走资派。他只干了一天,便又偷偷回到底板路。尽管那一个月,连掘进工也造了反。

底板路上只有他一个人闲着,既不挂车皮,也不放煤车。电车也不来。她到处找他,终于想到底板路。电话铃响了。她先背一段"革命不是请客吃饭",然后才问是不是底板路。当然是底板路了。他"嗯"了一声。"嗯个屁!我问你,为啥不来参加斗争会?""我……怕。"

"怕个屁!你这么个大个子,不参加轰轰烈烈的大革命,倒跑到阴暗的角落里蹲起来……"

他呆呆地坐了一阵子,怎么也不明白,这底板路怎么是阴暗的角落呢,只要不停电,荧光灯就不会灭,即使灯灭了,还有矿灯呢。只要是有人的地方,就要有亮,没有亮怎么行呢?他实在想不通,这阴暗的角落是从何谈起。你又没到这儿来过,凭什么说这里是阴暗的角落?他有些生气了。

他又想起那瘆人的批斗大会,矿长那揪心的吼叫,书记那痛苦的呻吟……这样死命地打人,不亏心吗?爹就常说,与人为善,做事凭良心。解放前,爷爷就是有名的善人。奶奶从来不会骂人。爹和乡邻称兄道弟,从不摆财大气粗的样子。后来划成分,一样多的地,别家划个富农,而自家才划个下中农,还不全凭人缘好?

后来,上边要求边革命边生产,掘进队又回到井下。只有"司令"和她调到省局当什么。电话铃不响了,一个又一个孤寂的日子来到了底板路。

为了打发这一个接一个漫长的无事可干的八小时,他费了多少心思啊!从井上带来一大包土和几颗小草,在胶皮管的一边,围了一个堰,把小草栽进去。电车咣咣地来了,送来一溜车皮。司机过来就叫唤:"好家伙,捣鼓资产阶级情调呢!"他笑了,觉得情调这两个字还挺新鲜。

小草挺旺,绿油油的叶片在荧光灯下摇曳。一天、两天、三个两天过去了,小草开始变黄。又过了几天,小草低头了,小草干巴了,小草枯了。可怜的小草!他沮丧极了,心里隐隐感到不安,像做错了事的孩子。

家里来信让他回去。大山里一位健壮的姑娘羞涩地和他见了面。在没有胶皮管、铁路和岩石的两间房子里,他们结婚了。那一个月,天天都可以见到太阳。

底板路又多了一项新的思想内容——想媳妇。上了班,胶壳帽一放,灯带一松,落坐于三十道年轮的桦杨木板上,那心,便悠悠地飞起来,井口、大巷,然后从井架的上空缓缓向大山游去。大山的草很绿,大山的媳妇也很美丽……

明天,太阳爬到井架的时候,他就该走了,回到那座大山里去。大山里有小树林,有花有草,还有歌唱的小鸟……

伙计,你干得不赖。他默默地说。三十年,没出一次事故,没骂过一个人,全矿认识你的人不少,没一个说你不怎么样的。涨工资的时候,也没漏掉过你。接这个班的那个,说这个地方不是人待的。结果如何?还不是降了一级打补丁(即替班)?这儿哪里孬?

二十年,说起来多容易。现在想起来也只有一眨眼的工夫。可熬这三十年多难啊!那次,他偷带下来个收音机,他妈的,光欧欧,连说外国话的也没有。也不知是苏修还是美帝捣的鬼!他猛然记起阎罗殿。要真有阎王爷,可就妙死了。派小鬼小判何方捉人,没准收音机就能收到。北京离这里这么远,都听得见,况且这八百米的井下?离阎王爷那地方不远了吧?

小何怎么说的?收不着频道?录音机差不多。屁!那时候有个小收音机就不错了,还录音机呢。听都没听说过。

明天小何就在这儿上班了。小伙子要在这儿学外语,看书,还要带个录音机来,听什么洋曲子。小何说是《命运交响曲》。命运?命运不就是时气吗?也就是碰巧了。是看不到摸不着的玩意儿。老天爷掌管着。爷爷说那是命,生下来就注定的;爹说是财气。小何说是人生的什么什么，一大套。从干了工，小何就相中底板路这地方了。

"师傅，这儿不错嘛！平时官不来吧？"

"一年也不到这儿来一回。"

"好，我在这儿拼上三年，不信超不过工程师！"小何绷紧嘴唇说，"命运之神，既公平又不公平。师傅，多少天替换一次？"

"替换？我在这里干三十年了，还从没替换过。"

"三十年？天啊！"小何后退了一步，睁大眼睛，像看到阎王爷，"师傅，你太可怜了。"

他不高兴了。可怜，可怜什么？他不明白，心里感到一种说不出的东西，挺沉重。他阴沉着脸，不愿再说一句话。小何也沉默了。

"当当当"三下，上面要松车了。他回了点，不慌不忙地搬过道岔。站在铁路边上。一阵由远而近、自上而下的响声，从顶盘子往底板路压来。轰隆隆，轰隆隆，声音越来越大，越来越猛，犹如万马奔腾，强烈地震着底板路。荧光灯颤抖了，铁路被震动了。他突然感到了一种力、一种冲动、一种渴望、一种不安，他想蹦，想跳，想大喊人叫……可惜，他老了。

松完载车挂上车皮去，底板路上又恢复了寂静。他抬头看到胶皮管。胶皮管是从岩石里伸出来的，静静地流着清洌的水。师傅曾告诉过他，这水甜着哩，喝再多，也不会闹肚子。现在，胶皮管往外流的水很少了，但他还是告诉小何，这水甜着哩，喝再多也不会闹肚子。小何尝尝，"是有点甜，哪来的水呢？是岩石里渗出来的？会不会就是矿泉水？"小伙子皱着眉头，还带个小瓶子取了点，说是去化验化验。现在的小青年，净想花花点子。他心里想，不由地笑了，自己那时候，不还栽过草吗？他理解小何。

想到这儿，他的眼前便恍惚迷离起来，几棵绿油油的小草在巷风的拂动下摇曳，小草慢慢枯黄，发出瑟瑟的声响……他的眼前又出现了她那水汪汪的大眼睛，漂亮的脸蛋，薄薄的小嘴唇。从这张小嘴里，她给了他多少梦境，多少期待，多少惆怅啊！这么多年来，只要目光接触防爆电话，他心里便一阵不安。他隐隐地觉得，自己失掉了什么。

她回来了，回到总机室。那双眼睛里出现了凄苦、迷茫的目光。那也是夜班，他有点困，两手支在木板上打盹。电话铃响了，他拿起听筒，却没了动静。一会儿又响一次，还是没说话的。莫非听错了？他喝了几口水，洗洗脸。电话铃又响了，但还是没动静。

"说……说话呀！"

"……我……回来了，你听说了吧？"她迟迟疑疑地说，声音很轻，犹如被巷风吹动的干枯小草。

"我……"他全身为之一震。

"还是……你一个人吗？"

他下意识地点点头："嗯。"

"你……恨我吗？"

"……"

"请原谅……我……现在才明白，你是对的。你说话啊？"

"嗯，说……说话。"

"你还吹口哨吗？你说话啊？"

"……"

电话挂上了。

他抓着话筒，一动也不动。水管呜呜响，流着清冽的水柱，荧光灯静静地看着他。

从此，电话铃再没响过。他在电话机旁守着，不再吹口哨、学鸟叫，心中压抑着，犹如驮着架大山。

她和那位"司令"离了婚，孤身一人。那双大眼睛消失了昔日的光泽，像丢失了太阳的小草，她再也抬不起头来。见了人，她低头匆匆而过。没有了笑声，没有了歌声。他见她，心里总一阵酸苦。夜，漫长漫长，他守在底板路，有许多话要说，许多话要告诉她，只要电话铃再响一次,他会说的。他知道,静静的夜里,她也孤身一人,守着电话机。

一天又一天,一年又一年。他耐心地等着,盼着,始终没有勇气去摇。他想,她会来电话的。说不定马上就来。他想再吹吹口哨,学学鸟叫,她会高兴的。

但电话始终没再来。

太阳这会儿该到井架了吧?距下班还有一个多小时,一个多小时后,他就能见到太阳了。太阳真好,太阳真亮。明天,太阳爬到井架的时候,他就该走了,回到那座有绿树林子的大山里去。这儿的一切,再也见不到了。看来,电话铃也不会再响了。她不会知道他这是最后一个班了。她也老了,也快退休了。也许明天、后天,说不定就是今天。

三十年呵!他不由地长出一口气。眨眼的工夫,小青年变成了老头儿,一个漂亮的女孩变成了老太婆,三十年就这样过去了。还能有这样的三十年吗?没有了,肯定没有了。他伤心地想。心中像被挖去块什么,一种从没过的感情激流涌来,强烈地叩击着他的心扉,他从没有像今天这样动感情。对着这熟悉的一切,他眼里含着泪花。抬头看看荧光灯,一阵酸苦。它,在八百米深处,默默地燃烧自己,给老头儿以幻想,给老头儿以希望。它当然不知道自己在老头儿心中的位置。

老头儿就要离去了,老头儿就要退休回家了。人家回家抱孙子,老头儿没孙子可抱,那位山里的女人被一场大暴雨冲到很远很远的地方。世界上只剩下老头儿,老头儿成了光棍。

距下班还有十分钟,顶盘子上已传来"扑嗒扑嗒"的脚步声,脚步声越来越近了。老头儿也该走了。扣上胶壳帽、系上灯就可以走了,再也不回来了。胶皮管淌尽最后一滴水,在巷壁上低下头,碎矸石的小黑瞳仁射出五颜六色的光芒。荧光灯静静地亮着,只要有电,它是永远不会熄灭的。

望着这一切,老头儿流泪了。距下班还有三分钟,三分钟啊!三分钟后,这一切将成为过去,成为一个梦。这一切永远也不会再来了。明天,这儿要来一个叫小何的小伙子,底板路上,将出现英语单词,出现《命运交响曲》的旋律。这儿的一切也将改变样子。老头儿惊住了,他隐隐感到,一种东西离他越来越远,一个全新的天地越来越近,而这全新的天地,将不再属于他。一个叫小何的小伙子将要成为这儿的主人。难道就这样结束这一切吗?他问自己。电话始终没有再来,而要去的那座大山,又有他的什么呢?老头儿一阵惶惑。大山里没有亲人,何处是归宿?猛然,一个念头出现,他向前跨了一步,握住话筒,狠命地摇起电话机……

女人

我们仅一次见到白素云是在一个晴空万里的日子。那一天的早晨，桃花山的山脚下，传出第一声炮响。湖屯矿的井口里，传出哗啦哗啦的巨大轰响。一罐散发着腾腾雾气的岩石给倾倒在矿车里，电机车叮叮响着，一路携风裹沙，浩浩荡荡地开到矸石山上来。

那时候，所谓的矸石山还没有一块矸石。空旷的田野上，支着几排木柱子，木柱上面架着铁轨，下面是两米多深的乱草丛。这些草现在看上去是生机勃勃，恐怕不出一个月，就会被矸石全覆盖在下面，而且将永无出头之日。这儿，将堆起一座黑色的金字塔，埋葬的将是草的精灵。

这是初秋，满目旺盛的庄稼，高的是玉米，矮的是大豆，和土地紧连在一起的是地瓜秧。

我们这批人是从一个叫兴隆庄矿的地方撤下来的，那是一个极有名气的矿。在那个矿上，我们也是做矸石山的行当。如今，那地方已经变成一座人工山。二十一层的豪华职工公寓和那座山南北相峙，形成一景。而现在，哥儿们却来到这儿，建设这座十五万吨的地方小矿。三百万吨和十五万吨，数字反差同时也形成心理反差，大家觉得劲不是太足。

大胡现在已经到了工地，正蹲在几排木柱子底下拔七七菜。已经拔了一大堆。七七菜宽厚的叶子周围，有很多小刺，不是满手老茧的人，不敢胡乱向它伸手。大胡不怕，大胡的手上有的是厚厚的保护层。

井口那儿传来哐当哐当的提罐声时，我们正蹲在树的阴凉下，横七竖八地歪着乘凉。树是白杨树，北方最普通的一种漂亮的树木。每一阵清风的到来，都使它发出哗哗啦啦的声响。白杨树的树叶是墨绿色，看上去很深沉，很平静。

发现大胡在闷头拔七七菜的是我。我已经观察过他一段时间。想以他为模特儿写篇小说，是很久以来的一个念头，只不过没有故事。他吸引我的，首先是他那宽宽的额头，如果光看这额头，会让我们想起某些大人物的天庭来，额头下面的眼睛也很深邃，只不过有些漠然，漠然中又显露出一种平静，这就让人联想到他是一个肚里有货的人。其实这是误会，他只上过两年学，至今写给老婆的信也是由我代笔。

我想，有一种人天生就是安分的，安分得近乎麻木，麻木中又呈现出一份平静。平静当然伟大，麻木中的平静就很难说是什么了。

他在拔七七菜。

我走过去的时候，电车铃声已经从井口那儿传过来。他见到我，笑笑。我也笑了。

"出车了？"

"是，出车了。"

七七菜已经拔了几堆，从上班他就在这儿拔。这东西，猪挺喜欢吃。我记起大胡以前说过，他小时候，就天天吃这个。大家都吃，七七菜在他们那座山里几乎绝根了。

"拔这么多？"

"玩呗。"他笑笑，嘴唇依旧厚实，看了看七七菜，他脸上有了一种满足的神情，显得厚重、踏实。这工夫，他已站起身，在搓手，手上一层土质，上面沾满绿色的印记。

白素云就是在这个时候出现在我们身后的，说身后，其实还有五十多米远呢。那是一套翻秧子的动作。地瓜秧蔓延以后，会在秧上扎根，吸取养料，影响根部瓜的生长，必须拔出它刚刚扎下的小细根，再把秧子翻过来。白白的根给扯出地皮，在红绿相映的地瓜藤上闪着自己的光，不一会，太阳就能把它晒蔫。

我们都是从乡村来的孩子，对这一套动作又熟悉又亲切，稍稍回忆，一切动作都能在记忆里重叠。

这是个好天。

有风，暖暖地吹来。白素云的地头上，正对着矸石山的地基。白素云轻轻爽爽，翻秧到了地头，距我们不足二十米。她直起腰轻拨一下头发，看到了我们，我们当然也看到了她。她的头发是墨黑色的，没有烫，上面大概是卡着黑色的发卡，看上去一点点缀也没有。这会儿，电机车已经拉着空车皮叮叮当当又回井口了，我们站在木柱上面，居高临下地看她，大伙的手上沾着泥浆——车皮上的。我们脚下，是正在冒热气的矸石，一股矸石粉味从下往上卷来。

阳光下的几条汉子站在一起看一位村妇，场面一定够尴尬的。见我们看她，齐齐地看她，白素云便转身又去翻秧，她的后背进入了我们的视野，花格褂了显得特别清楚。

"喂——"

小胡喊，大伙吓了一跳。白素云显然也听到了，直起腰往这儿看了看，手里还提着截秧子。

"喂，大嫂。"

还真把她喊住了。小胡冲她摆摆手，指了指我们下面那几堆已经有点蔫了的七七菜说："你要七七菜吗？这儿有一堆，你带回去喂猪吧！"

小胡的家也是农村，他当然认得七七菜。

白素云怔了怔，看样是拿不定主意。小胡又喊："真的，你瞧。"小胡一弯腰从架子上蹦了下去，伸手便举起一把。

白素云迟迟走来，"哟，这儿多，我没带筐呀！"

"没事,你要,我就给你送家去。只要你家大哥不拿我当坏人就行。"

白素云笑了,"别瞎说,你家大哥不是那种人。"

我们也笑了,小胡闹个大红脸。这家伙,最大的能耐就是见了闺女喊大嫂,见了大嫂喊大娘,把人家臊得脸色绯红,他还一脸正经。

我们五个都从棚子上跳下去,一个个像飞天道人。

"大姐,"小胡眯着眼,甜甜地问,"几个孩子啦?你家的地还真不少呢,你一个人忙得过来吗?要不要我给你帮忙?翻秧子这活,我最爱干了。"

"那怪好。"白素云红着脸答应,并向我们一一点头,目光忽闪着掠过,连我的心也有点乱跳。

"好。"小胡一挺胸脯,"咱就说定了。大胡,你先领他们去干着,我歇歇马上去。"

咦,这小子,倒支使到我们头上来了,人情他先做。我看看大胡,大胡大度地一笑,"歇着也是歇着,天又不热。"

大伙哈哈一笑,去翻秧子。

小胡见大家真去干,沉下脸来骂一句"王八熊"。

大伙笑得更欢了,小胡挠挠头皮,也笑了。

快到地头,大家自动散开,每人一拢要排队,小胡刚要往白素云那儿挤,大胡暗暗用肩膀一使劲,小胡就给撞得差点歪倒。这幸亏是地头,要在地里让秧子一绊,准甩出去。

"我不干了。"小胡跳起来大叫,"让大胡一个熊干。看他的脸往哪儿放。大胡,你他妈的少缺德,老婆孩子一大窝,还他妈的花心不退,看我不告诉你媳妇。"

大胡嘿嘿一笑,对白素云说:"别理他,这孩子,怨我从小没好好教育他。"

大伙已经排开队翻秧,小胡气得在地头上跺脚,"大姐,你可不能靠着大胡这王八蛋,这家伙可没安好心。"

大伙开心透了,连同白素云。我发现白素云低头笑的样子特别好看。

翻秧子,兼把地里的草拔掉。这活大家都很熟悉,干起来也顺手,不一阵就拔到地头。地头上也横着一排白杨树。白杨树下,站着冷笑的小胡。

这小子倒先绕弯子到地头上来了。

"别拔了。你们这伙傻瓜!今天拔完,明天她就不来这块地里干了,你们想看也捞不着。"

这话说得冷冷的,大伙怔了下。想想真是,今天帮白素云干完活,明天她就不来了,大伙不把自己坑了吗?

"看,看什么?"

"看你呀。大姐,你快下个命令,别让他们再干了。歇歇,歇歇,大家都歇歇。大姐,我跟您老人家说实话,这五个小子,全不是好人,今天帮你翻秧子,明天,他们就扒你的地瓜吃。你不知道他们多坏。你要个相信我的话,你到王家铺去打听打听。"

"王家铺打听什么?"白素云笑着,一脸天真。

"你连王家铺都不知道?兖州王家铺呀。喏,人家的地也是靠在矸石山边上,他们今天扒人家的地瓜,明天掰人家的棒子,黄花大闺女不知让他们糟蹋多少。"

我们笑了,小胡在王家铺想和一位拾煤核的小姑娘谈对象,那姑娘的爹扒下鞋底,围矸石山追了两圈,把他吓得三天不敢上班。这事,大伙没事就扒扒鞋底吓唬他。这家伙,倒编排到我们头上来了。大伙怎不笑呢?

大伙笑够,小胡又补上一句:"真的。"

他还真的。

大胡过去拍拍他的肩膀:"干活吧,再胡说,看我不扒鞋底揍你。"

大家散开又将秧子翻回去，这次，小胡挨着白素云，嘴巴一直就没停下来。秧子翻到半截，电车叮叮当当地开过来，大家放下手中的秧子去翻车，翻了车转过脸来，见白素云一个人在地里站着看我们呢。大家突然觉得，这天，这地，这天上的云，这地上的草，这迎面的风，一切都美好起来。

　　第二天，地瓜地里没有人影，第三天第四天过去了，还是不见白素云的影子，小胡说："这白素云，怎么……咦！"
　　大胡的面孔更显得深沉了。
　　若干个日子过去，该刨地瓜了，来了不少的人，只是没有白素云。小胡厚着脸凑上去，不一阵回来告诉大家，这地，是白素兰的，白素云是她妹妹，正在泰安读师范，尚未婚配呢。
　　大胡说，再他妈胡说八道就揍你。
　　小胡说，信不信由你，真的。
　　大家好一阵没说什么。

不再重叠的身影

你是有家的。

准确点儿说,你应该是有个家庭。父母、弟弟,还有一个姐姐——虽然已经出嫁。人口少,住房也颇宽敞。有必要的话,还占个独间亦不难。明年弟弟就该考中专或待业了。凭他现在的考试成绩,考个重点高中并非可望而不可及。只要临考前的竞技状态良好。显然,住房又宽敞了许多。

作为一个还没有结婚,甚至连女朋友在哪儿还不知道的青年工人,这样的条件是令人羡慕的。衣来伸手,饭来张口,夹在胳肢窝下面混日子,一切有父母操劳,这不很好吗?而你,却一点也没感觉到好,或者说好在哪儿?

倒霉的是你有一个父亲。

父亲又瘦又矮,小眼珠溜圆,看人的时候目光斜斜的。只要从井下回来,父亲的小眼便痴呆呆地望着墙壁,一言不发。等妈妈炒好菜,然后从橱子里小心地掏出酒瓶,父亲的小斗鸡眼便燃起一丝微弱的亮光,脸上肌肉也各就各位。没等杯子放好,他便拽开酒瓶塞,仰起脖子就一口。要等唏哈咂咂咂咂唏哈一阵后,才举起筷子夹菜。

酒瓶里的酒越来越少,父亲的脸色也变得越来越暗。每逢这时,全家的人呼吸都要停止,房内一丝动静也没有。

远处的矸石山上,传来哗啦哗啦倒矸石的响声,墙上的挂钟,一丁点儿也感觉不到气氛的异样，仍不紧不慢地响着。但弟弟已不敢再玩小手枪，你也不敢再把铅笔盒敲得哒哒响，妈妈也不再什么少喝点快吃饭吧凉啦会闹肚子的。一家人的心系在一根草棒上，唯恐有什么声响会触动它而引来大祸。

其实就是这样。随着父亲脸上灰尘的增加，色彩愈发呈暗，危险性也就越大。这时，如有人敢斗胆打破这种沉寂，父亲一定会勃然大怒。连瓶子带杯子带盘子一块摔个稀烂。他会站起来一声不哼地盯住你，像你偷了他的钱拔了他的胡子撸了他一级。

从你很小的时候，你就被这种恐怖所威慑，大气也不敢出一口。你又恨他又怕他又想亲近他又厌恶他。每逢你到同学家去玩，见到你的同学正神气昂扬地站在屋子中央，向着墙壁和父亲、母亲及客人讲述自己的故事时，你会敏锐地发现同学的父亲正坐在一个很矮的凳子或沙发上眯缝着眼很慈祥地看着儿子，露出满足和赞许的笑容，脸上的皱纹很轻松地散开，犹如开了一朵花。你便暗暗地伤感起来。

你不止一百次二百次地怀疑你的父亲是不是真父亲，你闹不清你们之间为什么要有必然的联系，你的父亲为什么恰恰是这个又矮又严厉又龌龊的小老头而不是别人。

在一个深秋的夜晚，月儿弯弯，繁星点点，矿上响起救护车的尖叫声，划破了宁静的夜空。母亲房中的灯忽然亮了，你穿衣服跑出来，见母亲正披一件棉袄跪在地上，折合起双手，微微闭着的眼角里，滚出一个又一个的金豆般的泪珠，那肩膀在微微发抖。你猛然想起你正上夜班的父亲，想起那张紫茄般的脸膛。一股热流在你胸膛里静静流淌，一种不祥之兆跳进脑海。你隐隐觉得父亲远远地走了，再也不会回来。

在这念头出现的同时袭来一股冷气，迅速浸遍你的全身。

你的腿软了。有一双有力的胳膊抱住你，你被憋得透不过气来。你听到母亲那紧张的心跳声。从母亲的眼睛里，你看到了恐慌——比父亲喝醉酒时脸上露出的担心更可怕的恐慌。

"妈妈，爸爸还回来吗？"

你抑起脸问。

不知过了多长时间，你睡着以后又醒过来。你发现你不是躺在母亲的怀里而是躺在床上。窗外阳光贼亮，你眨眯眨眯眼，迷迷糊糊觉得夜里好像发生过什么事，你很渴望见到你的父亲，你还想告诉父亲，昨夜你和母亲等了他半夜，等着等着就睡着了，连什么时候把你抱上床的你也记不清楚。

"妈的，怎么还睡？倒学会睡懒觉了，揍起他来！"

外屋猛然响起那浑重的声音，你的手哆嗦起来，像别人的爪子似的。

你身上一阵冰凉。

原来父亲没死也没出工伤。父亲还是那嗓门还是那么凶。

门开了，母亲急急走来对你说快起床吧该上学去了。你怔怔地看了母亲一阵，懒洋洋地穿上衣服，想着夜里做的梦。

像梦，又不像梦，也许是真的，也许真的就是梦。你的脑袋乱了，胡乱抓起个馒头就走出门。

课间休息时，你邻桌的一位同学告诉你，昨夜井下冒了顶，抬上来三个，至今还有两个在危险期呐。

危险期、冒顶、溜帮，矿上的孩子从小就知道这些字的分量，懂得它的存在便是自己生活的威胁。你一惊，不再怀疑那是假的那是梦。

你诡秘地把同学拉到一个拐角上，把昨夜发生的事告诉了你那位要好的同桌，没想到同桌不但没有惊讶，反而低下了头小大人似的叹了口气，然后对你说，昨夜，他的妈妈也烧起香跪了半夜。

他还告诉你，那叫祈祷。爸爸刚回来，妈妈就大哭起来。

你是1982年12月8日进矿参加工作的。在这之前你待了近半年的业。

你还想复习复习考大学但你又很快放弃了这一打算,尽管你姐姐很支持你,你的母亲也告诉你,你父亲也有这个意思,你的老师也希望你再考一年。

爸,不是招工吗?

你小心地斗着可怜的胆子变了调地问一句。

你?你他妈会吃!

父亲当时就变了脸。

于是,你乖乖退到一边,再也不敢哼声。

两天,那是怎样的两天呀,无论你吃饭睡觉看书还是上厕所,你总感到有一双狼一般凶狠针一般尖锐的目光在盯着你审视着你追踪着你。但只要你的目光和父亲的目光偶尔相碰在一起,那目光便倏地灭了或转向别处,可这光还是固执地紧摄住你,使你后脑勺被射穿了两个洞一般。你简直连你的脚是踏在云间还是在地上都分不清了。

最后,你的脑袋完全成了一片空白。

在一片空白之中,你似乎被叫到父亲面前,在那两道让人丧魂失魄胆战心惊的目光注视下,你站了足足有上百年而不动也不敢动。

那目光直射着,好像窥视到了你的五脏六腑,你感到脚下的大地在颤抖在倾斜,你的双肩起劲地往里缩,腿则慢慢地往上提,而头,倒像老鳖发现劲敌,玩命似的将脖收回去。

你的脊背隆出一个大包,正当你要化成一堆肉一团泥或一把灰一粒尘土时,耳边似乎传来睡觉去吧的命令。你的腿才又麻又酸地落在地上,然后拖着你往里屋迈。

到门口的时候,一声沉重的叹息传来,犹如身后的大山突然倾倒。

你打了个寒战,腿更加软了。

你走进里间,走到属于你的天地的书桌前,上面放着两张又厚又硬又白的表格,表格旁伏着一声不响目光如鼠如羊羔的母亲和穿着方格裃一声不吭的姐姐。

你的心里说不出的难受,但你还是端正地坐在那把属于你和弟弟的椅子上,仿佛没看到母亲和姐姐。拧开钢笔帽,沙沙沙,你方方正正地写上了你的名字。

你第一次下井就挨了父亲的耳光。这是你从未料及的。

这是父亲第一次打你,而且是真正地打,没留半点情分地打。这绝不是花架子,而是真功夫。

现在,无论你在何时何地,无论是热水瓶爆炸还是自行车打炮,只要那动静传到你的神经中枢,你的脸颊还微微发疼呢。

下井前的心情是紧张不安还夹杂着一丝焦急的。

你一遍又一遍地不厌其烦蛮有兴趣地摸着灯带,摸着脖子上雪白的毛巾。你好像很轻松地拍拍崭新的电池盒,从帽沿上取下矿灯关灭拧亮再关灭又拧亮。

铃响了,你跟着父亲揣着个小兔子低头钻进罐笼。

铃声又响,罐笼以每秒十米的速度迅速向八百米深处滑行。人阳消失了,树木消失了,信号台消失了,地平线消失了。一股强大的气流向你的耳膜压来,你屏住呼吸睁大眼睛,一溜溜光环沿着水淋淋的井壁飞速运动。

你恍若置身于童话的世界,犹如飘逸在云间雾海,你失去了足下的土地如一叶浮萍在飘游,系住你生命的是一根你看不到摸不着的钢缆。

一道耀眼的光芒向你直射而来,一溜荧光灯管齐刷刷地摆在你的头顶,两道铁轨闪着银光伸向大巷深处。

巷道整齐而宽敞,犹如金碧辉煌的宫殿展现在你的眼前。

"咔嚓"一声,罐笼门打开了。

你走出大门,耳朵里杂音轰轰。

张大嘴,哈几口气!

有人告诉你。

几口气使劲地从胸中泄出,又做了深呼吸的扩胸动作,你的耳朵恢复了功能。

你踏着巷道往前走,水沟的水哗哗响着。巷道是 n 型的,两边挂着电缆、风筒,下面铺着钢轨,上面是荧光灯,闪耀着暗紫色的光,再往下是电机车线。

巷壁上,砌着方方正正的石块,贴着石子沙子水泥混合的皮,有架风车正起劲地扯着尖利的嗓门怒吼,矸石味水泥味胶皮味热烘烘地向你扑来,矿灯盒叭叭地打着屁股,和噗哒噗哒的脚步声连在一起,谱成一支很有节奏但单调无比的曲子。

你伸伸胳膊,感到挺有劲。你迈开大步,坚定地向前走。你感到信心十足而又气宇轩昂。你的神经兴奋而清醒。你并非下了井便晕头转向不辨经纬。现在,你很清楚地知道你现在正从井口往西南方向挺进。

从井口大门到这儿有一里路的光景,地卜应是俱乐部,往前不远就是学校,就是开着鲜花飘扬着歌声的学校。学校窗明桌亮,绿树婆娑,而这八百米深处,却是灯火璀璨,风车轰鸣。

生活真有趣,前不久你还在距你头顶上面几百米的地方,演算着方程式办着黑板报踢着足球,而今天却来到工作面上。

此时,荧光灯被远远地抛在后面。

你的周围晃动着一束束灯光。开始工作了。

你简直无法想象你这在掌子面上的父亲。

你做一万个梦也绝对想不到你父亲这不足四十五公斤的躯体里能有这样大的爆发力。

父亲工作时像玩命像赌气像摔瓶子砸盘子。特大号铁锨在父亲的手中呼呼作响，在时而闪来的灯光里现出一片黑白分明的光芒。腰和腿弯曲着，形成二十五度的角，根本连往后看一眼也不屑，那一锹接着一锹闪耀着光泽的煤块就准确无误地落在了身后的矿车里。只听得一阵嚓嚓沙沙的声响，呼隆隆煤车推走了，呼隆隆煤车又跟上来。不大会儿，掌子面上便成了光脊梁的世界。父亲的腰从弯下去就再没直立，那肌肤在矿灯的照耀下呈现出紫红色的光影。父亲腋下的肋骨一根根地暴出又一根根地收缩进去，接着又分明地凸出来。父亲的腿在打战，父亲的胳膊在抖动，父亲沾满煤尘，在脖子和肩膀的连接处的凹地，渐渐汇成一个小湖泊。湖泊是黑色的，在父亲身上闪着乌金的光芒。父亲的裤腰溻湿了，上身被煤尘罩满，只有汗流过的地方，才显出一丝肌肤的原色，但这也很快被煤尘遮盖。

你的心开始沉重。你再也看不下去，脸上流出了热乎乎的似汗非汗的液体。

你的嗓子眼上被塞上一团棉花，棉花里，充溢着一股咸咸的水。你弯下腰。像父亲一样挥舞起铁锹，但它怎么也不听指挥，不是右倾，就是左倾，好容易到了矿车上，只剩下半锹还要洒在车外一半。

胳膊酸了，腿麻了，腰直不起来了。

你的五脏六腑开始翻滚。

你想喝水，你想躺下，你想扔掉锹把跑回家。但那张锹仿佛被人施了魔力、法术，怎么也松不开手，你咬紧牙关，头使劲摆着，汗珠一个蛋一个蛋地往下落。

"叭！"

你头上的安全帽很轻地响了声并震动一下。你这才发现人们都坐在巷壁边上独你站在中央。你抬头看看，低头瞅瞅。

"叭！"又是一声，又落在你的安全帽上。

你感到大惑不解。

你觉得自己站在中央让大伙齐刷刷地瞅着，如小绿灯泡似的眼球围着你转动还真有点不好意思。你刚要迈腿走开,一道雪亮的光柱就直射到你脸上。

光,在昏暗的巷头分外强烈。

你抬起胳膊遮住眼睛,一个瘦小的人来到你的面前。

你想对来人笑笑,想叫声爸爸,还想问他老人家累不累,又想悄悄地对他说别玩命地干。你还没来得及松开紧皱的眉头然后张开嘴,就见父亲的嘴角抽搐了一下,胳膊在半空中缓缓升起,然后猛地一个翻转,接着便是一记响亮的耳光。

父亲的手和你的脸因碰撞而产生的效果特佳,简直是绝了!

你的眼前冒出一串火星又一个个噗噗消失,耳朵里轰轰乱叫,如一万只苍蝇在高声谈恋爱。你懵了,什么也没想就抱住头。

"混蛋!"

父亲大骂一声,又摸起铁锨,锨把到手的同时抬起脚看也不看就使劲往外一蹬,那深筒靴准确无误地蹬在你的屁股上,"哎呀"一声,你栽倒在地。

立时,特大号锨扬起的煤流又准确无误地落进矿车。

人们站起来,各干各的活。

没一个人来安慰你一句或劝阻一下你父亲的虎狼之威。

打人是犯法的。你趴在地上想。可老子打儿子似乎不好起诉。你又想。

于是,你沾着满身的煤泥自己爬起来。

你那矮小的母亲哭了。

一边哭一边骂死老头子,一边抱怨你。你个傻孩子,你个呆孩子,你下井干嘛不机灵点呢?不机灵能在井下干吗?你觉得有块小石头落下来你干嘛不贴墙上呢?一落石头就是要冒顶的呀,就要出人命的呀。你干嘛还傻站着?

你爹这个老混蛋也是,当个队长有啥能耐这样死命地打孩子?孩子小没经验你说说不就完了？干嘛非要往孩子头上扔石头呢？

你爹就是这个坏脾气，说不定什么时候就朝新工人头上扔两块试验试验人家，看看机灵不机灵。你要是扔下锹把就跑，你爹这个死老头子才高兴死了呢。他收徒弟这个胎，谁躲不开他就不收谁。

别看吃窑饭危险，跟你爹干的，连根毛也甭想让那玩意碰着一点。

你吃惊地看着母亲。想不到这位貌不惊人的家庭主妇竟知道这样多。而你对这却一窍不通，尽管你成了采煤工成了大男子汉。但这一切你却一点也不知道，还不知道你爹是队长是你师傅。

师徒如父子，这话可说到家来了。

你的脸不疼了。

照照镜子，五个指头印一个也不少。

你放下心，坦然地躺在床上。

你曾理智地认为这是父亲第一次打你也会是最后一次打你。

但你彻底想错了。

你右脸上的巴掌还未完全消失，你的左脸又被狠狠地揣了一家伙。

这一巴掌既没打在掌上面上也没打在家里，而是打在澡堂。

一身的汗水消失后，肌肤上凝结了一层煤尘，使你从矿灯房里走出来连第二个念头也没想就进了雾气腾腾、人影幢幢的大浴池里。一个个赤身裸体的汉子在碧清的水里舒服地半闭着眼。

你脱掉被汗水浸透的工作服，不声不响地躲在池子的一个很不起眼的角里。水很烫，连心都微微冒了汗。你觉得很舒服又很轻松。

太阳从天窗的玻璃上放射着诱人的光芒。你有点晕眩，脸上的疼痛尚未消失，干巴巴地留在脸上。

你不愿多说话，特别是在你父亲的前后左右。

以前，你从没想到过矿工这一工种和售货员工程师农民有什么异同，但现在你总算领教了。任何见不到天见不得人的话，都会从他们嘴里毫不羞耻地讲出来。那一个接着一个的关于老公公和儿媳妇、小姨子和姐夫、老姑爷和岳母娘的故事，从那些你平时见了还肃然起敬的叔叔大爷嘴里讲出来，你是多么的震惊，身上起了一层又一层的鸡皮疙瘩，胸口一阵又一阵地发闷。虽然你有时也忍不住地随他们哈哈大笑，但你笑过去以后又马上皱起眉头。

浴池的门又开了，又进来了一群黑脸膛紫皮肤只露着白牙和白眼珠的人。他们更粗野更肆无忌惮。这伙人的到来，给浴池里撒满笑声、骂声、尖叫声。

他们大声议论着今天排长分工不合理，验收员操伙计故意拖延时间。有两个汉子像斗架的公鸡一样又吵又骂，憋得脸绯红，周围的人拍着巴掌起劲地加油起哄。两人还未来得及动手，屁股上先被别人打了几巴掌。

浴池里像开了锅，大骂声尖叫声大笑声击水声此起彼伏。

你的思绪从掌子面回到浴池。一个又白又胖上面还有不少小红疙瘩的大屁股迅速和你的脸上打了个照面，并从里边勇敢地喷出一股雾，夹杂着细水珠差点喷到你眼里，你屏住呼吸扭开脸，一个人的腿又伸到你的肚子上……

闹声平静了片刻，马上又有人说起话来，几乎每一句都能引起人们的大笑。你绝对想不出，这些干起活来阴沉着脸一声不哼的汉子们，竟有这样多的话说，有那么多笑声要发泄，你已经无法再忍受这铺天盖地的脏言污词。

工作工作，这叫他妈的什么工作？文明文明这里有鸟文明！

全是粗野愚昧无知还要洋洋得意，把别人不敢说的话不好意思用的词用下流的语言讲出来还犹如发明创造一般。

你扭过脸，发现父亲正笑着和别人纠缠在一起。一个有着极大极粗嗓门的大个子正指着你父亲的肚子底下，尽情地用语言描绘，里边有夸张、暗喻、想象、联系实际等手法，最后好像用你母亲的什么什么与你父亲的什么什么连在一起。

人群中发爆出一串震耳欲聋的笑声，有两位已经笑得背过气去。

父亲全线崩溃，红着脸笑着极无力地用手指了指你便赶紧转身找肥皂。

汉子们把目光转向你，大个子哈哈大笑，没看见俺儿在这里，你他妈也干工了挣钱了，多会才不和你爸爸争奶吃？我和你爹是老伙计了，除老婆以外什么也不分……

人群中又爆发出一串笑声。

你的头要炸了，你的脸要起火了。你把愤怒的目光毫不掩饰地倾注在那汉子因兴奋而显得红润的脸上，你猛然站起身握紧拳头。汉子们愕然停止了笑声，不知所措地看着你。

"下流——"

唰，浴室里死一般宁静，雾蒙蒙的水汽缓缓游动着上升，赤身裸体的汉子或躺或坐或站或趴地定了型，一双双迷惑而又略带敌意的目光一动也不动地看着你。

你的腿在哆嗦。

"下流！不要脸！野蛮！无耻——"

父亲张大嘴巴，肥皂从手里滑落进浴池，引起一丝响动。

"哗——"水声打破沉寂，父亲一步赶过来，抡起水淋淋的巴掌玩命似的捆来。

"哇——"你大哭起来。

"妈的，我们兄弟开玩笑，用你个杂种管？你想管老子吗？你……"父亲一边骂着一边又抡起巴掌。

人们围上来，把你父亲架过去。

训那汉子的，劝你的，呵斥你父亲的，把澡堂搅成一锅粥。

就是那天下午，你带着两个巴掌印搬到宿舍。你父亲没喝一滴酒但一言不发地看着你打起铺盖卷。你母亲叨叨叨叨地劝不住你只好由姐姐陪着抹眼圈。

不到一星期,你又由宿舍搬到农村。

其实你心里暗暗好笑。

你的一位现在是省医大的高才生、以前你们是同桌的同学告诉你,你得了恐惧症,恐惧的对象便是你的父亲。如果不想让这个病继续发展下去的话,你一方面要藐视你的父亲,一方面要增强自信心,同时最好和你父亲隔开住,时间长了就会好的。

你相信了你这位同学的话,尽管你认为他说得有点玄乎。你坦率地承认在考大学的时候老是想着你父亲那张阴沉的脸。你想用上大学来摆脱你父亲但你反而更进一步地被父亲抓到手心。而你之所以没考上大学反而被父亲打了两巴掌并作了他的徒弟,正因为你不想挨这两巴掌。

这世界真是不可思议,正如人不可思议一样。

你是很欣赏你的这种选择的。

你为你能有这样的选择精神和条件而自豪。你很感激你的父亲,他为你的出走提供了一个很好的机会和理由。

很满意你的这间小屋,安静、舒适。既没有压抑感,也不用看父亲的脸色行事。你买了个煤油炉,自己下面条。这很有趣,也有味道。

你吃得很香,过得很恣儿。

你每天还是下井,你的工作是攉煤、打眼、装药、推矿车。尽管单调,但你仍有一种莫名其妙的满足。

你的胸脯开始"起块儿",肌肉眼看着凸出来成为硬疙瘩。你现在也能像父亲一样准确地往矿车里攉煤了。你很熟练地掌握了这一套动作并有所改进,比如在往后攉煤的时候身子随着一动,略显后倾,显然加大了运动量,但对整个的身体发育会有帮助。

这个动作有点像舞台上的架子,你曾经这样想,觉得已经达到了造型的"艺术"标准。

你的心情很平静，有时突然上来一阵烦躁打破这平静，但仍无妨大局。你还是你，还是不爱说话，只爱胡思乱想的你。

你平静心绪，躲在一个谁也看不到的角落里什么也不想，真是快哉快哉。

可这种平静能长久地平静下去吗？

那是上早班。矿长领着一位高个子老外和一位胖瘦恰当的女孩子来到掌子面。这矿长，你是见过一次的。你那天从浴池里出来，路过拦料场，见一圈人围在那儿，你便走过去看，原来是这位老兄在竖着眉毛发泄呢。

没电，我们也没办法呀！

一个工头模样的小伙子难为情地向矿长汇报。

没电？电灯怎么亮着？

矿长反问。

电灯是两相，搅拌机是三相；电灯是 220 伏，搅拌机是 380 伏的电压。

小工头回答。

什么三相两相的？让它转慢一点！

矿长指示。

你当时就被矿长逗笑了，周围的人也笑了。

从此，挺有风度有干劲有光荣传统的矿长，便落了个"慢一点"的绰号。

慢一点矿长的身坯不大挺拔，和那位蓝眼睛的老外比还真有点让你心尖疼得慌。从他们的谈话里你得知，老外系大西洋彼岸人氏，和矿务局联合，我们将引进他们的综采机组。

你注意地听着。

老外赞叹这儿的储煤量丰富,煤层厚,适合大功率开采。

"在我们公司,白领工人占产业工人的百分之六十五,而中国,还不到百分之三。搞大规模采区,采用现代化的管理方式,掌握复杂的综采技术,靠这些拿铁锹的,是不行的。绝对不行!"

老外很干脆地说,并用手随便地指了指正休息的你们。

翻译刚结结巴巴地说完,矿长便愣住了。

父亲站起来,脸上落下几滴汗珠,嘴唇不住地动着,但什么也没说出来,只是傻乎乎地愣着。

"我……我们的工人,干劲大大地好!"

矿长这回不慢,连日语都说上了。

"No, no."

老外笑着摆手,看着矿长,像观赏大熊猫一样。

你的心像被刀子捅了一下,说不出的耻辱感流水般涌上来。

你稳定一下情绪,站起身,轻轻揞了揞父亲的肩膀,你这才发现你已经比父亲高出了许多。你父亲怔怔地看着你,像你不是他的儿子。

你微微一笑,顿时有了神气。

你向前走了几步,冲老外和老外的陪衬们点点头,然后死死地盯住那双蓝眼睛,"How do you do! Welcome you here!(您好!欢迎您朋友!)"

老外的脖子一动,矿长睁大眼睛,如同突然又蹦出一个老外。

翻译上下打量了你一番,送给你一个迟来的笑容。

老外已经伸出手,"Glad to meet you.(认识你很高兴。)"

妈的,说得真他奶奶的棒,凭这发音,非纯种说不出。

你想,心里有点紧张,有点后怕。

但你看了看因惊讶而往后微倾身子的"慢一点"、略带疑惑而又有一丝惊讶长得不算很漂亮但估计婚姻还不成问题的翻译以及目瞪口呆的父亲和父辈们,你的心里开了一朵花,花蕊里抖动出阳光般温馨的得意。

看我露一手吧，爷们，窑伙计们。

于是，你又把那罕见的笑容拿出挂到脸上。

那脸是黑色的，闪着乌金的光。

"I have questions about your words. That is only a joke, isn't it? （我不敢恭维您的高论。你仅仅是在开玩笑，对吗？）"

老外愣了，老外晕了，老外拼命地眨巴眼拼命地皱眉头不分场合地搔后脑勺啦。

"I'm sorry, I can't understand your words. （对不起，我不明白你说什么。）"

你用力地一挥手，如列宁号召苏维埃团结起来先把富农和叛乱分子杀掉。

老外的小蓝眼睛又像是装上了眨眯器，看着那莫名其妙而又想努力明白点什么的样子，你禁不住哈哈大笑起来。

老外更懵了。

你上了劲，莫名其妙地竖起大拇指在莫名其妙的老外鼻子下面玩起莫名其妙来，并很亲切地拍了拍老外的肩膀。

老外愣了愣，也笑着晃起大拇指来回敬你刚才的大拇指。

你觉得大拇指真是他妈的好玩意，连老外也喜欢玩。

"这是我们的先进生产者。"

矿长对老外说。

我他妈啥时成了先进生产者？你想，一愣神儿的工夫，却从嘴里说出："不，标兵！"

"啊，对，对！标兵，这是我们的标兵！"

"啊——"

老外动了感情。

"Marvelous, that's perfectly well! （了不起，了不起！）"

说完，又在你鼻子下面玩起大拇指。

矿长和老外及翻译走后，人们把你围上，惊奇地像看天外来客，他们问你怎么会说外国话，他们说做梦也没有想到你小子不声不响地还有这一一手，硬是把美帝国主义打败了。

你觉得不好意思，你笑着回答工友们的提问，你第一次在这群人面前讲这么多话。这时，你发现了你父亲，发现了他的目光和你相遇的同时便躲开了。

你一阵难受，悄悄扭过脸。

你成了名人。在矿上，到处都议论你打败美国佬的事。

今天，党委书记把你叫到办公室，拿出一份红头的中共××矿委员会的文件，下面还有大印，中间有你的名字和职务，新一采区综采机组机长。

你诚惶诚恐地接过来，你全身一齐颤动，你将去N市学习半年。回来后便正式享受待遇正式带兵。

我他妈也能当官？

你一阵恐惧。矿上这么多自学青年，有的马上就拿到自修大学文凭，有的已有革新成果，妈的，倒让我去了。

你回家去见父亲，家里正喝酒呢。一桌黑脸膛的汉子众星捧月般围着你父亲。你伸伸头又退回来，但还是被父亲发现了。父亲的嘴动了动，想说什么但什么也没说出来。

你一阵心酸。

你走过矿区商场、学校、俱乐部、办公大楼，走在这条通向乡间的小路上。你走得很慢，想的很多，望着这熟悉的一切，你心里热乎乎的。夕阳落山的余晖把你涂成金黄色，望着足下的土地，你猛然加快了脚步……

背对故乡

阿震死了。

在那个残阳如血的傍晚,有人在传:矿西边的村子里,有个小青年不明不白地就投河死了。河下游的人以为是包袱呢,拼命捞,却是个人。

几天来的预感应验了。我想,死的肯定是阿震,于是,便骑上单车去阿震家。

和我一样,阿震家也是农村,但阿震却一天地也没有种过。他爱写诗,上高中二年级时被学校劝退,然后,他就背着一个小黄书包到了火车站,连家也没回就开始了他的"流浪诗人"的生涯。

阿震的诗一首也没有发表。他曾到许多大学去读书,但却从不挤在大学生们中间到课堂上去。他记住不少诗人和作家的地址,到一个城市,他先去拜访他们,并掏出诗歌来让他们看,如果诗人说看不懂,他就解释,并开始骂某省的某某诗人——那肯定是在全国近期刚刚发表轰动之作的,并很认真地说,这首诗的某个段落如果让我写,我将如何如何写。诗人果然一惊,想想,这小伙子的话还有道理,便留他吃饭,喝酒。酒过三巡后,诗人便再讨过阿震的诗稿看,看着,便啊啊地叫,说,不错,你写的是好诗!

等人家承认后,阿震便笑,把诗收回黄书包里,飘然而去,样子极帅,剩下诗人自己或女诗歌爱好者在家刷盘子。而阿震,却又颠颠地上路了。

阿震常常告诉那些大学生们,他,阿震,恐怕是中国最后一位诗人了。常常是,他在大学里找到朋友,挤到人家床上后,第二天就去图书馆。朋友除了供他用借书证,还要负责给他饭吃。"我没有钱呐。"阿震说,就像歌星唱"心里有个她"一样轻松,"诗人要钱干什么?"

阿震和我的相识纯属偶然。离矿十里的小县城里新开张了一家咖啡厅,是全县第一家。外地来了位朋友,几天后兴尽而归,而在车站发现还有三个小时才有一列火车经过,我们便点了两杯咖啡。我的这位朋友也是写些"文学作品"的,也挺喜欢这很静的氛围,便谈起意象派的诗歌。好在他读的意象派仅限于里尔克什么的,说起来,语气不是很急。况且我对诗歌是外行,基本上停留在"红旗飘飘歌声扬"的档次,只有听的份。这时,阿震从另一桌上走过来,说,"还有艾略蒂斯,艾略蒂斯选取的意象,才是真正的意象。"

朋友和我相视一看,再看阿震,阿震已笑眯眯地落座,并向服务台上勾勾手指,动作十分熟练。好像外国电影上演的一般。

阿震举起咖啡说:"为太阳之子。"

我们便端起杯子喝了一口。阿震跟我们大谈了一通艾略蒂斯后,我那位朋友便住了嘴,还给阿震留了地址。这时候,我才想起今天是我的生日。

阿震的脸立时严肃起来,他托着杯子看着我足有一分钟,然后举杯和我碰了碰——

"感谢母亲。干!"

一仰脖子干了以后,他拱手告辞。打那以后,我们便认识了,并成了好朋友。

阿震从来没买过衣服。我们成了朋友后,他从我这儿穿走了两条裤子。

阿震是我的"博士导师",是许多人的导师。你刚看过一本书,感觉上新鲜得不得了,只要你对阿震谈起感受,阿震就能马上报出书名,报出作者,以及和作者有关的书籍。

"林黛玉是石女。石女,你懂吗?不从这个角度,你无法理解《红楼梦》。"这就是他的观点一种。

"推和敲是分不出优劣来的。用'僧进月下门'也未尝不可。推敲不是什么炼词造句,而是文化冲突。贾岛选取没有音响的'推',说明他处境惨,进取之路渺茫;韩愈选'敲',说明他正官运亨通,极是得意。什么炼词,炼屁!"

这也是他的一种观点。

以往去阿震家,一是向他请教一些读书的学问,二是给他送猪蹄。阿震喜欢吃猪蹄。要想听他的高论,启发启发自己的思维,呼吸呼吸另一种空气,只需一瓶酒两个猪蹄便行。

这次我什么也没有带,从矿上到他庄上有五里路。进了那农家小院后,再也看不到阿震那笑眯眯的面孔。一只骨灰盒在一个又黑又矮的凳子上放着。父母双双在世,阿震的骨灰是不能往桌上摆的,只能放在凳子上,像个首饰盒了。

到了阿震的小房间,除了叠得整整齐齐的被子外,几乎什么也没有。墙是黑色的,早先糊的一层白纸,此时也已变黄。我坐在阿震常坐的一把老式木椅上,吸起一支烟。

阿震的母亲进来,瘦小的女人在这昏暗的灯影下愈显可怜,她脸上的肌肉在抽动着,眼睛已经浮肿。我向他询问阿震留下没留下"带"字的书、本子一类的。老人的目光立时恐慌起来,她颤抖着说,烧了,前天就烧光了。烧的时候,阿震还笑呢。

我竭力想装出一副悲伤的面孔,可自我感觉都不像,只好匆匆告辞。走出那颓败的小院时,我又留恋地回回头,想,一个人就是一个院子,一个村子。没有了阿震,我想,今后到这个村子来的机会也不会再多了。

回矿的路上,我弄不明白阿震的死对我竟如此轻松,我原以为自己会受不了这种悲伤,结果,连滴装出来的泪也出不来。这真让我自己也感到不解。

入矿后便碰到榕。榕正推着那辆红色的轻便车。见到我,她停下来,我也下了车,并排向前走。路灯被我们留在了身后,四周又很静。

我伸手揽住她,她的肩膀在灯光暗处颤抖了一下。车子停下了,她转过脸,那双大眼闪着温顺的光芒。

我们一直没有说话。

从开始分这片单身宿舍,我就要了单间。这是区长为照顾我给区里写表扬稿什么的,并配了张旧桌子。

我在前边上楼,她在后边默默地跟着。楼梯拐弯处我回回头,只榕正低着的头上,有青丝在远处射来的灯光里闪着光泽,并伴有一股幽香。

榕抱住我的肩膀时手臂很紧,榕的全身像发疟子。后来,再后来,我便一头倒在床上,羞得连脸也不敢再转。

"咻,"榕笑了,"结过婚的人,怎么还这样?"

我一下懵了。她知道我结过婚了?不可能呀!在这个矿上,除了别的——和我一起下井的知道外,连区长也想给我介绍对象呢。结婚前,因年龄不够,根本就没从矿上开介绍信,而是从村里搞的假信登的记。榕怎么知道了?

榕已不像刚才那样紧张,她笑了,"哄谁?你的儿子都能打酱油了,还超生一胎呢,对吧?"

我起身就穿衣服,恨不得马上找个地方躲起来。

榕伸手抓来,暗影里,那双眼睛闪着幽幽的光。

她的手抓住我的胳膊,柔软,细腻,温热。

"别动,就这样。说说话,好吗?"

说话？说什么？一个男人应该在冲杀的时候却退居到二线，丧失了所有的自尊，还说什么？

"说个屁！"我说，心里有了股无名火。觉得这下算裁定了。

榕又笑了。松开手，榕歪着身子托起肋，一动不动地看着我。

行了。

接下来就是那么回事。随着她带着颤音的呻吟声和扭曲着的身体，我发现我特别特别地强壮起来。我发现我是带着一股愤怒，一股近乎歇斯底里的蛮力来完成这一突破的。

世界仿佛静止了一个世纪。等我缓缓清醒过来时，我感到榕的手正在我脖子间轻轻地划来划去，像只温顺的猫在轻摇着尾巴。

我猛然想起了阿震。许多年以来，我一直在思考为什么在这样一种彻底的发泄后会突然想起了他。

泪水竟在我没任何准备的情况下簌簌而落。她显然有些愣神，但又迅速恢复到刚才的状态。榕的手仍然在动着，从脖子到脸，泪珠在她手心里拭去。对我这一反常的举动，她表现出一种罕见的温情。至今我仍有些不解，这位几乎从不看书不看报的女孩，会有这样一种修养。这修养自我落泪开始就显示出来。我原以为，我失去控制会使她以一种和我心绪极不相称的语言来安慰我或询问我，结果，她却从没说什么，只是静静地帮我擦泪。而她的另一只手，则为我梳理着头发，一直到心绪渐渐平静，她也没有说话。

"好受点了吧？"她轻轻地问。

我不知该如何回答。直到现在，我仍想闹明白当时为什么能这样，为什么会是这样。可越想越想不明白，越想，我当时的心态越飘乎。记忆中越来越清晰的，倒是榕那魔幻般的小手，由此并想起一位朋友的小说《穿过你如水的秀发我的手指》。我想，这位朋友的感受是很新鲜的。

世界上如果有一句让我一听就触动神经的话，那就是：好受些了吗?

此事过去不久,我曾对老婆说:"我们结婚这许多年了,你告诉我,我曾经说过一句什么样的话,让你不仅受到灵魂的触动,而且让你永远也不会忘记?"

她说:"你是不是闲得屁股疼了?问这陈谷子烂芝麻的事干什么?没事跟我下地干活去。"

我说别、别,我还要写稿子呢。你不想让我升官发财当大作家,转你们娘们的户口啦?

"你当大作家?你写个屁广播稿就想把俺娘们给甩了,你当上作家还有我活的?得,你还是当你的'闪开办公室主任'去吧!"

"闪开办公室主任",是矿上对运搬工的称谓。意思是推矿车,见前边道上有人,便喊,闪开闪开,车来了。瞧这娘们,对我这工作还很熟悉呢。

"想起来了吧?"

我厚着脸皮问。用眼角的余光偷偷瞅了瞅她身边那张闪亮的铁锨,心里有点慌。她要知道了我和榕的事,还不用这东西把我给"铲了"?

她眨眯眨眯眼,没有看铁锨,也没拿铁锨,只是略带歉意地说:"还真想不起来了呢。"

"想不起来?想不起来还行?这说明你心里根本就不爱我。你没看电影《冰山上的来客》?那上面,一首歌就能分出来你是不是特务。现在,一句话就能看出来你是爱我还是爱别人。"

她笑了笑摸过铁锨。我给唬得要跑。她却说了话:"你说的好多话我都记得,只是我不说就是,你也用不着吓唬我。爱不爱的,亏你说得出口。爱怎么样,不爱又怎么样,还不是过日子?"

"你就知道过日子,没爱情过什么熊日子?"

"咦,你说得倒好,不爱,怎么能有孩子?"

"孩子!孩子是孩子,爱是爱。要真爱,就看你记得记不得我说过的话。"

"你今天真有毛病了。你以为我真不记着？哄你玩呢。我说给你听听吧！你要揍我之前，你就先说，我喊个一二三，喊到三你再不滚，我就开拳。对吧？你吃饭的时候常说，这菜，瞎放水煮什么？好像你吃过了多少好菜似的。你休班时在家睡懒觉，我做好饭喊你来吃，你就说，去去去，没看见我醒着吗？我在构思小说呢。其实，一会你又打起呼噜。有这样构思小说的吗？哼。"

扛起铁锨在半空中旋转了半圈，她回过头来，"你在家别忘了喂鸡。"

你他妈就是个鸡！我忿忿地想。等她走远，禁不住自己乐了。也许我真的没用，从来没说过一句能震撼她灵魂的话。可是，榕一句淡淡问候，为何如此深刻地雕刻在我的心上呢？

一个人的一生中，有几句话能让人永远记住呢？你又能记住多少别人说过的话呢？

"我想杀人！"

小表弟说的这句话让我记了个清楚，连同他说话时的神态。我想，把这句话改成"我想骂人"，倒是篇挺好的小说题目。

早些时曾写过一篇小说叫《再活二十年》，阿震一看标题就骂上了："你他妈活腻了？再活，再活一百年你也是俗不可耐的熊胎！"

从那时起，我就隐隐觉得阿震的这句话不太吉祥。虽然他是笑着说的。

但小表弟说这句话时却恶狠狠地。这些年他在干过一阵脚手架后，钻进了自己的二亩地里，当起了种菜专业户。

他曾是班上学习拔尖的几个学生之一，爱上了一位梳大辫子的姑娘。那大辫子在腰下一甩一甩的，把小弟和小表弟的同学们全给甩得晕头转向。但人家是来学习的，不是专门为甩辫子而来，况且成绩又好。

小表弟傻了,成绩明显下降,终于到了不可收拾的地步。高中毕业那年,那女孩和一位高个子的同学同时进入了省城的一所名牌。

每想起这事来小表弟就浑身发抖。

现在,他种菜、卖菜。他向我讲述了去矿区农贸市场卖菜的情景:他傻乎乎地站在阳光下,看一个个穿得漂漂亮亮的女人或衣冠楚楚的男人在他面前经过。那么多的目光,一道又一道的,却只看菜不看人,好像这菜不是人种出来的似的。

小表弟的菜种得很好,是科学管理的结晶,不仅色彩鲜,样子也嫩,和那些菜贩子的隔夜菜比起来,当然能吸引更多的目光。

小表弟说:"他们怎么就只看菜呢?这么好的菜他们也挑挑拣拣,把人家码好的给弄得乱七八糟,真气死人!"

我觉得他太敏感了,你能把人怎么样呢?这是订货会,又不是展览会。即便是艺术展览,人家不也是先看作品的好坏,再崇拜或厌恶作者吗?况且,你卖的是菜。就是人,不也是被别人挑挑拣拣吗?你能怎样呢?难道让那些提着篮子买菜回家的少妇再捎上你一块上床?你小子,太不像卖菜的干活了,良心大大地坏。

小表弟却很固执,他说应该对他出色的工作给予鼓励和赞叹才是。如果市场上全是些蔫了叭叽的烂菜,你看着不恶心吗?不降低食欲吗?看着这些趾高气扬、旁若无人的买菜的,他真想踢开筐子散伙。

"我想杀人!"

"杀谁?"

"都杀。见人就杀,杀完我就自杀!"

"第一,这不可能。只有对全人类都产生仇恨的人,才有可能自杀,而你,没有这种仇恨。第二,你在准备杀人时,已经淡化了杀人的意识,时间准备得越长,杀人的可能性越小。第三,人的自由选择应是自杀,而不是去杀别人。去杀别人的人,不是自由的人,而是被

'被杀者'所左右着情绪的人,是变态。变态,你懂吗?属弗洛伊德范畴。"

他怔怔地看着我:"什么叫弗洛伊德?"

我想,阿震要听到这种问话,会毫不客气地说:你就是弗洛伊德!

但我却不能这样说。我起身去里间找《论创造力与潜意识》。这年,正流行弗洛伊德呢,朋友禾子从北京给寄来了这本书,正愁没听众呢。

从简陋的书架上取回书后,回到外间却闻到一股烂肉味。原地搜索,却没看到什么,再看小表弟,却见他的胳膊在冒烟。

他正用烟头烧自己的胳膊,胳膊还发出吱吱的细碎的声音,已有两个黑黑的印记。

书从手里滑落,掉在地上。

他抬起头,苦涩地笑笑,却没笑出声来。

是我的半截烟,是我把它放在桌上进屋去找书的。眨眼工夫,它就起到这样的作用。

"一点也不疼。"他说。鼻子往上吸了吸,面孔更显苦涩。

"给你,还没灭呢。"

他把烟递给我。

1990年12月的一天,伊拉克和科威特的上空飞扬着"飞毛腿",世界上到处喧闹不止,我躲在复旦大学一位女诗人的房内读《现代派文学导论》时,第一次读到了"他们用香烟在胳膊上烫洞以抗议资本主义麻醉性的烟雾",说的是美国"垮掉的一代"中的金斯堡们——嚎叫派的做法。小表弟肯定不会先我读到这本书,他的举动显然也不是抗议什么,但他又千真万确地这样做了。

自残是人类最卑鄙的行为之一,但唯有自残方显出神圣的光环。神圣是效果,自残是手段。真正的神圣反对自残,真正的自残又显示神圣。这，真是一种悖论。

香烟上的白灰越积越多，红色的火种愈来愈暗，烟柱亦不如先前粗壮、笔直。烟是劣质烟，竟没灭火，上面亦没焦糊的味道。我抽了几口，一会儿就抽光了。

在我静静地抽烟的同时，小表弟目不转睛地盯住我的手。

我没追问他的失恋史。我想，用肉体痛苦来减轻心灵的苦痛，没准还是个办法呢。我拣起"弗洛伊德"的小册子，"'痛和不满足才是创造奇迹的根本呢'，看看这个大胡子的话吧！是二亩菜地挡住了你的双眼。"

他笑笑，极羞涩地接了过来，随便翻了翻便放在一边，说："我在读陶渊明。"

烧洞，读陶渊明？这两个概念一下把我搞糊涂了。看看他的脸，觉得这脸怎么这么不爽心悦目，怎么长这么多肉呢？

莫非陶渊明的归隐也是一种自残？朱光潜说的"浑身肃穆"中所包含的神圣的因素里，也有自残或自罚的底色？我的头又疼了。

小表弟把目光投放在墙上，背了段《归去来兮辞》，然后告诉我，他最喜欢的是"送我出远郊"。

"……亲戚或余悲，他人亦已歌，死后何所倚，托体同山阿。"

阿震也常背这首诗，背这诗时他把目光投放在远处，显得很远、很深、很静。一群人托着诗人的尸体，迎着瑟瑟的寒风爬上山岗，挖个坑，便掩埋了诗人。在他们的一片悲声里，诗人渐渐安静下来，化作泥土、化作水，一个时刻被痛苦的灵魂折磨着的生命，获得了安息。

身上一阵冷，我盯着小表弟的眉宇间，竭力想找出一点"鬼气"。

我真切而实在地意识到，这伙——包括我在内的农家孩子，已经走在背对故乡的途中了。

在我们的祖辈、父辈身上，是极难寻找到这些东西的。在他们的脸上，你除了看到麻木、自卑、自狂，一丝狡黠、一种廉价的满足外，你很少再看到他们曾经是"思想者"的痕迹。虽然他们也时常愤怒，但愤怒过后便是自慰；虽然他们也思考，但除了盘算日子怎么过下去以外，很少能想到他们到底在琢磨什么。

为什么我们这一代的身上竟产生了如此多的变化呢？小表弟灰头土脸，衬衣不整，却读陶渊明，却在胳膊上烫洞。

小表弟的面孔变得平静而淡漠，眼里偶尔闪出的火花则较以前亮了许多。笑声自然少了，眉宇间的疙瘩也已成长起来。小伙子，你快成熟了。

和榕发生了那件事后，我发现我真的被她拴住了魂。在办公室看书或整材料的时候，再也看不下一个字去，有时一连两个小时，都坐在那儿支着耳朵听，时刻企盼着她的脚步声。

我知道她是不会到这儿来的。榕工作的地方是配电室，从家属区到配电室正好经过矿机关的楼下。楼下的花坛鲜花盛开，绿树婆娑，远处的田野烟雾笼罩。我的目光时常探出窗外，时刻盼望着一个倩影从我目光里经过，然后对楼上仰脸一看。

这就满足了。这还不是最大的满足吗？外边的任何动静，包括起风，包括井下出事有人从门前跑过，或远处矸石山上倒矸石的动静，全逃不过耳朵。可惜的是，既没她的身影也没她的动静。

一位朋友看了我的几篇小说后说："你对声音的感觉要比对色彩的好。"我想，这习惯没准是那时候培养的呢。

那真是难熬的日子。白天，四下寻找她的身影，夜晚，则大睁着眼，细心地倾听敲门声。我记得她总是穿一件白色的裤子，穿一件红色的毛衣，外边再罩上件白色的褂子，从后边看，那头发泻在身后，落在腰上面。迎面看去，白色的世界里，一片丹红闪耀。

这只是幻象。一连几天，她消失了踪影，直至我怀疑那一个晚上是不是做梦了。

想给她打个电话,又没有勇气。中国人接电话的习惯是问"你是哪里",一说是哪里,事情就露馅了。我还没这么大的胆。

想去找她,更没胆量。眼看着星期六烈日炎炎地过去了。星期六的下午,照规矩是要骑自行车回家的。家和矿这段二十多里路,同村的天天下班后回去。而我,一是工会的借用,想努力表现表现自己,晚上在办公室看书,写材料。二是天天回家也确实耽误时间,况且农活又不忙。

星期六下午,我慢悠悠地骑车回家了。

星期一上班后不大一会儿,打字室来了电话,让去校对一份"三热爱"的通知。校对完回来,一张小纸条儿不知让谁给放进了中间的抽屉:

  请给我配把钥匙

嗓子一下被堵住了,手指头上的筋也活动了一下。心突突跳个不停,鼻翕发出的声音像拉风箱。看没人,忙把小纸条放进书里,把书往里推了推,关上抽屉,锁上。

四下很静,我闷坐一会,战战兢兢地又掀开书看了一眼。字写得很秀丽,略带一点甩。

是她的字吗?

像掉进一个深不可测的深渊,觉得有点恐怖,有点要发生什么大事的感觉。别是主任在搞什么把戏?

电话铃突然豆子般炸开,腿肚子"嗖嗖"两股风,见门闭得紧紧,我才小心地拿起听筒。

"喂,哪里,您……找哪一位?"

"……"

"喂!"

"找你个混账小子。"

是她。我一下怔住了。

"屋里有其他人吗?"

"就我一个。"

"好。我告诉你,我,怀上了。"

什么?天!我觉得脸上的肉拼命地在向鼻子上挤,实在想象不出这扭曲的脸型。小肚子下沉,我要撒尿。

"怎么不说话?不相信?"

"相信,相信,怎么能不相信呢?"

"今晚不要开灯,你老实地等着我,我们谈个办法。"

"是,是,在哪儿?"

"废话!""咔!"

这如何是好?怎么没想到这个呢?当时,怎么能一点印象也没有呢?这下可算砸锅了。

你小子也别装模作样地在这儿混了,当你的运搬工去吧!不给你行政处分就不错了。

心中充满对自己不幸遭遇的同情,我很留恋地看了看这间白色的办公室。这时,我突然记起阿震的屋,阿震墙上发黄的纸。

忘了问纸条是不是她写的。如果是主任写的呢?如果是让配办公室的钥匙呢?

别管这些了,先配上钥匙再说吧!

低头装作找东西,又翻开书看了看纸条,字不是主任写的,也不是对桌写的。好,这就放心了。

我做了两手准备,先在办公室里坐到十点——不过没关灯。我读到《蝇王》里那群孩子在岛上追赶得野猪起劲号叫时,墙上的挂钟很沉着地敲了十下。小朋友们,我们明天再一起吃猪肉吧!

宿舍自然是没有灯光。开门进去后,我犹豫了一下,拉开灯。十分钟后,我洗漱完毕,又吃了个苹果,这才将灯关灭。没有将门关死,大睁着眼看模模糊糊的天花板,裤子也没敢脱。

马蹄表哒哒地响着。本来,我想数到一千就睡,谁知数到一百六就乱了套,又从头开始数,这次仅数到一百二就又查不准了。心里一阵烦躁,妈的,竟带上了。

该不是假的吧?这疯丫头蹦蹦跳跳的,没准哄我玩呢。也许……更糟的是别人的,而让我承担责任。

对,还不到十天,就嚷着怀上了,不是骗人是干什么?

我怎么能相信这种鬼话呢?见她的鬼去吧,老子睡觉。要真地怀上了,那好吧,跟我结婚吧!我反正也不是他妈的好人,回家去让老婆"离休"。

冷。突然觉得冷。前边的宿舍楼上忽地传出阵笑声,大概是看电视的。也许是打牌的。只有我这个楼上声息皆无。在黑暗中,我感到这个楼也阴森而恐怖了。

灯是伴随着"叭"的声音,倏地亮得雪白了。灯光一下刺疼了眼睛,我坐起来,用手先遮一下。

榕咬着牙在怒视着我,手里还拿着条棍子。她一步一步地向前走来,上身是件蓝色工作服上衣,下身是紧绷绷的健美裤!

这该死的健美!别,别,别,咱有话慢慢坐下说,要文斗不要武斗。

棍子抡起来,举得高高,我已拼出一条胳膊准备去挡,棍子携带着风声从上往下打来。

我忙闭上眼,耳边呼的一阵风。"叭"一声,棍子不知打在了何处,而榕,却咯咯笑着歪在我身上。

"胆小鬼,吓得连眼都不敢睁。"

她身上散发出一股幽幽的香味,头发略有些湿,凭感觉就知是洗过澡不久。

现在，榕就如此真切而具体地和我在一起，一下午的忐忑不安立时被一种幸福感冲击光了。她的头发被压在了工作服里，我仔细地一缕一缕拽出来。她的头发很美，极富光泽。手触上去，有一种麻酥酥的感觉。

"害怕了吗？"她问，样子很得意。

"害怕？怕谁？"

她翻身下去，拿过棍子，"怕不怕它？"

"怕。"

"说实话。"

"真怕。"

她气得够呛，要砸。

"不怕！"

"这还差不多。"她高兴起来。

我接过棍子一看，是个拄棍，上面还写着"黄山旅游"。

"你到黄山去过？"

"没有。这是别人送的。送棍了的小姑娘说，你爱上一个男人后，一定先敲他两棍。这是句名言。"

"狗屁名言。名言是到女人那儿去，别忘了带上你的鞭子。"

"不，棍子！"

"去你的狗棍子。"我抬手想把它扔出去，想想，又放在床头。

"嗯，这还差不多。"

榕走过去拉灭灯，然后又走回来。我一下晕眩了，抓住她的手，想哭。

我感到，和榕在一块，永远有一种刺激感。她使我古板而懦弱的生活有了一束欢快的阳光，单调而灰色的记忆上呈现出鲜艳的色彩。每逢她塌下睫毛时，我都想迅速化作一只小虫飞到里边去再也不出来；每当她半张合着嘴期待的时候，我的身心就会被一种从未有过的激情所鼓动。我愿变成一粒糖儿，迅速彻底地融化在她心里，成为她的一部分。那样，就不怕她离我而去了。

闭上眼睛，有无数朵云在我身边缓缓游动，那云升得很高，升得很慢，四周全是雾……乳白色的雾……

等我醒来时，窗外已是霞光万道，马蹄表没有打铃。

榕不知什么时候走了。

仿佛在梦中，我折起身子看了看，她什么痕迹也没留下。门外静静的，回头便看到那小棍，上面清晰地写着"黄山旅游"。

只有枕头上还残留着一股幽香，直沁肺腑的幽香。

迟到了。被"借用"来以后第一次迟到了。

匆匆洗脸，匆匆到了办公室。还好，没人问我为什么晚了，更没人问我办公室的灯为何只亮到十点。以前他们打牌打晚了，却在第二天夸奖我学习用功什么的。看来，大家还真有点忙的意思了。

马上要开职代会了，还有四份材料没整。这倒是必须干的事。

配好的钥匙不在兜里。我想了想，是昨天带回宿舍的。她没有问到纸条，我也没提到纸条。我记得我好像把钥匙拿给她看了，她笑笑接了过去。可以设想，早晨，或更早，她走的时候把钥匙装走了。

主任进来问我材料写得怎么样了，如果材料不太足的话，可以翻翻以前的典型发言，实在不行就到区队去采访采访。"要多接触接触基层嘛！"他站着把嘴撇开。我回答他基本上没什么问题，已经开始写了。

主任见我回答得满有把握，就点了点头，嗯了声往外走。已走到门口他又回过头来说："嗯，对了，团委的小张让你帮他配把这个门上的钥匙，他最近要搬到这屋来，组织'七一'的歌咏比赛。"

我吓了一跳，呀，那字，可不就是小张的嘛，怎么没想起来呢？

见主任还立在那里等我回话，我忙站起来说："是小张留的条子呀,我还以为什么人和我开玩笑呢。我中午就去配。"

"嗯,别忘了开发票来。"

"嗯。"他点了点头走出去。

主任走后一会,我才猛想起刚才的话说得太多了,隐隐记得主任脸上的表情似乎很迟疑。他会怎么想呢?什么人开玩笑把纸条塞进你的抽屉?经常有人向你抽屉里塞纸条让你配钥匙?让你配你就配?发现可疑的纸条不请示也不汇报?……

问题很严重了。主任刚才是不是满脸狐疑?晕,瞧这事办的。

"管他呢。老家伙爱怎么想就怎么想去。配把钥匙,又不是配洲际导弹,什么烂事儿。"榕说。

榕说的话有道理。说这话的时候,我正倚在被子上,她在另一头倾斜着身子,手托着腮,腿一曲一伸着。依然是健美裤,工作服,这架势有点像一幅世界名画上的架势,好像她在当模特儿。

榕总是在半夜里悄悄进来,但并非天天如此。等待的滋味是心急火燎的滋味,而且,你还说不准她今晚到底来不来。不来倒好说,省得揪心似的等。明天来也可以,后天来也可以,你给我个准确的时间不就是了?

她不,她从来不。每当她离开这儿时,只要我醒来,总是抓住她的胳膊问,告诉我,什么时候过来?她总是诡秘地一笑,然后倏忽而去。

这真让人伤透了脑筋。我们几乎一次也没有相约。然后,再多的怨恨,总是在她到来后便一闪而去,她一走,那怨恨、那空旷、那孤独便袭上来。仿佛是一群魔鬼,见到天使后便无影无踪,天使离去,它们便又从各个角落里张牙舞爪地冲杀过来,吞噬着我。

榕说我的眼睛变得贼亮——比刀子还亮。榕告诉我,她最喜欢听我骂人,骂得气派,骂得深刻。逢这时,我就想起阿震,阿震的骂那才叫入木三分呢。而我，则是拾其牙慧罢了。

"我真想给你生个儿子。真的，我实在是太想了。生个和你一个熊样子的。"

她无数次地表露过这种心迹，可每次的安全措施又非常细致。我说："咦，这是干什么？"

榕便透出一副可怜兮兮的样子来，像被人抓住了把柄，"让我想两天，两天，行吧？"

榕很迷信。这让我大惑不解，想不到她从哪儿来的这般多的怪念头。榕告诉我，我们在以前是兄妹俩，我曾每天背她过河，那是一条浅浅的小河，河水很清。而她，则是个得过小儿麻痹症的姑娘，离开我，她就没法走路，就到不了河的那一边。小姑娘读书很用功，而我，却没有上学的机会。背她到学校后，我还要下地干活，云云。所以，到了这辈子，只让我好好读书，而她，则长了一双秀美的腿，但书是不想读了，只是喜欢读书的人。

这有点像小说，像童话。只是宗教味太浓，轮回的说法。这种说法肯定是从她奶奶或爷爷那儿听来的。

她的爷爷奶奶是干什么的？她的爸爸又是在矿上干什么的？我几乎一无所知。远搬、掘进、采煤这三个工种的工人，几乎全是从农村招工上来的，和机电、机关、车队、机厂什么的不一样。技术性工种，全是父母在矿的孩子干。而我，又不大认识这些矿工的后代们。即便是认识，你又能问吗？

问榕，榕说，你干嘛要知道这些？你知道你家里的事就够了，还管这么多。

榕还噘起小嘴。

每次回家，都是小表弟在等着我。

"吃饭没有？"老婆总是这样问。尽管她知道我没有吃，而且骑了二十里路的自行车,她也仍然忙着做饭。但却总要这样问,仿佛是一道程序。

小表弟则接过我的书包,寻找里边的新书。他有些瘦,有些黑,一看就是太阳对他格外的照顾。

"彻底解脱了。"他告诉我,那个卖菜的小女孩终于从他心里消失了。他现在正在谈的这个,比"那一个"要好。

我仔细看了看他的脸,不想否认这种似乎是真诚的话题。小表弟的目光倒还坦然,这就够了。

他每星期为我免费送一次菜,那些菜又鲜又嫩,一看就是田园内行调理出来的。他在种菜方面,已成了远远有点小名气的高手,对庄稼、土壤也了解许多。去年,鲁西南遭到了罕见的干旱,白菜大面积腐烂于刚刚抱团之时,独小表弟的菜园依然满目青翠,生机勃勃。水没比别人多浇一遍,但收获却高于其他菜农的几倍,而且不烂。今年他再种菜,育苗、栽培、施肥、打药,全在人们远远的监视下进行。他的一举一动,连同药瓶子上的商标都被人抄了名字去。这使他既得意又傲慢,他一边背着喷壶给菜打药,一边仰天吟道:

"先生不知——何许人也,亦——不详姓氏。门前有五株柳,自以为——号焉。喜——读书,而——不求甚解,每有——会意,便——欣然忘食……"

那声音在菜园子的上空萦绕,使不少人觉得这小子有点"魔道"。

只是他不会喝酒,这未免太煞风景。他常常在我这儿下决心说,我试着喝醉一回,行吧!

"行!"我抿一口酒,很豪气地说:"喝,现在喝死,还不坑媳妇呢。"

他看着酒,仿佛工兵看地雷,下决心凑过头去,一闻便又退回来。

"你说,当初陶渊明喝的是不是醋呢。"他哭丧着脸说。

我说没准是,你回去先喝着试试看吧!

他找出醋瓶子还真喝了一大口，那脸，比喝酒还难看。

我和老婆都禁不住哈哈大笑。

吃着新鲜的蔬菜，喝着小酒，身边有老婆、有孩子，还有朋友，甚至还可以说是崇拜者，瞧这日子过的。

而感觉上，却隐隐觉得这一切不该来得如此快，世界，也不该这样"美妙"。肯定有个阴影在逼近。是什么，我说不清楚。

小表弟有个愿望，就是让我在他的菜园子里住上两个晚上，感受感受田园生活。有几次我都要答应，可一看老婆那幽幽的目光，就再也下不了决心。

"嫂，我借一晚你的男人行不行？"

"不行！"

在这事上，老婆很干脆。

"你这男人有什么好？喝酒，吃大蒜，对了，上次在我菜园子里还吃过一棵葱。借一晚就还给你，还不行？"

"不行！"

"唉，"小表弟仰天长叹，"要是有人这样爱我就好了。"

我夹了菜，问他："你谈的这个不是挺好吗？"

"挺好当然挺好，就是太封建。上次我搂搂她的肩膀，她就哭着要跳井。幸亏就我们两个，又是在菜园里。要在她家，她爹不用棍子把我追出来才怪。"

"在菜园里就下手啦？你不怕把陶渊明给气死？"

"嘿嘿。"他红着脸笑了，笑容显露出他的本色。

"你太富有同情心了。这样下去，你不仅搞不成女人，反而会让女人把你给搞傻了。"

老婆的瞳仁一下放大了数倍。

坏！

我忙低头端杯,想装醉胡说八道。

小表弟张了两张嘴,看样是想请教我怎样搞女人呢,一看这架势,把话支支吾吾地挪开,连脸也转向一边。

"别喝了,吃饭吧!"

老婆说,起身去盛饭。敢阻拦我喝酒,而且当着"客人"的面,她这还是第一次。

我已忘记那天吃的是面条还是馒头了。

钻进被窝时我战战兢兢。我真怕她手里拿着把刀子或握着根针。眼前,又浮现出那张闪着太阳光芒的铁锹。

一夜无战事。一宿无话。

她明显地冷淡了,连应有的亲热,或者说是假亲热也没有。

"说,你是怎样'搞女人'又被'女人搞'的?"

我一直在等待着这句话。像放炮员吹完了第二遍哨子,胆小的捂住了耳朵,胆大的也缩下脖子一样,只等那"轰轰"的声音。可放炮员摁了几下电钮,炮,就是没响。

在井下工作的都知道,这是撞卜哑炮了。撞上就撞了,每十分之一秒都有炸响的可能,也有永远不再响的说法。

能永远不响吗?况且,炸药雷管都没起潮。

第二天早晨,依然是滚水冲鸡蛋。这在我们村里,非要有"孙子媳妇"的人,而且儿孙都孝顺,才能享受到这待遇和"殊荣"。而我,自从和她结婚后,只要在家,就享受得到。

"谁让你在井下干呢?井下多累呀,喝吧,喝吧!"

刚结婚那阵,她总是这样劝我,好像我不喝就对不起她似的。

滚水冲鸡蛋,放糖、香油。香气袅袅,并一直端到床前。

"起吧!"(太阳都晒屁股了)她说。

不好,鬼子进庄了!真进庄了。

我边慢慢穿衣服,边慢慢考虑对策。

怀疑在明显地加深，问号在不断地扩大。连续两个星期的四个晚上，她都消失了应有的热情，连做那种事时，她也成了一个旁观者，嘴角多次露出嘲讽的笑容。

又是去年，应禾子的邀请，我和阿震去北京转悠了半个月，依阿震的话说是，瞧瞧沙龙的家伙们在读什么书。半月后回来，除书包里背了些新书外，一件衣服也没给老婆孩子买。忘了，还真忘了。但老婆却没大在意，虽然见了一大包书以为是什么礼物呢，却是书。但在她脸上，却没露出失望的神情。她在忙着做菜，做饭。

喝着酒我想起了她，儿子告诉我："咱妈妈洗澡去了。"

我哈哈笑着在儿子的屁股上打了几下，心里很是懊悔，觉得没一件礼物，还真对不住老婆和孩子。

我们村的人是不大洗澡的。自从来了煤矿，大家才明白了洗澡的妙处。到矿上去，来回也就十几分钟的样子——需要说明的是，我工作的矿离家要远得多。老婆去矿，是小表弟卖菜的矿，一个年产三百多万吨的矿。而我工作的矿，离阿震家近。

傍晚她才从矿上回来，我看看表，她这澡洗了近两个小时。

夜里她才告诉我，澡堂的淋浴凉，许多人都不敢洗，脱了衣服在那儿等热水。她，就她一个，勇敢地洗了半个小时。本来，她还想等水热了后再冲一冲呢，却一直没再来热水。那些人，都穿上衣服回去了。

我想，一群不穿衣服的女人齐齐地看另一个不穿衣服的女人洗澡，场面一定很刺激。没等我胡思乱想出个头绪呢，她却连打几个喷嚏。我这才记起，从她进家后，她就没断了这喷嚏。

下半夜，她发烧烧得全身火烫，糊里糊涂地叫唤着不凉，不凉。我被感动得几次想去喊大夫。

第二天一早，公鸡在墙头上叫了几声，她的烧竟奇迹般地退了。她又早早地起来，点火、做饭、喂鸡、喂猪，其间还将院子又清扫了一遍。

等我起床时，已经满院霞光，地上一根草棒也见不着了。

"太阳从西边出来了吗？"

"嗯？"我没明白过来。

"你起这么早，太阳不从西边出是从哪儿出？"

"就你会说。"我假装生了气。当她带着失责的神情，将冲鸡蛋端到院子来时，我立时不安了。

世界上能有好男人？我他妈不信。

而现在呢？星期天的早晨和星期一的黎明时分，冲鸡蛋是少不了的，只是没了那张看着我喝得呼呼噜噜而神情满足的面容。冲鸡蛋也变得没滋没味起来。

这还是她吗？还是那个笑眯眯一脸满足神情的她吗？

夜里，她叹息的次数越来越多，那气，仿佛是在胸中憋了许多年，终于给舒出来了，从而获得了全身心的轻松，但叹息的次数越来越多，就不能让人觉得轻松了。每逢我厚着脸皮向她表示一点亲热时，她总把这口气凑上几次缓缓地舒出。

一切已无需解释。女人的心最敏感，假装出来的殷勤和热情，你可以骗骗离休的老头，而绝对欺骗不了女人。

"小表弟让你去睡，你就去吧！"

她终于吞吞吐吐地说出来一种观点。

一口长气从我的胸中缓缓舒出，身上也仿佛轻松了许多。闭着眼睛，我也能想象得到这气的形体。气，可吞吐山河，那是伟大人物所抒出来的豪气，而我呼出来的，又是什么气呢？

把手放在她瘦弱的肩上，轻轻揉着。这肩，较以前更加窄小。我慢慢搬过她的脸来，不禁晴空霹雳一般，那上面，大滴大滴的泪珠正簌簌下落。

内疚和不安一下涌上来。

"你，还要我吗？"

她问。

我一怔，边帮她擦泪边轻松地说："傻瓜。怎么能不要你呢？全世界就挑上你一个，不要你要谁？"

"真的？"

"当然真的。"

"嘿嘿。"她突然笑了，脖子往上挺了两挺，泪却落得更欢。

我当时便呆住了。

"骗人。对……，你骗人……骗人……你在骗人，……你……骗子，对，对，你是骗子——"

她呆呆地看着天花板，喃喃地说着，猛一挺脖子，歇斯底里地喊出最后一句。

然后她松下脖子，眼睛还是簌簌落泪，还是一动不动地盯着天花板，嘴里慢慢念叨："骗子……骗子，对……对，你是骗子……骗……骗……"

她的目光变得直勾勾的。坏，入魔了。我忙推她。轻推，她仿佛一无所知，重推，她的全身一起动一下。

她挺了。全身的筋都用上了劲。我猛记起中了邪的人，只要掐她的人中就好。于是，我忙去掐她的人中，刚把大拇指放在她嘴上面，她却哈哈大笑起来。

我忙抽回手，不知如何应付——

"你——你是骗子……哈哈哈哈。"

寂静的夜里，猛然这么一声，屋外扑扑响，鸟被惊飞了。恐怖如一张巨大的网铺天而来。

她一骨碌坐起来，直直地看着我，我被她看得简直要跳起来跑了，她却嘻嘻地笑起来。

"说，你是骗子！"

她用手一指我的鼻子。

我抓住她的手，忙说："我是骗子，中国最大的骗子，比林彪还林彪的骗子，行了吧？"

她不笑了，腰似乎也软了下去，但眼睛却还是坦荡地，甚至极放肆地看着我。

"睡觉吧，啊，明天我还要上班呢。"说着，我用手拽她。这次，她慢慢歪倒。

坏，又说错了。明天应是星期天。我倒吸了一口凉气。

她这股邪劲是从哪儿来的呢？以前，她可是从来没犯过这病。她妈，她爸，她爷爷奶奶，都没有过神经病史的呐。

"那天夜里，我……去找你了。"

我的头像被电击了一下，耳朵里也轰轰乱响，如一万只苍蝇在叫。

刚才的话，是她说的吗？

我一阵惶惑。"找我？什么时候？在哪儿？"

我竭力保持镇静。

"我没闹。"她说，显得很平静。

"我……没闹，也没……告诉别人。……我……我真想死。"

她大哭起来，气也断断续续，她用牙咬住被子，像头号叫的牛，全身在抖。

我抓住她的手，一松也不敢松。窗外哗哗啦啦，不是鸟在飞，而是起风了。树叶在呼喊。

她是在星期四去的。以前，我从没领她到矿上去过——我工作的矿。她是打听着找去的，带着一块咸菜和两个干馒头。

那时，天已经黑了，她在我的办公楼下的暗影里蹲了小半夜，又悄悄尾随我回到宿舍。只有那一晚，榕没用我等大会儿，便推门进去了。不，开门进去了。虽然榕穿着球鞋和工作服，但她却一眼就认出是个女的。

她在楼下的黑影里蹲着,见状便昏倒在地。是一轮浑圆的月亮和习习的夜风把她摇醒的。

她坐起来,继续蹲在那儿瑟瑟发抖。快天明时,一盆冷水从上面浇下来,全倒在她身上。——肯定是上早班的掘进工所为。平时,他们就从后窗户往外倒水。

她几乎是被水激在了那儿,好一阵才爬起来。她一声没吭,也没挪动一下地方。她盯着我的宿舍门,等榕从那儿出来后,她才缓缓地拖着沉重的双腿,顶着一身污水往家走。走到白马河边上,她才想起了自行车。

在河边,她掬起一捧水洗了洗脸,然后又慢慢走回来,找到自行车,慢慢推着往家走。天轮在她后边转着,吱吱的叫声吞噬着她的心。

她没有声张,没有当场冲上去闹个天翻地覆,让人全知道这个"不要脸的男人",怕的是会影响我的"前途"。她没敢见面就和我闹,怕被左邻右舍知道,怕"离婚"。

"当官的人……都这样吗?"

我的脸上立时热乎乎的,想必是一脸苦笑。她一直认为我当"官"了。在她看来,不下地干活,不下井挖煤,蹲在一个楼上的房子里写写画画,就是当官,或者说是迟早要当"官"。

已经无需语言的安慰。我竭力想象她蹲在河边掬起一捧水洗脸的情景,那是需要多么大的忍耐力才能做得到呀?我再设想我自己,如果我发现她和另外一个男人在一起,我会回过头来洗洗脸吗?

我觉得我进入了一个莫名其妙的境地,社会的不合理为什么是如此具体地体现在人身上呢?人身上为什么带上了那么多社会、道德的东西呢?

没有选择的余地。失去榕,我无异于自残;而失去老婆,又无疑失去道德,失去在世上生存的资格。但她们对我来说,又是多么的重要啊。如果没发生这一切,像《麦田守望者》中所说、所幻想的:人,

249

永远是孩子该有多好？孩子可以随心所欲，无所谓责任、道德、追求，无所谓名利。而我们成长为大人，成为一个稍有理智的人后，干嘛就要受到如此多的限制呢？

凑中午休息时，我骑车来到白马河。白马河的水在昏黄之中泛着清澼的波光，掬一捧在手，水很清。为什么看上去却是如此浑浊呢？

坐在河边上，看着它们缓缓流动，我燃起一支烟。

我感到，有个人正迟迟疑疑地向这边走来，回过头见到一个黑色的影子。再抬头，是个满脸皱纹、神情憔悴的老太太。

老太太木然站在那儿，挎着个乌黑的竹篮，要再拿根棍子，简直就是祥林嫂了。

"……他大哥，是你呀！"

老妇人迟迟疑疑地说，没看到她的嘴动，却听到她发出的声音。

我的头一阵麻酥酥的感觉，这，不是阿震的母亲吗？不到半年，她竟苍老到如此地步。我忙扔掉烟头站起身。

"小震……就是从这儿下去的。"老人看着河水，痴痴地念叨。声音很轻，既像说给我，又像自语。

接过老人挎的篮子，里边是一叠草纸，上面被梭子砸过，显得千疮百洞。这些洞都是代表"孔方兄"的，阿震一生没挣过钱，没想，死了以后还有花的。

"连个坟，他们也不给孩子立。……他们……不让我知道他……埋在哪里……今儿个，是俺震的生日。"

我的心被揪疼了。

老人的手颤抖着，划不着火柴，我用火机点燃那堆纸。

火苗大了，在河沙滩发出嗞嗞的声响，有风轻轻吹来，将燃过的灰片刮到河里。浑黄的河水中，流着一块块黑色的灰片，不远处有个旋涡，那点点灰片打着旋儿就钻了进去。

老人哭哑了嗓子。纸烧光了，灰被风送到河里，进了旋涡，地上只留下一小片烟熏的记忆。

　　望着这宽宽的河面，我突然萌生出一个从未有过的念头，莫非，人死后真的有魂灵？这魂灵还主宰着没有灵魂的芸芸众生？我没有参加阿震的葬礼，但却神差鬼使般地来参加了他生日的祭奠；又想，她在这儿掬水洗脸时，全身无力，稍有不慎便会落进河里，是一种什么样的力量使她在忍受了这巨大的打击后还能走回去？

　　阿震，谢谢你。

　　下午，要发生的事终于简单而又具体地发生了。

　　主任笑眯眯地拿着把尚带着塑料薄膜的折叠伞进来，放在我的办公桌后，便坐在我对面的椅子上。我当时就心下一沉，几天来的预感就是这样。

　　"你这段时间工作不错。"主任说，笑眯眯地，"不少人夸你的文笔好，是很有前途的嘛！不过呢？你知道，职代会也开过了，估计也没什么材料写了，当初给你们运搬工区说，就是抽你上来写材料的。我们商量过，是很想让你留下来的。你办事也稳重，又爱学习，真不想让你走呐。不过，现在上面一个劲儿地让精简机构，恐怕在册的机关工作人员也要下到基层去一些，强化班组工作是大势所趋啊！你……"

　　"主任，谢谢你。您不用说了，我明白您的意思了。这事也不是您一人说了算的。在这儿我得到您的不少帮助，对我来说，是个大的提高。您爱护我的心情我很理解，我给工会帮忙也不是一次了，我不会有什么想法的。"

　　"那就好，那就好。你还是很有前途的，你们区里对你的看法也不错，我已经给你们的区长打了招呼，要多给你的学习提供方便。"

　　"谢谢您，主任，您的心意我领了。哎，对了，每次给工会帮忙，走的时候都给我点纪念品，上次是个被单，这次，是折叠伞吧？那，我也就不客气了。"

主任说:"好,那好,我还就喜欢你这直来直去的劲儿。这样吧!晚上……晚上由工会出面,算是慰劳慰劳你,送送行。"

"谢谢主任。酒,就别喝了吧?我是个工人,工会就是我的家。在家里干点活是应该的,讲这么多客套,反倒显得见外了。况且,在这儿上这半年的班,工资奖金一分没少我的,我自己已经很满足了。谢谢,真的谢谢。"

回宿舍后,刚燃起一支烟,门就开了。榕穿着一件白色的连衣裙冲了进来,屋内立时亮堂了。

"哈!重返家园了是不是?"她挺兴奋,接着一甩袖子。在屋里转了半圈,裙子唰唰响过,她又是一挥手,"太棒了。我早就看出你小子不是蹲办公室的料,怎么样,咱眼光不错吧?"

我说当然。

她坐过来,捧着我的脸。她的手温暖而灵巧,一下捏住我的鼻子,"让我看看,我这伙计倒了霉哭不哭。"

我说哭过了。

"嗯,差不多,眼圈都红了。"

我把烟蒂扔出窗外。

她的唇丰满而有弹性,且滚烫。她的眼睛扑扑闪闪地亮着,仿佛在黑沉沉的天空划着一道又一道的闪电,那里边,清晰地印着我的头像。

她的裙子是乔其纱做的,滑溜而有光泽。我脖子上一阵热,恍惚中,一张老妇人的脸突地闪进脑海,我折身坐起来。"你,怎么啦?"她问,也愣了。

我怔怔神,老妇人的图像消失了。

"没什么。"

"吓我一跳。你个坏蛋!"

她今天怎么敢穿裙子到这个楼上来呢?这是运搬、巷修、通风工区的集体宿舍,很少见到有裙子在这个楼上飘的。她这样大白天银光灿灿地破门而入,没准就有不少眼睛在后边跟着。

"还在想什么?想你那破办公室?狗屁!你就好好干你的运搬吧!以后他们再让你去帮什么忙,你也不再去了。实实在在干活,多好?也不用担惊受怕了。我也不用偷偷摸摸地到你这儿来了。咱来明的,让他们都知道,怕什么?"

来明的?你说得倒轻巧。我拼命读书,在一篇屁广播稿上也绞尽脑汁地修改,就为"来明的"?给谁来明的?该明的早就明了,不该明的想明,那是跳坑。

她看了我一会,起身整理了一下头发,又凑过来说:"好好上班,注意安全。别忘了保险棍、劳保绳、三环插销罐笼档。"

这是我那烟台口音的区长在班前会上的一段。班前会,只要让他参加,这一段是准少不了的,好像我只给她表演过一次,并不惟妙惟肖,但经她嘴里说出,简直和区长说的一样。

莫非榕是烟台人?口音怎么和济南的差不多?

榕在门口又回过头来,"别忘了下午洗澡。"

说完,开门而去。

天黑不大一会儿,榕就开门进来了。那时,我迷迷糊糊,看到一轮巨大的落日金光灿灿地落进小表弟的菜园,妻子正在点播玉米,见该奇观忙向菜园跑去,边跑还边告诉别人,快去快去,马上就分太阳了。还没等她跑到菜园,太阳里就站起来一个金碧辉煌的巨人。巨人伸出巨大的手掌说,不要往前,你们都不要靠前。巨人的面孔让人好不熟悉,啊,这不是阿震吗?

"老鲁,你个狗日的杂种,快点,滚到你该滚的地方。你这个流氓,你也想在太阳里展示自己吗?滚,快滚!"

声音如钟,声音如雷。声音如网,铺满苍穹。

我被惊醒后,才看到榕正凝神望着我。

"做噩梦了?"她问,极关切的样子。我点点头。她帮我擦额头的汗,我抓住她的手,感到自己一点力气也没有了。

我又简单地重想了一遍这个梦,想找弗洛伊德,又一想这梦不怪,但距"愿望的达成"尚有距离。是不是用"圆梦"的方法,更能说清点道理呢?

但愿今夜再碰上阿震,我也变成个巨人,和他对对话。在没变成巨人之前,最好先看几幅半人半马、半人半驴的西方"神画",那样,梦里的一切就会无所畏起来。

她从身后拿过个包。嚯,一瓶白酒,好!又拿,嘿嘿,是牛肉。亲爱的牛肉啊!花生米呢?

她的脸立时懊丧起来,噘着小嘴说,忘了,我真笨。

"很好,很好,这就很好。这就说明你是很懂酒家的。"

"去你的!坏种。"

她还红了脸。

酒,不像是假的,倒在茶杯里还冒酒花,是酱香型的。牛肉就放在纸上,纸上写着,某某煤矿工会信笺。

"来,哥们儿,给你压压惊。我代表工人阶级欢迎你又回到劳动者的队伍,干!"她低头看看杯子,立时胆怯了,"干!干一半。"

"谢谢。"我也举起杯,"反正和一个违犯宪法的家伙喝酒也不是第一次了,管他呢!"

我记起某年某月有位不知从哪儿跑出来的老头,在电视台上就号叫起来,口口声声要代表八亿农民如何如何。后来才知道,他连县人大代表也不是,只是出于义愤,出于对某些"学生娃子"恨铁不成钢才冲上台的。现在,她又代表起工人阶级来了。你代表谁呀,臭丫头片子!

好在酒味浓郁,好在牛肉甚香,好在我笑嘻嘻地从抽屉里又翻出半袋花生米,更好在她只代表了一句就再没代表下去。没法再好了,"喝"!

榕喝多了,目光直直地盯着我,像我是她的杀父仇人。

"王八蛋!你是王八蛋!"

她说。

"我是王八蛋。"

"不,你是个讨人喜欢的王八蛋!"

她还更正说。

还有完没完?你才是王八蛋呢。

我想骂,但又忍住了。一副老实模样地喝酒。瓶子里的酒已经倒光了,杯子里的这点,还是趁她不注意时,从她杯里倒来的。

她摇摇晃晃地站起来。我以为她要去厕所呢,却没想她走到我后边,爬在我背上,又把我的两手抓住。

我的肩膀在她的下巴那儿,她先是用牙在那儿轻轻磨,磨着磨着,我发现脖子上滴上两样热乎乎的东西。哭了?我刚要回头看,肩膀便被她狠狠地咬了一口,疼得我差点叫出来。

我忙抓住她的手站起来,转身一看,她的嘴还在那儿张着,我一下蹦出去。

"让我咬,让我咬么。"

她说,可怜兮兮的样子,目光幽怨而动人,里边闪着泪花。看样子她还要往前凑,而且张着嘴。我伸手抓过"黄山旅游"递过去,她也张着嘴去咬。

啊,这他妈的算什么事?我忙把棍子往后抽,谁料,她一伸手就把棍子夺了过去,还没等我转过身往外跳呢,屁股就被她重重打了一棍。

这他妈的不是要酒疯吗?要是男的,我早就一个步子上去往她脸上开一拳了,可她是榕。我怎么能打榕呢?

棍垂着,她的头也垂着,像上绞架之前准备忏悔。

"过来,你过来,让我再揍一下,好么?"

这个么字的音,她拉得很长,好像在请求我为她帮忙。她的眼睛里,闪着楚楚的幽怨,目光里真是呈现出了渴求的热望,是小绵羊碰到大灰狼而向人求救的神色。

肩疼。我怀疑是出血了。屁股也疼,我想摸摸肿了没有,但又怕她趁虚冲上来又是一棍。

我们对峙着,像黄老邪和洪七公在印证武功之前,任何的麻痹大意都不敢有。

等醒了酒我再收拾你。我愤愤地想。

她却把棍子扔掉了。不是扔,而是棍子从她手里滑落,掉在地上发出叭哒的声音。

她慢慢走过来,一下抱住我。

"疼吗?"她问,仰起脸很天真的样子。

能不疼吗?我哼了一声。算是回答。

她又到了我身后,并从后边解下我褂子上的两个扣子,然后搬过肩头便叫了一声:"哟,快出血了。再使一点劲儿就出血了。"

她说,我被她弄得哭笑不得。

"对不起对不起。"她说,"你这人骨头倒不软,怎么肉这么不经咬?"

我使劲甩开她。

她狠狠地拧了我一下。

没想到运搬队的哥儿们对我如此好。我到区队报到时,他们就一阵欢呼。在负二百七下山的底板路上,有一部防爆电话,不少伙计打电话找"鲁哥"。

"鲁哥,我迟到了,区长让我写检查,帮帮忙吧!"

"鲁哥,下了班到'南北味'去,我……想和您说个事。"

……

我知道买卖又来了。我的这帮哥儿们,全是我的领导。他们时不时安排我给他们写个检查,写个决心书什么的。万一有想谈对象的小子,那要请上一场酒,临散场再给我塞上两包"大鸡212"的香烟,才能在三天后拿到情书。

我的屋子对他们是个禁区。多年形成的习惯,有事在上班的时候谈。下班去我宿舍?绝对不行。

他们不读书,但了解读书人的坏毛病。大家乐得两自在。

榕的胆子够大的,她已经敢在白天来了。她说好马不吃回头草,这个矿上的机关,八抬轿你也不许再去。我们就这样明来明往,谁爱说什么就说什么去。

关系一明朗,人也明朗了。榕既不是烟台人也不是济南人,而是曲阜人。家离矿只有五十里路。她也不是什么"白丁",而是常默默读书、默默想心事的女孩。更糟的是,她爹就是这矿上某科的科长,而且是矿长候选人。

连区长也不敢过问我和榕的事。榕的爸爸在"派",这一派而且直通煤炭部。榕的爸爸有笔账一直查不清楚,纪委专派工作组去查,查一次一次没事,大家都有点怕他。

榕既然敢在大白天来,运搬队的哥儿们就只有羡慕的份了。他们说,鲁哥,还是读书好啊,读书知道得多,女孩子就喜欢知道得多的人。

"那你们读书呀!"

"读什么书?"

"请我喝一顿,我去给你买。"

说完我又后悔,我要离开矿去县城书店,榕找不到我,该多失望呢?况且,她还带些吃的来呢。

"我给你们开个书单。"

小表弟悄悄来矿上了。那是一个中午,我正在读毛姆的《刀锋》。矿工报社的华子对我说,《刀锋》的主人公有原型,原型就是旷世杰出的哲学家,德国钢铁大王的儿子——维特根斯坦。但这位巨额财富的继承人,却不要一分钱,临死也是在贫困中死去。他的名言是:考虑哲学问题,半天就够了。拿出一天的时间来研究哲学,不是白痴就是混蛋!

华子说此话时,眼睛贼亮,目光斜斜的。显然,他已经崇拜上了这位德国人。

我正边读边揣摩一个哲学家的思想轨迹,读了三天也没读出个子丑寅卯,小表弟来敲门了。

他是到一个亲戚家去,路过这儿,随便打听着找到我。我给他倒水喝,刚拿起暖瓶,榕就进来了。

"是你呀!"

小表弟说。榕一愣,笑了,他们是同学。

送走小表弟后,我躺在床上,倚在被子上抽烟,拍着榕的肩膀。榕告诉我,她在上高中时,就从小表弟那儿看到我的诗。那时候,她就挺喜欢。后来,在矿上见到我的时候,她想,这个不言不语的家伙,肯定是那个写诗的了。

我的诗?我暗暗吃了一惊,我什么时候写过诗?

"那些诗,不好,对吧!"我问。

我想,妈的,那诗,不是阿震写给我玩的、让小表弟抄去的吗?

"我看不懂。但我觉得很了不起。"

"你是喜欢我还是喜欢诗?喜欢诗我给你订《诗刊》,那上面,艾青、臧克家什么的,都有,保你高尚起来。"

"去你的,闲着没事骂老头子,算什么本事?"

"不骂他们又干什么呢?闲着也是闲着。"

"闲着帮你表弟卖菜去呀!"

一种不祥之兆袭来,小表弟是不是受"人"之托而来?

"喂,有件事我想告诉你。咱俩的事,我老婆知道了。"

"真的?"

她眼睛一亮,一骨碌爬起来,"你没跟她商量商量,什么时候让我过门?"

"别闹。真的。"

她又躺下,笑了。

"你笑什么?"

"爱笑,你管得着吗?"

"幸亏管不着。"

"管不着好啊!"她长出一口气,"阿鲁,我也告诉你吧!我……快结婚了。"

"和谁?"

"小于。"

"什么小鱼?还大虾呢。别骗你大爷了。"

"真的。小车班的于洪哲。你不认识。朝鲜族的呢。"

我的眼前立时出现一位挺帅、挺神气、挺爱静静地笑的小伙子。小伙子眼睛不大,但很有神,什么衣服穿在他身上,都显得利利索索。

于洪哲的确是一个讨人喜欢的小伙子,矿上的老头子们喜欢坐他的车,年轻一点的也愿和他套近乎。我在上一次被借用时就听说,老矿长想把二闺女说给他,调度室的一位副主任做媒。老矿长的二闺女,那可是个极水灵的少女,像一朵云一样,每天都在矿区的上空飘来飘去,时常耀花人们的眼睛。据说,她也很钟情于洪哲。只是于洪哲对她不冷不淡的,看不出多少喜欢她的迹象。

我一下泄了气。和这样的小伙子竞争，除非我重新托生一次，从一年级就逃离四人帮的统治，到牛津、到哈佛去生活，然后再说着北京话归来。

我这才冷静地意识到，这一切有些让人迷乱。不比，还显不出来，一比，就见优劣了。那姓于的小子，无论其内部如何，仅从外表上看，如生在魏晋时期，也够人们用"轩轩如朝霞举""濯濯如春月柳"了，不开汽车，也显得"飘若游云，矫若惊龙"。而我呢？一个乡下佬，穿西服不会打领带，穿皮鞋懒得上油，要个子没个子，要力气没力气，和一伙运搬工在一块吹牛还可以，论写小说在全国排到八百万位以后也只能算个站座。见了人不知是该笑，还是该说话，又有何能力和一个人人夸好、人人称赞的人竞争呢。

我把牙咬得咯蹦咯蹦响。

"真……真的吗？"

我问。声音变了调，竟像另一个人说的。

"嗯。"

"你……爱他？"

"……说不上。反正，我有时挺喜欢他，远远地喜欢他。"

远远地喜欢他？这他妈叫什么感觉。

"那……我呢？"

"你……你说呢？"

"我……我……！我是王八蛋！王——八——蛋！你知道吗？"

我变得恶狠狠。

"别这样。"她伸手抓我，"真的，你这样我也不好受。"

"你让我怎么样？……嗯？你说，你说你让我干什么吧！我都干。妈的，大不了是个死。"

她怔怔地看着我，我再看她，她叹了口气低下头。

我的全身发抖了，冷。

"你……还听我说话吗？"

"听！"

我狠狠地说了声，坐起来点燃一支烟，狠命地抽。

榕也坐起来，静静地看了我一会儿，伸手将我嘴里的烟拿过去，笨拙地吸两口，眼睛眨眯眨眯，咳了两声。

我回身又点起一支，把它吸得滋滋响。红红的眼圈像听到集合哨子的士兵一样，迅速地跑来。

"我……坐过一次他的车。他……他说认识我。于是……后来……他常去找我。"

"多久了？"

"一年多了！"

"什么？一年多了？"

"嗯。"她肯定地点点头。

我想，那时候她还不认识我。

"那……你干嘛还和我……好？"

"我怎么知道？"

她不满地瞪我一眼，又低下头去。

这他妈的是怎么弄的？怎么会是这样？这一切是怎么弄成这种局面的？

我狠命抽烟。不理她。我把脸转向窗外，看井架上的破探照灯。那灯，在远处看很亮，走近了当然更亮，亮得都可以听见钨丝滋滋的燃烧声。

"吁——"

一声细微的、倒吸一口凉气的声音。我慌忙转过脸，见她正背过身去低着头。

她一抬手，扔出一截烟头。

她转过脸来，像身陷囹圄似的发出求救的目光。她脸上一层汗津津的东西，细看是细小的汗珠。一股很熟悉的味道冲来。

我过去抓过她的手，她没有反抗，目光更加幽怨。

我伸手撩开裙子，在腿的根部，一个黑点，上面还留着烟灰。这伤疤一下变大，变得触目惊心。

"你干什么？"我问，一把抓住她的头发，把她的脸给揪得对着天花板。

"打……打吧！"

她说，泪顺着眼角溢出来。她闭上眼，眉毛往下一塌，如两片橄榄叶。

我松开手，她伏在我身上，哭了。

看着雪白的灯光下雪白的墙壁，我的脑袋一片空白。

她在使劲用头顶着我的胸脯，泪已经把我的褂子浸湿。我托着她，轻轻放好她，站起身去拿毛巾，腰未伸直，便一阵晕眩。我一下又歪在床上，眼前闪耀起无数的金星。我停了停，才走两步拽过毛巾，递给她。

"好受多了。"

她长出一口气说。

我不看她。只是把脸向窗外看着，窗外恍恍惚惚，看不清任何东西。

她伸过手来，我回过头，慢慢躺下。

"别恨我。"她慢慢地说，"我，不能再到你这儿来了。我们的事……小于知道了。今天，他……跟我谈了好久。下午，我……连班也没上。小于咬破了手指……我陪他打了破伤风针。……或许，他是真心的。他说了……他不再过问我们……以前的事。我们……准备下个月结婚。……我爸，同意。"

我想，我在竭力地笑，不知是苦笑还是什么笑。

"别这样……你这样子，我就没法跟你说话了。"

我点着烟,她趴在我胸脯上,手挽着我的脖子,连呼吸都明显起来。

"你知道……我喜欢你……可我……也有点喜欢他。……你……不会干一辈子运搬的,真的……我……我以后会记住你的。我烧这个疤,就是烫给你的。我……我不知道该说什么。"

"我明白了。"我说,我拉过被子,我们和衣躺着。

"睡吧!你今天太累了。"

"别怨我,好吗?"

她抬起头来问。

我点点头,又长出一口气。榕,我怎么能怨你呢?你有什么可怨的?

"答应我,别糟蹋自己,行吗?"

"当然。"我说,并拍拍她的肩膀。

她满意地笑了,折身吻了我一下,又扳着我的脸看了看,那呼吸直接迎面扑来。"我会永远记住你的,你信吗?"

我说我信。

她笑了,揽住我的脖子渐渐入睡。看着她红润的面容,微耸的额头,轻翕的鼻翼,我突然产生了一个念头——

杀了她!

杀了她,然后自杀。就这样,一动不动地死去。

"在一个晚上,我把'美'放在膝盖上,她使我感到了痛苦,衬托出了我的丑陋,于是,我便凌辱了她。"

我记起兰波这段话。

榕已静静地睡去,眼角尚留有泪痕。她太累了,这一天对她来讲,所意味的东西不是太多了吗?

我悄悄起身,给她盖好被子,又悄悄关上门。

夜风迎面袭来，使我身上顿感寒意。我点着一支烟抽着，慢慢溜达。

竟来到了白马河滩。

河水蒙蒙南去，东方，天空依然昏暗。看着天上已经有些乏意的星星，我坐下来。

阿震，我找你来了。我，心里闷，想和你谈谈。

河水缓缓流着，那个吞掉纸灰的旋涡不时发出喔喔的水声。阿震，这是你在说话吗？

小河无语。烟头红红一闪，在淡漠的夜色中划一道暗红的线，滋溜一声进了河里。

我起身做了几个深呼吸的动作，然后脱掉衣服，跳入河里。

全身像被开水烫了一下，接着，便是一股透心的冰凉。双手向上游划着。牙在不住地打战。我憋足劲地手足并用，游了一阵，又顺水而漂，然后又奋力向上划。上游，兖州城的灯光已在河上若隐若现了。

不知游了多长时间，嗓子里像有一团盐水，四肢也无力起来，脑袋里却异常清醒。

爬到岸上才知道，我，还是在原来的地方。

回到宿舍时，天已蒙蒙亮。榕还在睡着。

我刚要划火柴抽烟，她却一骨碌爬起来，"几点了？"

"五点。"

"哟，你的头发怎么湿了？"

"出去转了一会。"我划火柴，手在抖。

她一下把我抓过去，扳住我的脑袋，用她的额头在上面碰了一下，便尖叫起来，"哎我的小祖宗。我的妈，你要死的。"

她连曲阜话都说了出来。

不由分说，她从床上光着脚就跳下来，连拽带拉，把我上衣解开，便往床上推。

我盖上了被子,她在那儿哆哆嗦嗦地为我扒下身的衣服,全身不住地打冷战。我闭上眼。

她像猫一样地钻进被窝,拉过被子,死抱住我的头。

头晕,太阳穴发胀,脑里昏昏沉沉,昏昏沉沉之中,飘来一朵云,云是白的,越聚越浓,成了灰的,灰的越聚越浓,成了乌云,乌云密集,大雨哗哗而下,将我淋个透湿。

"谢天谢地,你,可醒来了。"

我睁开眼,觉得头还是沉重得不行。榕正站在旁边,一脸急切的神情。

脖子一软,我又闭上眼。

"嫂子来了。"榕说,"……来看你了。"

我一惊,折身一看,果真。我看看榕,榕的眼圈有点红,看看妻子,眼圈也是红的。

屋内静静的,只有马蹄表在答答响着。

"我……我看见你在河里洗澡了,以为你想不开呢。后来,我又想,河水也不深,不会淹死人的,我就没过去。"

她说,慢吞吞的,坐在椅子上,像个受审的人。

河水不深?回忆一下,已经没了深浅的印象。

她怎么知道河水不深的?莫非……

"你们的区长也……来了。我说,她……是咱们的亲戚。"

妻又说,说完又看看榕。榕站着,把目光转向窗外。

"几点了?"我问。

"你睡了整整二十个小时。"榕说。

二十个小时?我有点犯傻。

"我……走啦。你好好躺着吧!"榕说,并从兜里掏出样东西放在我枕头边上。我睁开眼看到,她们两人的目光对视了一下,相互又迅速挪开。两人的嘴都动了动,但都没有说话。

屋内又是静,我侧头看看,榕放在这儿的,是那把钥匙。

妻子站起来,小心翼翼走过来问:"你,饿了吧?这儿有饭,她买的,我没吃。"

我摇摇头。

在这以后的日子里,我竭力想象她们两人在当时见面时的举动和言语,以及后来达成什么样的谅解。

一无所知。两人所达成的默契,形成了秘密。也许,这秘密我永远也无法知道。

有一种敲门敲不开的感觉。

女人呐,一个永远无法破解的谜。

华子告诉我:"女人是世界上最神秘的生灵,中世纪曾讨论过女人是不是人的问题,但一直没有准确答案。男人对女人,最好不要去了解她的内心在想什么——因为她们自己也不知道。女人只凭直觉。世界上所有伟人的作家,包括女作家,没一个塑出的女人形象是真实的。所有描写女人的文字加起来,也不如一幅《蒙娜丽莎》深刻。凡是企图窥视女人内心世界的男人,不是白痴就是无知。"

"那,我就是白痴了?"我问。

"差不多。"

"这是典型的现代科学成果,华子说得对。"另一人在旁边说,这人长着满脸的胡子,"我们不应该去了解别人,包括女人。我们是被社会所遗弃的人。当我们感受生命,追求爱情的同时,我们无法丢弃任何情感的责任。无法丢掉与生俱来的带着浓厚农家意识的道德感。阿鲁,维持这种道德感的最基本的东西应该是真。但是,真又在哪儿呢?富丽堂皇的大厅里不会有真,只会有阴谋的勾当。在这方面,人类已经很成熟地学会了用漂亮的外表,用一种非正常的形式来掩盖一项实际的内容。于是，我们只有去寻找真。"

这位大胡子是个自称哲学家的人，他十岁才见过火车，在文化界和生活中被碰得头破血流。我问他，"这个'真'在哪儿呢？"

"在哪儿？我怎么知道在哪儿？我只知道自己在追求一种生命体验时，是在走着一条丑的、恶的道路，当我自己感觉到已经寻找到了的时候，'真'已变了模样。我们的躯壳在这时也变得虚伪、无耻。我们的路走错了，真，既不在我们背对故乡的路上，也不在我们重返家园的途中。真，就在我们心里，就在我们被层层虚荣、功利、自私所层层包围着的一点可怜的良知当中。"

我怔怔地听了半天，半晌也没琢磨透。我记起了阿震，如此看来，阿震的自杀也是为了一种寻找，当这种"真切的生命体验"寻找不到时，他便选择了另一种寻找——一种无论寻找还是不寻找都是无关紧要的方式。

"那，我们干嘛还要寻找呢？实实在在地生活不就行了？"我问。

"对了。"华子放下筷子，一声高叫，"可是，你的生活是真实的生活吗？或者说，是人的生活吗？"

我呆了。

1988夏天的某一夜晚，我独自坐在一座高层建筑的一个房间里，燃起一支香烟，在屋里来回踱着步子。地上，有不少攥一把便扔了但又悄悄舒展着的纸团。看着它们那一个个畏畏缩缩伸张自己的样子，我不由得内心更为焦躁。我上去一一把它们踩扁，心中的闷气仍无法舒出。回头看，那些纸团又在悄悄地向外扩张自身。我蹲下来，把它们一一拣起，放在一堆，划着了火柴。它们哆嗦成一团，相互紧张。我恶毒地笑了。

火将纸团烧净，我仍不解恨，折起身走过去，把它们的亡灵一个个撒向天空。

空中满天星斗。这煤城,也是星斗满地。街上已没有了行人,路灯显得孤单而清冷。宽敞的中心马路两旁,扇扇窗口都映着或红或绿或蓝的灯光。看得久了,这一切都显得遥远而不可思议,仿佛是从远处的大海上浮过来一艘巨大的灯的巨轮。这一切,当然不属于我。无我,它们一样漂来浮去,有我,它们也一样地浮来漂去。那,我该属于什么呢?

　　菜园子当然属于小表弟,夜间他就在那儿看着他的黄瓜和茄子。对这些他精心培植的精灵,任何的一丝风从那儿经过,都会牵动小表弟的心。

　　我到哪儿去呢?什么是我的呢?若干年后,当我流浪累了,身无分文,只剩下一个破旧的行囊之时,我默默地从另一个城市走来,来到这熟悉的煤城,路灯依然闪着清淡的光芒,水泥路上渺无人迹,我又会怎么样呢?

　　走出路灯的光圈,来到黑暗的路口,回首默默地望一眼这冰冷的天地,该是一种什么样的心情?

　　我低下头去。

英雄末路

天，刚刚启开一丝稀微的光亮，就被地上的人惊动了。启明星闪耀几下，天下面反而黑得更加无望。

大宋皇帝宋徽宗赵佶，玩猫似的折腾了大半夜，而今乏透了，睡香了，浑身的筋骨全部松弛下来，进入昏昏的飘忽状态。

有人沿宫廷小道匆匆赶来，到小院门口停住了脚步，再不敢向前伸一下腿，是个太监。这个被削去一截的怪物，扶着冰凉的圆门框，拼命地把脖子向前探。它真想闯进去看看全身一丝不挂、散发着奇异芳香的皇妃，此刻是一种什么样的睡姿。可它又无权跨进这敞着的门槛，只好满怀信心地向前探脖子。

已是晨风，送来金丝菊的幽香。太监的脖子伸得久了，酸疼，眼睛里是黑蒙蒙一片，什么也看不到，却又不想缩回头来，万一里边灯光一闪，有白色的影子一恍呢？看不到的话，不是白白等这半天了？

倏地一道光亮，却是从身后闪来。太监下半身一软，差点歪倒在门里，抓紧门，上身才晃了晃。

定下神来，歪过头去迎灯光一看，是位瘦弱的宫女，端一盏纱灯从一个角门刚刚转过来。灯光苍白，走近了，她的脸显得更白，白中透着蜡黄——神情更惨淡了。

宫女抬起眼皮，挑起两道睫毛，挪开灯，这才看清门旁站着的、油头粉面的太监。

她停下步子，灯光不再晃动。

宫女把头往门里伸伸，一双杏眼转动几下，一双手便在她身上哆哆嗦嗦地摸起来，传来窸窸窣窣的动静。灯光轻轻地晃着，像风吹着灯里的火苗。宫女缩回头，微微眯缝起眼睛，任凭那干枯的手在身上颤动——只是有点凉森森的，宫女一激凌。

太监喘着粗气，胡乱摸索几下，身上倒也止不住一阵燥热，明显地心跳起来。只是越摸越觉得手劲全碰在骨头上。热劲一过，太监一阵懊丧，腾地升起阵无名火，有句话，到了嘴边又缩回去，消失在比外边还黑暗的地方。

他用手拍了拍宫女的屁股，这儿，多少还有点肉。

宫女心中有数，已到时辰，该叫皇上起床了。这样想，便挪开眼皮，轻移碎步，像条鱼一样毫无声息地游进皇上的寝室。

太监提起手来，上面还有余热，他伸鼻子嗅嗅，有股腻腻的香味。

这味，整天在后宫里弥漫，太监很是熟悉。

风，懒洋洋地吹着，远处的钟楼上，有风铃偶尔传来的声响。太监的手被冻得有些痉挛，灯光大亮，是门开了。几个影子从灯光里走出，太监的腰又往下弯弯，把屁股撅向灯光照不到的地方。

赵佶被两个宫女架着往外走来，眼未睁头未抬，也不知是哪一位帮他向前迈着步子。

太监跪在地上，轻声说了句恭请圣安。皇上耷拉着头，被人拖着走出圆门，灯光下，如放了血的鸡，口水往外扯着，拉出一溜丝涎。

太监忙起身，从后边向前走了几步，替过一个宫女，将皇上身体的重量往自己这儿挪挪，这才迈开步子继续前行。

迈脚之前，太监把扶在皇上后腰上的手轻轻往外一拨，便拨在宫女那高耸着的悲哀的乳房上。手腕灵巧地往外一翻，轻轻一使劲，太监全身便充满了力气。这个永远也不属于月儿皎皎的东西，松开手后，几乎是扛着皇上向大殿走去。

前面有两盏纱灯引路,拐过墙角,一直往前,从侧门,他们一行进了大殿。

宋朝天子赵佶被放在龙椅上,还未抬起头,便听到一阵万岁万岁万万岁的嗡嗡声。赵佶抬手擦擦口水,嘟噜了一句什么,文武百官便纷纷站起身来归位于两旁,大殿里,一瞬时便静下来。

大殿一静,赵佶的头便一沉,启奏官嘟嘟噜噜说了几句什么,他摆摆手,鼻孔里哼一声,头便歪了一下。

他觉得大殿离他越来越远,他已经退到后宫,退到了龙床上,退到了鸭绒被子里边。赵佶眼皮一合,脑子里有一片云便悠悠飘动起来。

大宋皇都东京汴梁,一时又寂静得让人难以忍受。

天,在悄悄地调换着色彩的黑白度。

宋江一宿没睡。

宋江专门召来李逵和阮小七,专门又将明日见皇上时的注意事项重复几遍。在梁山泊的一百单八位好汉中,只有宋江和卢俊义,这是第三次要正儿八经地见龙颜了。对此两人好像很沉得住气,不像李阮二位似的抓耳提脚,巴不得一时就是五更,好去看看皇上是啥玩意。

呼延灼、关胜、花荣等人,除了侯门之孙就是将门之子。柴进本身还是皇帝后裔呢。老赵家的天下,是人家老柴家的根基。这些人,见皇帝的礼节,要比宋江、卢俊义知道得要早,要多。

至于戴宗、朱仝,早年就混迹于官场,对此虽无目睹但亦有耳闻。

只有李逵和阮小七,一个是赌博鬼,杀人不眨眼的魔王;一个是打鱼的,除了捣蛋外还不会有别的机灵之处。因此,宋江把别人都划到卢俊义那儿调训,独留下这二位专说。

宋江知道,这两位兄弟除了听宋大哥的,别人,就是天王老子的,也甭想让他们听上半句。

宋江哼哼叽叽了大半夜,李逵几乎一句也没听明白。他一会儿想皇上该是什么样呢？一会儿又想是不是见了皇上后，先扒个脊梁吓唬吓唬这赵家小子？

那倒挺好玩。李逵偷偷一乐，手便不由地往身上摸，一摸溜滑，才想起这是官袍——绣着小白龙的绸缎做的呢。操，还是老赵家有钱，天天能穿这玩意，俺铁牛可是做梦也没想到能弄上这么一身衣服穿穿。这家伙，又当褂子又当裤子的，能换多少牛肉呀！

李逵觉得宋大哥真好，不是宋大哥，铁牛啥时候能混到这好的衣裳啊！

李逵抬头看宋大哥，宋大哥正在讲怎样迈腿，怎样站起。他立时没了兴趣。一想到自己这被箭伤过、刀砍过、枪刺过、棍抡过、鞭抽过，同时又长满黑毛的前胸时，李逵竟鼻子一酸。断臂的武松晃着宽大的空袖在他眼前闪过；鲍旭仰脖一挺，被人一刀砍做两截；解珍、解宝哥儿俩风化乌龙岭……

走了——走了。

都走了——都走了。

石秀、杨雄、史进、阮小五、林冲、鲁智深、杨志……

黑旋风一时心里难过异常，耳旁再也没有高声叫着的猜拳喝酒声，再也没有刀枪碰击的喊杀声。四周的一切都么静，静得让人感觉不到是死了还是活着，只有宋大哥一人在摇头晃脑地嘟嘟什么。大哥呀大哥，你这是说的什么呀，俺怎么觉得您和俺像隔着墙似的？

李逵心中憋闷，腚下如坐着尖石头，他偷眼看看阮小七，小七的那对红鲤鱼似的杏眼正滴溜溜转着，不知琢磨什么花花鬼点呢。

你高兴个鸟！

李逵暗骂。兄弟们十散七八，知心人只剩我们兄弟几个了，宋大哥也不说说兄弟情谊，倒叨叨起怎么样叩头，怎样作揖来了。

叩头，叩头，叩个鸟头！

李逵眼角发红，低着头，只听得不远处的宋江在嗯嗯嗯、嗡嗡嗡、哼哼哼，越哼，声音越轻。

头一歪，李逵睡了。豆大的灯光下，肩膀缓缓地上下抽动，不一会，竟传来鼾声。

阮小七偷偷乐了，乐罢偷眼瞄瞄宋江。宋江一脸恼怒，正要发作，阮小七摆摆手，诡秘地一笑，站起身来，提着官袍，蹑手蹑脚地闪身出门。

这动作和时迁的差不多。

宋江觉得一下又回到了梁山泊的日子。几日来的忧郁、失落、沉重，都在阮小七那诡秘的一笑中荡扫而空，代之的，是生命即将受到刺激前的亢奋，是等待刺激到来前的刺激。他知道，阮小七又要捉弄李逵了，嗨！这对宝贝，真让人没有办法。

片刻，阮小七又悄无声息地进来，开门时连动静也没有。

宋江想，这小子的轻功，倒越来越好了。

阮小七腋下一大包东西，手里还抱着一个酒坛子。在梁山时，宋江就常听宋清说，阮小七和石秀他们，常常半夜里到伙房偷吃牛肉。现在看来，一定是真的了。

他本想摇头，却点了点头，想笑，却忘了如何笑，只好胡乱在桌上看看。肚子咕噜一声——宋大哥也饿了。

没有碗，两人抱起坛子。你仰脖一口，我仰脖一口，口口醇香，尾根里没有一丝水气，真是好酒呢。宋江也一下来了情绪。

看两张大荷叶里，牛蹄筋油光金黄，宋江一挽袖子，抓起一根，阮小七那儿，牛筋早扑扑哒哒敲打着嘴巴，鱼一样钻进了洞内。

夜来的寒气，在唏哈唏哈、扑扑哒哒之中，给驱赶出了房子。灯，似乎又明亮一些。

宋江酒量小，饭量也小，很快就吃饱喝足。咀嚼声轻了，灯光不再晃动，有夜风悄悄从窗外经过，将香甜的咀嚼声、醇醇的酒香一块捎到远方。宋江看看阮小七，想说点什么，又什么也没有说，只是出神地看着灯光，琢磨皇恩到底能有多厚。

灯光将阮小七喝酒吃肉的影子投放在西边那斑驳的墙壁上，像个魔鬼在跳舞，看他这一幅永远吃不饱的馋相，宋江心里不自在许多。

明天，不，今天。今天就要见皇上，接受皇封了。皇封呀，兄弟们大小都弄个官做做。你阮小七不打渔也能吃得饱。还有你，你这睡不醒的铁牛，你这江州的小牢子，明儿，不！今儿，圣心一动，不封你们个府官做做才怪呢。

还是招安好啊。不招安，怎么能封妻荫子，怎么能光宗耀祖？

宋江充满慈爱，满怀怜悯地看了阮小七一眼。灯光里，宋公明的面孔显得特别温和。以后做了官，可不能再像这似的吃肉喝酒了。这个样子，别人看了会笑话，会说我们这是贼相、馋相、贱相的。嗨，想想这帮兄弟，也真不容易，刀枪林里闯出条命来，出生入死，十之九亡，再不好好做官，养活家小，孝敬父母，又能对得起谁呢？

宋江斟酌着词，想说两句，又不知从何说起，嘴角动了动，正巧被阮小七抬头看到，他一笑，又搬起酒坛子。

他还以为宋大哥在嚼牛蹄筋呢。

一股浓郁的酒香冲进了李逵的梦中，李逵使劲挪开眼皮，还没看清楚呢，酒肉的香味便围住了他。使劲吸一口，见阮小七正对着坛子咕咚，这还行？李逵跳起来大叫一声，双手夺过坛子，咕咚咕咚，李逵全身的汗毛都欢跳着炸开了。

"唏——哈。"李逵兴奋地抽出一口冷气，抬袖子就往嘴上蹭。宋江再想拦已经晚了。那崭新的、绣着小花鸟的官袍，已经做了黑旋风的擦嘴布。

宋江叹了一口气，摇摇头，站起身慢慢踱出去。

门外一阵杂乱的脚步声，吴用、卢俊义走来告诉宋江，该上朝了。

宋江折回身，招呼阮、李快去。阮小七跑到屋角，把头伸进大水缸里，咕咚咕咚地大喝一通，然后擦擦嘴，抬头招呼李逵，率先向外走去。

李逵手托半包牛蹄筋，咯吱吱嚼着站起，冲阮小七的背影嗯了声，便想往外走，刚迈开腿，袍子就给踩在脚下，身子往前栽，差点给撂倒。李逵怒目圆睁，想骂，嘴里又没空，只好提起袍子，把手抄进去，在袍子里边张开五个手指，粗粗大大地托起荷叶中的牛蹄筋，左手倒是腾出空来，边吃边稀里糊涂地往外走。

京城依旧沉浸在温馨的睡梦中，天灰蒙蒙的，没任何的表情，高大的皇宫墙根的小道上，散发着阵阵阴冷的气流。慢慢向前挪着，打破了夜的寂静的是宋江一行。

吴用放慢步子，和戴宗并排走着，问李逵：

"宋大哥说的，你都记住了？"

李逵正忙着吃，头没抬脚不缓，嘴也未闲地嗯了一声。柴进伸过手来，在黑影里吓李逵一愣。见是柴大官人，李逵把荷叶连同肚皮往右转了转，柴进抓起根牛蹄筋，用力嚼嚼。这位大周后裔，本来是用不着朝拜赵佶的，按辈分，这宋徽宗还该叫他表叔呢。宋家的天下，其实是赵家陈桥兵变后得来的。但大家都去，他不去不好，便也跟着。

柴进嚼了两口，觉得不是太香，便扭脸吐在地上。

一行人进了正阳门，天地突然小了许多。有阑珊灯火出现，将路映得淡黄而清冷，天已远去，隐到无法窥测的高深处，四周阴森森的，木桩似的御林军笔直站着，见宋江一行鱼贯而入，眼皮也未动一下。

星星更加暗淡。

有侍御史迎上前来，引宋江一行穿厅过堂，直到丹墀玉阶时，宋江已全身燥热。吴用屏住呼吸，小心地用嘴换气，心已跳到嗓子眼儿。柴进看上去大大咧咧，毫不在乎，如同进入家门，只是小腿肚子不停地颤抖……

趁人不注意，李逵将吃剩的牛蹄筋连同荷叶，顺手递给一站岗小卒。小卒一愣，接过来又是一愣，李逵已走出去老远。

小卒四下一看，忙揣进怀里，又笔直站好。

文武百官早肃立两旁，文东武西，一点不乱。宋江从乌纱帽中穿过，未走几步，腿一软，扑通一下，跟着，后边扑通通一片跪下的声音，大殿也立时空旷许多。

前八拜，宋江热血奔突。

后八拜，卢俊义全身发麻。

接着是中八拜，吴用顿时耳聋目暗。

三八二十四拜之后，参差不齐地响起万岁万岁万万岁的声音，大殿里嗡嗡一片。

赵佶睡兴正浓，隐隐听到有人在喊。他想，叫唤什么呀，也不让多睡一会儿。

二十四拜之后，宋江眼圈里润滑许多，头伏在地上。他觉得一下成了已经受了多年委屈的孩子，终于见到了慈爱的爹娘。屁股一撅，山东呼保义宋江宋公明的泪珠瞬时断串泻下，大滴大滴地落在金銮殿的青石板上。

吴用全身一齐抖动，也不知是天冷还是未吃夜宵，这个教书的学究，后脑勺朝前，屁眼直对天空，整个脸部位于小肚子以上。科学尚未发达，当时吴先生也未有近视镜。如有镜片，军师智多星吴用首先看到的，将是自己的那根蔫黄瓜已高悬在鼻梁之上。如小便失禁，方向正对着鼻孔眼儿。

皇上今天要干的活主要是加封梁山好汉。宋江一行听得头上一阵唏唏之声。明白人知道，金钩高挂，竹帘已经卷起，堂堂大宋天朝至尊正看着自己呢。宋江眼前，一片红光自上而下，缓缓铺来。

宋江忙止住泪。这个郓城的刀笔小吏，屏住呼吸，支耳细听。

静。

宋江轻轻换气，双耳支得更硬。

还是静。

——几乎一丝动静也听不到。

……

宋江腿一软,瘫在地上。几乎与此同时,卢俊义双耳轰鸣,四肢冷战,气,也变得断断续续。柴进心下一惊,坏,这赵佶,莫非要卸磨杀驴?这样一想,他更仔细地竖起双耳,想从周围的动静中判断一下吉凶。

静。

两旁的文武百官亦面面相觑。

远处的风铃在响。启明星的光芒又显现出来。东方,一片淡薄的苍白。

天上有星,一闪,一闪,灭了。又是一闪,又一颗也灭了。亮着的星,也在闪,也在闪耀着即将灭亡的光。

地上有灯,灯光里有人。人中有睡,人中有站,人中有跪,人中有瘫。

卢俊义再也坚持不住,几乎与柴进同时歪倒在宋江两旁。

还是静。

李逵嘴里,还有整整半截牛筋未得咽下,正用上下牙慢慢磨呢,没想到一使劲,从后边便迸出一股气来。

"嘣——"

大厅里的人瞬时大惊。

阮小七用袍子堵住嘴,乐得肩膀打战。

李逵满脸绯红。

赵佶听到有人在捣宫墙。嘣嘣,天子一下醒了。手哆嗦着,酸麻,脖筋也有点硬,腰里更不舒服。看看两边站着的人,揉揉眼,低下头去,才看到脚下不远处跪着一片黑乎乎的人。

这是啥地方?

眼硬是想睁又睁不开,身子骨又乏。赵佶就揉,边揉还边想,这

277

是在哪儿呀，这是干什么？爱妃到啥地方去了？

旁边有太监，见状，抬手抹一把没胡子的脸蛋，也跟着揉眼。

赵佶更加奇怪，怎么都抹眼？都刚睡醒？这是干什么？正在惶惑，也不知说什么好。仔细一想，哦，下面敢情跪的是那伙打家劫舍又扫方腊的山贼。哦，对了，他们打了胜仗，讨赏来了。

赵佶想看得更清楚些，又揉眼。

"请皇上保重龙体！"

文武百官忙跪倒在地，一块儿跟着皇上揉眼皮。

咦，这又是干啥？

李逵抬头看看上边又看看下边，脑袋里转不过弯来了。他想，是不是我们来得太早，这些人刚刚才睡醒？是不是皇上这鸟货天天就在这儿睡，这些官都陪他？乖乖，要是这样，咱还是别要官做，回梁山吧！这样胡乱想着，偷看着阮小七，阮小七一脸憨相，也正闷不过弯来呢。

"众爱卿……孤见梁山好汉一百多人，征方腊后，只有二十几员归来，寡人心中好不难过。众将军为国为民立了大功，快快平身。"

"万岁，万岁，万万岁。"

金銮殿一阵山响，接着是扑扑哒哒起身的脚步声，随即，一股尘土弥漫开来。

是为宣和五年九月二十三日

天，已大亮。

宣和五年八月，征讨方腊先锋使宋江，带领副先锋卢俊义并扫方腊先行部队，大获全胜，鸣金收兵。同去者一百单三将，归来幸存三十六人。

大军凯旋回师，至杭州，兵屯六和塔下，将扎六和寺中。有关西大汉，那位倒拔垂杨柳、三拳砸死镇关西、上将花和尚鲁智深者，正憨睡之中，猛听寺外有万马嘶杀，千军呐喊，无数生灵在哀号，万里沙场卷起冲天狼烟。花和尚汗毛炸开，一跃而起，怒目圆睁，冲天一声怒吼，抄起禅杖冲出门来，寺内守夜和尚吓痴吓呆者无数，有胆大的走上前来打讯，方知鲁智深梦中大怒。

小和尚告诉他，这不是打仗，是钱塘江上的潮声。这潮，按时辰来，按时辰退，从不违信。所以，人们都叫它潮信，刚才的响声，便是潮信来时的轰鸣。

鲁智深浑身上下一个冷战，再抬起头来，这关西汉子已是泪水盈眶。他点点头，满地的月光银灼灼地闪耀，寺内一片静谧，天上一轮明月，一片幽蓝的天，几丝白云匆匆而过。鲁智深合掌大笑。这位两只杀人眼、一片杀人心的天狐狸，竟顿悟佛理，吟出两句偈语：

钱塘江上潮信来，

今日方知我是我。

花和尚鲁智深浪迹江湖一生，拼杀疆场几十载，立志打遍天下不讲道理的人，偶悟便得道，无经自一统，抛下三十五名兄弟，自个儿洒归西方，火光中那嘀嘀的笑声，震撼天宇，地上的人，仰起头来也见不到踪迹。

武松沉默不语。

这打虎英雄，虽根在佛门，但生性率直，一时难悟佛理禅意，从鲁智深身上，他能略窥一二。至此，行者端坐六合寺，再不踏尘土。功名利禄由它去，行者当有行者足。

八十万禁军教头梁山五虎上将者豹子头林冲，自从在山神庙大雪夜受过风寒后，上梁山，打天下，抓一根哨棒，所到之处，无人能敌。但娘子一死，他就心如死灰，再也不想什么封妻荫子之事，赤条条来去无牵挂。看在众家兄弟情同手足的分上，他随同招安亦无怒无怨无喜无悲——梁山大业，可是他首先开创的呀。

唉——方腊已扫，众兄弟到了好聚好散的时候了，林冲觉得一下就没了力气。

八月的天气,在杭州依然如春,柳摆荷张,鸟叽虫啾,林冲无一兴致观赏。夜宿六合寺,有阵阴风凄凄而来,将灯旋灭。林冲大睁着眼,不去关窗,亦不去闭门,任凭那股阴风团团旋转,将周身围住。林冲平放四肢,早松下全身力气,任风寒从脚底往上袭来。早些年看守军料场时所潜伏了多年的寒气一半从体内冲出,外侵之寒又徐徐进入这顶天立地之英雄的躯体。

又是一阵阴风从窗外逼来,旋转一圈后,将林冲的魂儿掠走。林冲迷迷糊糊地随风而行,夜漫漫,路漫漫,林冲前不知去处,后忘却了来路,只好踵踵随行。可怜这堂堂不可一世之豪杰,铮铮男儿之神魂,而今竟到了如此地步:

有话,也不再说;

有力量,也不再挣脱。

……

离开杭州之前,李俊和燕青几人,又不知了去向。

三十六员幸存将官,出杭州仅剩二十七人,正将一十二员,偏将一十五名,梁山泊水浒寨的众位帼国英豪,唯母老虎顾大嫂一人尚还。聪明憨直的孙二娘,敢杀敢拼的扈三娘等等,均战死沙场。

赵佶在龙椅上揉罢眼皮,一时竟想不到该如何处置这些杀人越货的贼徒。奏折看过后,赵佶沉思半响,才将圣旨传下,十七人封给二十七个大小不等的官。

——征南先锋使宋江加授武德大夫、楚州安抚使,兼兵马都总管;

——征南副先锋使卢俊义加授武功大夫、庐州安抚使,兼兵马副总管。

——正将授都统制,管军管民。

——副将授武奕郎,亦管少许军民。

梁山好汉见官运已来，各润喉咙，齐呼谢主隆恩，并祝皇上万岁万岁万万岁。东一歪西一斜，扑通跪下一大片。

皇上挺高兴，传旨摆宴，要为扫平方腊的英雄们庆功。文武百官也不必回去了，跟宋江等人一块"撮"一顿。

就在宋江等人把屁股撅得高过后脑勺静等皇上说平身之时，和皇宫紧挨着墙的一代名妓李师师怀里，浪子燕青睡得正香。

刚过四更，师师就醒来了。她没有动。柔柔的灯光里，师师充满爱怜地看着她的小乙哥，心中一阵又一阵的柔情似钱塘江水，使她几乎不能自己。

燕青睡意正浓，微翘的嘴角上绽出一丝淡淡的笑纹。他的呼吸均匀而轻巧，心，在师师的怀里一下一下地跳动，稳健而有力。师师感觉到了，心里涌上一股暖流，将脸颊微微贴熨，双眸也湿润起来。她伸出玉指，轻轻梳拢着他的头发，燕青的发质油黑闪亮，粗壮而浓密。

燕青正在睡梦中，两声幸福的呻吟从胸腔里发出，头动了动，往师师怀里贴得更紧了。

师师停住手，泪，缓缓涌出眼眶。

一代名妓，艳貌惊人。有多少王公贵族跪倒在她的石榴裙下，几乎数不清楚。就连当今皇上宋徽宗赵佶，见了她也魂不守舍。皇妃如云，抵不上师师一个笑靥。可她，又对谁真的动过心思呢？谁值得她动心呢？那一双双眼睛告诉师师的，除兽欲还是兽欲，无一丝纯洁，无半分爱怜。来时，个个如饿疯的狼；走时，如庭院的鹅，道貌岸然，文质彬彬。

可这一切，又怎能掩饰住那周身的猥亵，又怎能让她感到舒心呢？

而燕青，这个从外表上看几乎是弱不禁风的青年男子，天生灵秀，双眸夺人。元宵灯会，他第一次到这儿来，说的尽管也是平常话，谈的也是题外事，但那双眼睛却充满温情，在这样一双光彩洋溢、柔亮似水的眸子里，师师竟破天荒地心跳如鼓，手足无合适之处。

后来，宋江来了。那个自称是山东老客的矮黑子，一对鼠目在她前胸后背不停地探寻，喝点酒便张牙舞爪，丑态百露。师师立即看出，这位便是那种既充好汉又猥琐不堪的货。这种人，尽管把面子看得比命还贵，骨子里其实却只有自己。师师怎么也不明白，那个自称是张小乙的后生，为什么对这黑子言听计从、毕恭毕敬？

男人啊，真是一个谜。

黑旋风李逵大闹元宵灯会，宋江一行仓皇逃窜，杨太尉被黑大汉打得鼻青脸肿，半月卧床不起，赵佶则吓得连刚吃过的元宵都整个儿泄下来。师师这才知道，那黑矮子便是宋江，陪他来的是黑大汉李逵、瘦个子柴进、文绉绉戴宗。而那一身青衣，潇洒自如，风流英俊的"张小乙"，就是浪子燕青。

燕青随宋江逃出京城，师师瘦了一圈。燕青那一抬手、一启唇便春风荡漾的神态，那既有儿女温情又有须眉气度的双眸，在师师的心里扎下了根。每逢秋风瑟瑟，偶尔春风旖旎，念头一起，师师便心旌神荡，魂不守舍。相比之下，那一个个穿锦佩玉的侯卿公相、达官贵人，更显得混浊不堪，蠢头蠢脑的愈发污垢起来。

燕青被招安、破辽、打田虎、灭王庆、剿方腊，师师都从别人的言谈中知道了。她已经不再企盼能有和他再会面之日，从心里，她又执着地相信这一天会到来。每一个傍晚，她都临窗静坐一会儿，反复回忆、咀嚼燕青刻下的那一笑一眸，这几乎成了她主要的精神生活。只有想着燕青，李师师躯体里的鲜血才流得酣畅而愉快，李师师的身上才发热，才有生命的欲望，才有羞涩，有娇柔。

小乙哥，小乙哥。

师师这样呼唤着入睡，世界离她远去，身上的男人也离她远去。从中，从这轻声的呼唤里，她得到了一种别人永远也无法体会到的自得和满足。

哦,小乙哥,小乙哥。

傍晚的京城,和早晨的京城没有什么大的不同。无景无色的城市,灰色笼罩着一切。尽管如此,师师还是愿凭窗远眺。远处传来嘈杂的声音,是市场上特有的动静。看得久了,听得久了,懒散散地想得久了,师师有些乏。秋叶片片落地,更勾起她无限的愁思。

师师猛然感到,自己的心一阵狂跳,她吃了一惊,手也有点抽搐,身上阵阵燥热。这是怎么了?她问自己,自己也说不清楚,转过脸来,师师一怔,一个人正倚在门框上微笑着看她。师师擦擦眼睛,那人依然是倚在门框,充满柔情地看着她。

小乙哥?!

师师一下哭了。

给皇上做饭的厨子叫御厨。

御厨知道今天是梁山泊的那一伙兄弟吃他的菜。这御厨,在把猴头燕窝、海参鲍鱼、王八烧鸡端上来的同时,也把大块的牛肉满满切上十几大盘,又将猪耳朵羊蹄子猛炖几盘,大殿里立时热气腾腾起来。一盘子肉一团雾气,团团雾气汇集在一起,冲出正阳门,把太阳也给熏得惨淡无光。但见雾气之中,有专门负责酒的官歪歪斜斜领一队人抱上殿近百坛御酒,启开盖,便一阵奇香。

李逵冲阮小七努努嘴,挽起袖子,两人眉飞鼻跳,脸开嘴笑。酒刚放桌上,李逵便伸手将盖揭开,装着没看见宋江、吴用递来眼色的样子,抱起坛子,咕咚咚便是一阵。

用眼色制止了半天也没见效果。宋江、吴用对视一下,轻叹一口气,两人缓缓摇摇头。

"众家爱卿,劳苦功高,和寡人共饮一杯。"

"谢——万岁!"

赵佶话音刚落,李逵跟着叫出一声好来,把赵佶和梁山上的给吓了一跳。大厅里正愣神儿的工夫,李逵已经抱起酒坛子,一口气把它喝了个底朝天。

赵佶可真傻了眼,悄悄问旁边的一位正挺脖子咽口水的殿官,"这位好汉,是……何人?"

"……回皇上,小人不知。"

启奏官向前跪答:

"他,便是黑旋风李逵。"

赵佶眼闪金光,后脑勺上,立时旋起一股黑风。待黑风旋过,赵佶定定神,松开眼皮,仔细端详起黑大汉来。

李逵双手扯着个羊腿,拣肉瘦处大口大口咬下,里边嚼外边咬,瞪着两只圆眼,两耳随嘴巴的张合而上下前后地晃动,脖子上的青筋和太阳穴上的青筋连在一起,一张一弛,线条分明。头上,已浸出汗滴。

赵佶看直了眼,心里佩服得不行。这位"道德真君"怎么也想不到,还有人能对吃肉如此感兴趣,如此能吃,而且又吃得如此之香。多么好的胃口呀,多么人的酒量。

赵佶羡慕极了。

文武百官及宋江左右,见皇不吃不喝,也不说话,只是出神地看着黑脸大汉楞吃,便大气也不敢喘一口,更不用说下嘴了。大殿里香雾袅袅,只有李逵一个人吃肉的动静。

李逵却顾不上这些,全部的精力用在了如何对付那根怎么也扯不下来的羊筋上。大块大块的带有膻气的肉进了肚里,剩下的这根筋却有点扎手。扔掉了不太合适,不扔掉还啃不下来。李逵左选角度左下口,右看空隙右下嘴,搞得满脸是油,满手是油,眼珠子瞪得都要弹出眼眶来了,那根筋还在上面扯着。

大厅里静悄悄的,皇上的目光越来越柔和,越来越显示出一种喜悦。吴用看了半天,也判断不出是吉是凶,只好暗暗地抱怨自己无用。

自从秦始皇登基以来,中国所有的御宴都是让皇上尽兴吃喝,陪臣无不小心翼翼。皇上吃,臣吃;皇上端杯,不是皇上的才敢端杯;皇上吃两口,臣才敢吃他妈的一口。只有今儿,只有这宋朝天杀星黑旋风李逵,喝,喝在皇上端杯前,吃,抢在了皇上摸筷前,全大厅的人不吃不喝看一个人吃喝,好像他成了皇帝似的。别人大气不敢多喘一口,他还在楞吃楞喝,皇上见了,竟无怪意。岂不是奇事?

无人能理解。

皇上自己也不理解。

公元1989年,山东兖州一流浪汉曾对此事作过专门考证。此事纯属偶然:先是流浪汉偶认识一位女画家,女画家又偶见到某矿井口有一群正要下井的汉子们。

那是一个炎热的中午,走窑的汉子们一个个地扒了上衣晒太阳,那一件件活的雕塑,或瘦骨嶙峋,但肩胛却丰满壮实,或腰肥体壮,肩胛却壮实丰满,在阳光下,酱紫色的光芒夺人眼目。女画家目直手颤,春心萌动不能自己,眼看着嘴唇绽青脖颈变粗。

这细节,恰被流浪汉看到,流浪汉抚掌大笑,颠颠而去。

该公对作者云:

赵佶系一代丹青大师,虽然治国安邦一窍不通,但独对绘画有超前探索。中国绘画史上,第一个对人体真正感兴趣的,是赵佶。现存某国某美术馆的一幅半截画,其人物的面部表情强烈,线条简洁而有力度,对人的肌肉、骨骼的描画,也准确而灵巧,显示了作者深厚的艺术功底。可惜是半幅,另半截不知哪儿去了,也无法知道作者是谁。

作者是谁?

流浪汉眨巴眨巴诡秘的眼睛说:宋徽宗赵佶!画的,便是李逵。只是下半截宋徽宗盖章的地方,被李逵撕掉擦了屁股。

李逵转悠半天，仍咬不住筋，这黑厮一时性起，将羊腿贴在脸上咬。猛然下口，还真的一下给咬住了。挺挺脖子，羊腿和脸紧贴在一起，李逵两只手抓住羊腿的两端，憋着气缓缓往外扯腿，筋和骨头离开，两方已在较劲，李逵很紧张。皇上赵佶张着嘴，也很紧张。

"叭——"

轻微的一声，大厅的人全听到了。羊筋从左边被扯下来，另半截仍在羊腿上。李逵使劲再往外扯，"叭"一声，一条乳白色的闪着油光的筋，在李逵的嘴边被咬得上下跳跃，外边的半截，三窜两跳地就进了毛茸茸的一个洞里。

众人全松了一口气。

赵佶身上一热，向旁边一伸手，有近臣将笔砚递了过来。

唰，唰唰，唰唰唰，几笔。一个怒目圆睁、青筋暴出、嘴脸扭曲的形象便跃上纸来。赵佶撂笔，左看右瞧，禁不住眉开眼笑。成功的喜悦将他冲击得浑身热血汩汩奔突，根根神经管道畅通。赵佶把头往后一仰，全身上下，立时舒服得到处痒痒。

文武百官，梁山好汉，早从皇上的神态中看出天子对黑大汉的爱意。他们知道，宋徽宗的画极少示人。因为朝中没有几个懂画的人，无论用多少词来赞扬圣上的画如何好，在赵佶听来，那全他妈是放屁。没一个字能说到点子上。这位天才画家，由此便得出"满朝文武尽蠢猪"的结论。

李逵吃完羊腿，对付罢羊筋，神经略一松弛，一坛子御酒的力量渐渐发作起来。他忘了今天是什么日子，也忘了昨天是怎么回事。一宿未睡好，他有点困；多少年没喝过这么好的酒，他有点振奋。满把油腻的手摸着文官袍内肉鼓鼓的肚皮，李逵很是舒服。他摸摸腰里，忘了带板斧，劲给鼓得这么足，要杀上一伙子人怪痛快，不过，抓过一个来揍上几拳也很快活。

揍谁呢？

李逵醉眼蒙眬，看看四周，一个一个又一个的全像宋大哥。宋大哥当然是不能揍的了，阮小七呢？该和这小子掰个手腕。

李逵摸着肚皮想，越想越恣，越摸越觉得肚子圆，越摸越觉得这里边全是酒和肉真好。

文武百官及宋江一行见李逵正自个儿玩肚皮，劝不敢劝，说不敢说，乐，还不敢乐。见赵佶看得蛮有趣味，大伙儿也只好跟着看趣味。大厅里，袅袅的热气已经消散出去，一切，都清晰起来。李逵全不知大伙儿全在看他一个呢，他还是在那儿舒舒服服地摸肚皮，摸到妙处，竟自己偷偷乐了。这一下，赵佶先忍俊不禁，率先哈哈大笑。

大殿里一阵欢快的笑声，气氛骤然热烈许多。有几位笑在后面的，发出嘎嘎的声音，像鸭子从汤盆里挣脱出来。

赵佶笑足，全身轻松，精神也足了，本来有点昏暗的眼睛，此时亮闪闪地发出光来。他向殿前的启奏官招手，启奏官跪倒，赵佶摆摆手，又招招手，样子还挺神秘。启奏官向前，赵佶将画交于他，又指了指李逵，抿嘴一乐，身子又往后一仰，微微眯缝起眼，看着李逵。

官奏官双手抬起，举着画径直来到李逵桌前，润润喉咙高声喊道：

"请润州统制李逵大人接……接圣上御画。"

不伦不类。

李逵未上朝前就吃了不少凉牛蹄筋，那东西消化慢，压肚子，又吃了几块牛肉，啃过一个老公羊腿，早把大肚小肚撑得如鼓。正肚中下坠，摸着肚皮找机会呢。猛抬头看到一个无胡子的家伙，头顶着一张纸来了，不由心中大喜：我的娘哎，正想去呢，这老儿就送净物来了。

李逵伸手，傻哈哈地就接了过来。

众人大惊，启奏官见手中没了东西，一脸迷茫不知如何办才合适。看皇上，皇上没任何表情；看周围的众位官爷，全是一脸呆相。启奏官摆摆头，退不是，站不是，傻愣在了那儿。

李逵接画一看，上面是一黑脸汉子，黑脸汉子正在啃肉，越看越觉得面熟，越看越觉得画得怪和真的似的。这李逵想半天，才猛地拍家伙脑袋。

"俺的个娘哎，这不是俺铁牛吗？……哈哈，还是真的。谁画得这么像啊，……啊？"

赵佶的脸上，几道白光。

"李同志，快谢恩。"

宋江叫。

李逵一怔，看看宋江。李同志？谁是李同志？

怎么还同志呢，宋大哥这是干吗？

"兄弟，快谢恩呀！"

卢俊义又叫。

李逵还是傻哈哈地乐，眼睛从宋江那儿又转回画上，边看边自个儿乐，全不顾梁山的众家兄弟正急头怪脑，启奏官在桌前如站针毡。

文武百官中，不少人抬起肥大的袖子偷偷乐了，皇上身后的两个宫女也忍俊不禁，抿嘴偷笑。

"谢恩，李大哥。操！快谢恩。"

阮小七也急了。

"谢恩？……噢，这是皇上画的呀，哈哈，还真不孬哩。"

李逵转脸找皇上。看到皇上，他高兴了，边看，边用崇拜的目光火辣辣地和赵佶套近乎。皇上被李逵看得不知怎么办才好，笑又笑不出，说又没话说，一脸蹩相，两手紧张。李逵哈哈一乐，猛然从桌后蹦到大殿中央，还隔着桌子呢；把启奏官吓得转脸就跑。

李逵蹦出去，脚正踩在袍子上，"咕咚"一下倒地。

"俺李逵给皇上您磕头啦。"

"咚咚咚"一连三下，大殿内"嘣嘣嘣"三响。三声响过，文官失色，武官裂胆。祖宗，要一个个像他这样叩头，一下，就别想再起来了。

皇上笑了,觉得挺好玩。当了这么多年的皇上,还从没有过一个像这样真心实意地磕头的呢。赵佶心里一放松,神情也丰富起来。

"李爱卿,平身。"

李逵爬起来,还未说谢万岁就先捂住肚子,眉头一紧,小肚子正下沉。坏,李逵暗想,这狗肚子今儿个是怎么啦?这不成心让俺铁牛丢人吗?不行,坏,坏,还真他妈要坏。

李逵抱着肚子轻手轻脚地往外飘。

这是干什么?

人们全傻了眼。赵佶一怔,怎么,一句不说就往外走,想拿家去贴?去裱糊?那也该给联打个招呼呀,怎么一声不哼就往外溜?

"李爱卿!"

皇上声音不大,却透着威严,威严中又含着一丝亲切。文武百官听得心里酸溜溜的,吴用的眼里,简直要冒出火花来了。

李逵缓收脚步,极小心地转过脸来。赵佶等人大吃一惊。李逵满脸汗珠,一副极可怜的神态,仿佛偷东西被人抓了把柄、想辩解又无力说话的样子。

"俺……俺要出恭。"

李逵可怜兮兮地说,要哭。

燕青从沉睡中醒来,一股异香沁人心脾。身上有点累,骨头却松弛许多。他眨眯几个眼,还未闹清这是在哪儿呢,师师的手便轻柔地抚摸在他脸上。

天,透着灿烂的光芒,有鸟在窗外枝头叫个不停。

"师师。"

燕青轻轻唤道。师师没言语,左手揽着这位久经沙场的将军的头,右手轻轻抚摸着他的脸颊。

燕青心里涌上来一股暖流。他低下头，在师师胸前轻吮几下，呼吸有些短促，心跳得也更凶了。

这才是豪杰，师师静静地想。万马军中无所惧，功成名就侧身隐，视利禄为粪土，只将一片丹心系情丝。

这才是人，是男人。懂得女人，更懂得自己的男人。

师师忍不住又捧起燕青的头。

燕青羞涩地笑了，不敢再看师师那火烫的眸子。

"小乙哥，别再走了吧！"

师师轻轻摇晃着他的头问。尽管她早已知道他就是燕青，但还是叫他小乙哥。这小乙哥，曾勾起她多少思念，多少美满的梦境啊！

哦，小乙哥，小乙哥。

燕青缓缓舒出一口气，心里泛上一股不是滋味的滋味。过去的一切，在他脑子里成了片空白，明天的一切，也是空白一片。

何处来，不知道？何处去，也不知道。他感觉到的，只是自己沉浸在爱的暖流里。

燕青已记不得自己的父母了。他也不知姓什么叫什么，何方人氏。

二十多年前，一个衣衫褴褛的少年，来到北京大名府沿乞讨。在一所高大的门楼下，他瘦小的身躯龟缩在一角，躲避着铺天而来的暴风雨。他全身发抖，四肢冷战，肚中饥荒。雨渐渐小了，门开了，一位老爷走出来，站在门楼下，看街上被雨水冲刷一新的碎石小道，看天上翻滚着的云朵。

老爷扭脸的时候，看到了这瘦骨嶙峋、眉清目秀的小叫化子。老爷收留了他，并教他武功。少年聪明好学，不到一年，便练得身轻如燕，一个旱地拔葱能蹿起丈高。主人便为他正式起名叫燕青。从此，燕青跟随主人——卢员外——河北玉麒麟卢俊义走南闯北，做生意，谈买卖，广交天下豪杰，功夫日日见长，名声时时有增。可又有谁知道这容貌俊逸、才华过人的浪子，家在何方、宅住何处呢？

师师见燕青的眉上，泛起丝丝愁容，顿觉心疼起来，她轻声地问：

"小乙哥，你说什么就是什么，你让我干什么我就干什么。好吗？"

师师仰脸看着他说，噘翘起小嘴。

燕青一阵心酸，他抱住师师，一句话也说不出来。

同是天涯沦落人，相逢何必曾相识。

闯荡江湖几十年，住过破庙，风餐过街头，万马军中闯过命，刀枪箭雨中受过伤，有什么时候，燕青感到过这般踏实，这般温暖？人生一世，能得到这种体贴，还能再要什么呢？

可是，走，往哪走？去，又该往何处去？

燕青一脸迷茫，在师师的热切注视中，他低下头。

"师师，等我找好地方，我回头接你。"

"真的？"

燕青点点头。

"小乙哥，你，真好。"

燕青笑了，轻轻抚摸着师师的头发。

"等会儿我跟干妈说，以后我就闭门等你。"

燕青摇摇头："你忘了我是梁山上的人了吧？"

"梁山？梁山怎么了？"

师师不解。

"嘿嘿，打家劫舍，杀人越货，偷鸡摸狗，大闹法场，是我们兄弟的看家本领。"

"你是说……"

"对！等找到地方，我回来背上你，一步就窜出京城。谁也不知道，谁也找不到。"

师师觉得好玩极了，把头埋在燕青怀里，咯咯乐得全身颤抖。

天，已近中午。

两人起床，梳洗好，师师回头问：

"小乙哥,你怎么还是童身呢?这许多年,你一次也没串过烟花柳巷?没遇到过一个称心如意的人?"

燕青摇摇头:"这是天意,把我专门留给了你。"

师师的脸红了。

腾腾腾,有人跑上楼来。

"小姐,有个黑矮子要见您。"

"告诉他,没空。"

"说了,他不相信。他说有事要告诉小姐。"

"有事?什么事?"

"大概是我的事。"燕青微微笑着说。

"你的事?"

"对,说我从杭州就溜了,不知去了哪儿。"

师师惊讶道:"怎么,你们一伙的?"

"是宋江,宋大哥。"

"你们约好的?"

燕青摇摇头。

"那,你怎么知道一定是他?"

燕青微微一笑,脸上现出一朵愁云。他没言语,把目光投向窗外。

窗外,落叶飘飘,片片枯黄……

吃过御宴,梁山泊众位好汉及文武百官谢恩已毕,随宋江返回驻地。不一阵,有枢密院送来金银彩缎、御花袍等等。众将忙着大秤分银,个个欢天喜地。宋江躲在房内,沉思半晌,趁人不注意自己,便迈步出来,皇上刚刚赐给的御花袍金光闪烁,在身上极合身,走着也很轻快。

宋江顺大道走向马前街来,极悠闲地踱着步子。东京汴梁城内的百姓,见该大人身着御花袍,红光满面,神气悠然,却又无跟班,猜不透是何方来路,看不出哪路神爷,便纷纷闪在两旁。

走过马前街,一拐,进入了御街,不远处又是一拐,宋江就看到李师师的招牌了。宋江心里一热,径直走进门来,揭开青布幕,掀起斑竹门帘,正巧迎到老太太。宋江弯腰一躬,将两条金灿灿的玩意递上,老太太眉开眼笑,好,好,边说好,边往里一指。老太太自个儿回房去了。

宋江到了楼上,闭上眼,稳稳心神儿,御花袍上一片金光闪烁,和阳光遥遥相映,将宋公明的脸映得更黑了。一股淡淡的馨香扑面而来,宋江全身骨头一松,他一步跨进门去。

燕青站起身来笑盈盈地叫大哥。

宋江一下愣住了,半天才记起眼前之人是谁。

分手不足两月,燕青显得更伟岸了,眉宇间的英武之气凛凛然然,宋江穿着臃肿的御花袍,相形之下,犹如菜墩一般——眼角上的鱼尾纹,又多出几道。

宋江一把抱住燕青,哽咽几声兄弟,嘴里喃喃说了通什么,脸色才转回来。有丫鬟上楼献茶毕,宋江抬袖拭泪。师师无意看到,宋江那件御花袍上,有片隐隐的油污,似乎被人用心擦过,但仍留有痕迹。师师站起身,觉得胸腔里有些难受,便走到窗前,依窗远眺。

"兄弟,我,唉——料你就在这儿。这不,贺宴刚毕,众兄弟还在分银子呢,我就匆匆来找你。兄弟呀,听哥哥一句话,别固执了,凭你的才能、功绩,当个都统制不成问题,做一方的兵马总管也有把握。你,怎么能不和哥打声招呼就匆匆走呢?你知道,为你的事,我还和卢总管争执过呢。"

宋江三分责备七分疼爱地对燕青说。

燕青微微笑了,"大哥费心了,小弟实在罪过。燕青自思命薄身微,怎堪皇上青睐?官场如虎,兄弟能做一臣民足矣。"

宋江又落下泪来,"兄弟,想我们梁山,当初一百单八位兄弟,均上应天座,上就星曜;于水泊对天发愿,五台山设坛盟誓,无法同年同月同日生,但求同年同月同日死。谁料,现在十去八九,想来便令人难过,活着的兄弟,怎能再分手呢?"

燕青一时无语,宋江愈真切地看着他,满目期待。

燕青慢慢说:"前些时,许贯中托人捎信,让燕青去他那大坯山。友人之托,不可推辞,还望大哥海谅。"

宋江长叹一口气,再没说什么。

他想起破辽归京时,在双林镇遇到的那位世外俊杰,不由心里酸溜溜的。如此气高之人,也就是燕青能配得上做他的朋友。

燕青心中郁悒不乐,他隐隐替宋江难过,又想起他平日的许多好处,燕青一阵内疚。

窗外有几声叽啾,是画眉鸟在叫,声音清丽婉转,传至室内,声声如玉珠落秀。不须回头,燕青就可以想象出它们在树枝间跳跃自如的快活劲儿。

两人谁也提不起话头,只好喝茶。喝罢茶,宋江扭脸观赏一幅山水画。细细望去,竟是当今皇上的御作。宋江慌忙起身,看看燕青,又看师师,宋江犯了踌躇,不知该拜不该拜。头上,已隐隐渗出一层汗珠。

"兄弟,这……这不是御画吗?"

燕青点点头。

宋江神色大变。

师师款款而坐,"宋寨主不必忒认真了,这是幅画,又非圣旨,何须激动?"

一股更浓郁的香味,随着师师的话音弥漫开来,撩拨得人心痒痒,好像春天又回来似的。宋江小肚子发热,一阵晕眩。

"大哥,无须多虑,还是坐下喝茶吧。"

宋江讪讪坐下,不敢看师师的眼睛,只好歪头看画。宋江想,是不是把皇上今天龙颜大喜,御笔画李逵的事说给燕青听听呢?

别,别慌,这师师正和当今圣上打得火热,万一询问起皇上,有人再给一个诋毁圣上的罪名,这一生的好处也就到头了。

燕青一阵难过。

他是知道宋江的。正是因为知道,他才觉得心中总对他有种说不出的感觉。

据兖州那位流浪汉考证,宋朝人所摄取的高蛋白物质,比现在一般人所吸收的要多十几倍,且不说人肉包子、生羊肉、人心醒酒汤,就单是牛肉,每人每天也是三斤五斤地吃。牛多,肉便多,大家都觉得肉好吃,很少有人注意牛的生殖器官。只是到了今天,人们才把牛鞭作为宝贝,而宋代人,是不大吃这玩意的。

不大吃,但并非说是无人吃,宋江——水浒寨寨主,后来又被招安的那个郓城人就吃。为了吃得方便,吃得不露声色,宋江才把弟弟宋清分配着专门安排宴席。该官相当于现在的办公室接待科科长。

在梁山泊时,神医安道全就多次暗示宋大哥多吃牛之利器。那神医,从江南到梁山为宋江诊治疮痛,当时就看出宋公明在这方面其差。于是便配出几种药来,一是治疮,二是健肾壮阳。经过若干次调理,宋江在考虑招安问题之余,还真的全身发热,混元真气鼓鼓。因而,梁山泊英雄大排位后,宋江第一次要干的活,便是到东京大显一下身手。既然是天魁星,当然也要找魁字头的了。正宫娘娘倒算一个,可是,吓死这位郓城县的秘书科长,他也不敢动此念头,只好找"歌舞神仙女,风流花月魁"的李师师了。

头一次去,一百两黄金,碰上皇上,自然没宋江的戏了。二次,掏出又是一百两黄金,酒倒是喝了,宋江吊起眼皮,借酒劲磨拳捋袖,却看到李师师双目春风只和燕青近乎。

宋江无奈,将燕青、柴进都派出去望风。二位刚刚离开,外边,李逵已痛打杨太尉,立时轰动京城,宋江当时给吓得出了一身大汗。

逃命还来不及呢,那还顾得上试试?

自那后,宋江一心忙招安,满想等招安后封官,堂堂正正地来师师这儿练练。谁料招安后又是破辽又是剿方腊的,根本顾不上。

现在,贼既已灭,宋江也被封为大夫,加授御花袍,还任楚州安抚使兼兵马总管。武德大夫,兵马总管,闹玩还行?

够了,够份了。

宋江匆匆而来,谁又想到,燕青却争了先。

宋江在杭州就想好了对付燕青的办法:让燕青和他一块见李师师,这样,李师师再对燕青有意,燕青也不好意思了。宋大哥喜欢的女子,其他兄弟想想都是罪过,况且争乎?

宋江没料到,这方案刚刚想好,燕青就留下"洒脱风尘过此生"的拜词,溜了。宋江懊丧不已,后来一想,嘿,溜了更好,溜了我自己去找李师师。宋江倒还放下心来。他万万没想到,燕青溜这儿来了,看他和师师的默契劲儿,怕是不知在这儿住几个晚上了。

宋江顿时泄了气。他觉得燕青这小子,实在是鬼透了。

"宋大哥,兄弟们都还好吧?"

"好,好,皇恩浩荡,兄弟们都受了封。正将都统制,偏将授武奕郎,管军管民,近日就要赴任了。兄弟,你也和大家去告个别吧!"

"这个……就烦请宋大哥代小弟向众家兄弟一一致歉吧。燕青闲云野鹤,无意于功名,大家相互保重吧!"

"那……那好吧,兄弟告辞。来时我还正想。燕青兄弟肯定来这儿了。"

燕青脸色微微一红,"还是大哥了解小弟。改日,兄弟一定登门为大哥请安,讨杯酒吃。"

"那是当然,当然。"

宣和六年四月,宋朝天使降临楚州城外,楚州安抚使兼兵马总管宋江带州内官员迎接到公廨。圣旨读罢,天使将御酒留下。半月后,宋江、李逵一同被葬在楚州南门外蓼儿洼。

不几日,小李广花荣、智多星吴用来此凭吊宋、李二将后,双双悬于树上而亡。

——河北玉麒麟卢俊义被人在酒中施加水银,堕入腰胯并骨髓而死。

——神行太保戴宗辞官云游,不知去向。

——阮小七被削官为民,仍回石碣村打渔。

——柴进、李应辞去官职,不日而亡。

——关胜操练军马,马失前蹄,堕马而去。

⋯⋯

梁山泊一百单八位豪杰,做为中国历史上唯一体现农民哲学思考的样书,至此,好像应该结尾了。

——公元1126年,大金朝四太子金兀术率人马杀进东京汴梁,掳走宋徽宗及儿子宋钦宗。

至此,北宋王朝灭亡。是为靖康元年十月一日。

顶上是片蓝蓝的圆天。

天上,偶尔有一丝白云爽爽经过,一会儿也就不见了踪影。圆圆的天上,依旧是片蓝色。

这是白天。

夜晚到来之时,顶上便又是另一番景致了:幽暗的天穹深不可测,几颗豆大的星星闪烁着清冷,逢月明天廖的夜,星星刚隐去几个,柔柔的月光朦朦胧胧地就遮盖了星星的亮度。宋徽宗的眼睛里,便有了惨淡的希望。

这天空的变化,是如此瞬间万端,偶尔能有颗流星刷地闪过夜空,那简直是壮观之极了。

何时有过这等闲情来观赏夜空呵,宋徽宗赵佶抚摸了一下斑白的头发，不由长舒一口气，胸腔空阔了，周身轻松。

坐井观天的生命体验对他来说，这还是第一次。

金兀术大破东京，在一片哭哭啼啼的亡国之声里。赵佶心里竟平静如水。对这一天的到来，他曾无数次地恐惧不安，惶惶不宁。

自宋徽宗登上皇位后，不是大辽犯北，就是内贼四起，今天一个奏折，说某某大臣贪赃枉法，明天两个奏折，说某地某地又有强盗呼啸山林，揭竿而起，连官兵也禁他们不得。后天又是某某大臣上奏，某地某地瘟疫遍野，死伤灾民无数……这些乱七八糟的事情，他既不知道是真的，也不知道是假的。反正是一天一天地过，这个说某某是误国贼子，那个又说这个是欺君瞒上之徒，朝里就这几个烂官，没有一天不闹事的，弄得他这宋朝天子一会儿紧张一会儿松疲，他实实在在地闹不清这一切到底是怎么一回事，也闹不清这些事和他到底有什么关系。

宋徽宗赵佶，是在公元1127年被大金朝女真贵族军士护卫着进入雁门以北的。在同一时间，几十万大宋难民在金朝的追杀中，父不能顾了，夫不能顾妻，兄不能顾弟，纷纷逃亡。大道上黄烟滚滚，田野里禾苗尽残。在这支绵延千里的百万大逃亡中，一代名闺李清照，著名爱国大诗人陆游，也在这支队伍中。大宋臣民纷纷南移，创造了中国历史上的第三次由北向南的大迁居，使杏花春雨的江南，一时褴衣者无数，饿死者成群。

至此，江南江北的文化集团正式出现对峙局面，两方势力均衡。千古绝唱的爱国诗人们，也都有了出名的机会。

而宋徽宗是不知这许多的。

由东京汴梁颠簸到黄河以北，雁门以外，他唯一有明显感觉的是北方的天气要比南方冷得多，大金朝的手抓羊肉实际要比大宋的猴头燕窝银耳更好吃，更有野味。大金朝的人对他们基本上还客气，除了不跪下喊万岁什么的以外，一切都还挺有人情味的。乍从一个文明的国度进入一个野蛮的部落,宋徽宗基本上是迷茫,除外便是讨厌看到大宋的人。

此刻在宋徽宗面前的王孙宫娥,一个个面色苍白,愁容满面,除了哭哭啼啼,目光恐慌外,看不出一点高兴的样子来。这些熟悉的、没有血色、没有生机的脸,把宋徽宗映得整天恶心不止。他常常摆手,让他们走得远一点,再远一点。一听到恭请圣安,万岁万岁万万岁的叫声,再看到那像狗一样匍匐在地上的奴才,肚里的气就不打一处来。

看大宋天朝的一个个奴才相,远不如看大金朝的小卒有意思。那金朝小卒,个个拿枪持棍,笔直站着,一脸昂昂生机。就连金朝那十岁左右的玩童,也常在一块竞相厮打,摔倒再爬起,爬起再摔倒,有时沾一身草,有时啃了一嘴泥,既不哭,也不骂,摔打上一会就到别处去玩,依然和和谐谐,绝无恩仇之相。

宋徽宗看出了神,满头的银发被风吹得飘扬起来,显示出尊贵、执着、苍老的美。他的目光,透过茫茫草原,透过遍地的牛羊,落在大山的脊背上。这个拥有天下土地的王者,这个拥有山川河流的第一富翁,不是亡国的恩赐,怎么能看到这庄严的大山,壮阔的草原呢?

宋徽宗又想起自己的几个儿子来:十几岁还在吃奶,动不动还往宫女的怀里钻,晚上睡觉,没有女人哄着,不摸着女人的乳房就睡不着,就哭,就生病。哪有一个像大金朝的孩子,敢打敢摔,一副天不怕地不怕的样子?

事局已定。

康王赵构在临安登基,建立南宋。宋徽宗及儿子宋钦宗成了废物,给迁出黄龙府,宫女分赏给各路有功勋的金国将军,作为奖赏。又将徽钦二帝放在井下,四周用石头垒成,井口小,里边却挺大,完全是小型房屋模样。

此举取自中原的一个成语:坐井观天。

顶上,是片蓝蓝的天,夜晚,顶上便又是另一番景致。宋徽宗黑

299

白坐着，不困，也不乏，观看着顶上的一方天，坐着身前身后的地。宋徽宗的胡子日日见白，根根闪着油光，白色的头发灼灼发光，络络有致。而宋钦宗则愁眉不展，欲哭无泪。两个多月以来，这皇帝已骨瘦如柴。宋徽宗偶尔看他一眼，心便想，他要是不做皇帝，不是不遭这样的罪吗？他干嘛要做皇帝呢？

大金王朝四太子金兀术正率兵前行，忽见前边树上树叶一晃，忙勒住马头，见一人从丈高的树上翩然而至，笑吟吟地拦在马前。金兀术暗自点头，不是中原厚土甘露滋养，这等绝顶轻功，岂可轻易练就？

"你是何人？"

"在下浪子燕青。"

话音竟是金国口音，金兀术吃了一惊。

"我，怎么不认识你？"

"我乃梁山泊宋江宋公明麾下，已在此隐居多年，你的大队人马，已将燕青的菜秧践踏。"

怪不得如此豪杰。

金兀术点点头，看看马蹄下面，果有豆秧几棵，抬起头，不远处有草庐两间。

"我带十万大军，你一人想阻止我吗？"

金兀术眼里闪过一丝阴险的光芒，含着杀机。

燕青微微一笑，双手抱拳，"不敢。不过，既然和四王爷碰上了，不见见礼，总是一件憾事。"

"我倒想见识见识梁山好汉的武功。"

"得罪了。"

燕青抱拳施礼，一躬腰，唰——一道白光直冲金兀术头顶。

"当——"金兀术头盔上的红缨飘飘落地。

金兀术大惊失色。

燕青依旧笑吟吟地站着,纹丝不动。

"梁山好汉,果然名不虚传。"

"见笑了。"

"你愿跟俺去金国吗?"

"大金国,俺倒想去一次,看看皇上。我和他有点老交情。不知您可不可以行个方便?"

金兀术想了想,又看看燕青。燕青不慌不忙,一脸平静,双目明亮,无一丝阴诈之光。

金兀术点点头,从腰里掏出个金牌,金牌呈椭圆形,在阳光下闪着灿烂的光芒。金兀术掂了掂,又看燕青。

燕青微笑着,动也不动。

"你凭它,就可以直接到黄龙府去。梁山好汉,你该不是宋朝的探子吧?"

燕青依然微笑,"多虑了。燕青闲云野鹤,只想图一时快活,做点自己喜欢的事,从不愿为别人出力。再说,赵构会乐意再向别人称臣吗?"

金兀术点点头,将金牌扔给燕青,金牌在阳光下划过一道弧线。燕青接过,双拳一抱,转身便窜出丈远。

"好快的身手。"

金兀术感叹,如此俊杰之士,竟也隐居山林,宋朝怎能不灭?

可他怎么会金国的语言呢?而且如此流利?

金兀术不解。

在北京大名府卢俊义家时,燕青就常和金国商人打交道,他聪明博记,口齿伶俐,金国话说得和真的似的,这是毫不奇怪的。

金国守井的士兵,见是金兀术的腰牌,自然恭敬许多,用轳辘把摇着,将燕青直接送到井下。

宋徽宗正坐着入静,他这道德真君,教主,一直笃信禅宗,因宋太祖赵匡胤崇尚道教，又和道德名士陈抟相交数载，颇为投机。故而，赵家后代，以此为国教。

但他们倒也不反对佛教，宋徽宗，就是一个笃信禅宗的人。

已经入静。

一切离他远去，蓝蓝的天空一贫如洗，茫茫的大地山岱连绵，绿草成毯。渐渐地，山岭透迤着远去，蓝天也变得幽暗，变得阴森恐怖……

从静中转回，宋徽宗赵佶仍觉得没什么东西触动自己。身上也不觉乏，头上亦不觉累，一切都轻松得让人心烦。睁开眼，好一会才看到身边站着个人。

"你，是何人？"

"在下浪子燕青。"

"听口音你是中原人。"

"是的，皇上。燕青是中原人，原在梁山泊水浒寨，后招安。"

"哦，原来你是宋江部下。他——宋爱卿还好吗？"

"他死了。"

"死了？那个，那个——李爱卿、黑旋风，现在，干什么？"

"他也死了。"

"怎么，李爱卿也死了？他……他是怎么死的？"

"被朝廷的人用药酒给害死的。"

"哦。"

宋徽宗突然没了力气。黑旋风张着大嘴啃羊腿的粗犷形象出现，"嘣嘣嘣"三下谢恩的憨态形象地显现了。

宋徽宗点点头：

"怪不得我堂堂大宋瞬时城破国亡，朕明白了，明白了。"

"皇上是说……"

宋徽宗长叹一口气，晃动满头银发，不禁吟道："天宇恍恍，吞烈日,吐雷电,星月齐光,昼夜同运,是为天;地域茫茫,容百川,起群岭,万物同生,万象齐存,是为地。以我堂堂大宋,文不容一刚直之士,武不存一豪杰英雄。存于国者,皆平庸谄媚之徒;行于世者,无非苟且嘤嘤之辈,大宋有何力再存?天不降灾何人降灾?"

"上皇。"

宋钦宗爬过来,惶恐地看着赵佶。

宋徽宗微微一乐,举手指他,不由叹道:"目光惶惶,其心何能直?目光惶惶,其躯何能威?目光惶惶,其魂又何在?"

"上皇。"

宋钦宗伏在地上,屁股撅过头顶。

"你,起来吧!"

宋徽宗摇摇头,无可奈何地说。

"上……上皇。"

宋钦宗全身抖个不止。

"壮士,可帮朕将他扶起?"

燕青点点头,向前两步,伸手去拉宋钦宗,轻轻一拉,发现宋钦宗的腿已弯曲,松开手,他又瘫成一堆。

"皇上,他的腿——直不起来了。"

"哦,哦。"

宋钦宗看着亮光最强烈处,若有沉思地点着头,半晌,才猛丁问:"壮士,前来见朕有何……见教?"

他本想说奏折,话到嘴边又改了口。

"燕青尚有画屏一幅,上题'金勒马嘶芳草地,玉楼人醉杏花天',是皇上的御笔,李师师赠送。燕青此来,想乞皇上亲笔书画一幅,不知圣颜可许?"

徽宗点点头,捻须而笑,从井口那边闪来的光线里,赵佶一脸慈祥。正微笑着,赵佶两眼倏然射出两道犀利的光芒,脸上的肌肉渐渐冷峻起来。他挥挥手，燕青忙将带来的笔墨纸张递上。宋徽宗赵佶握笔，目光如炬，直射一方蓝天。

唰——

唰唰——

唰唰唰——

李逵手持板斧，迎风断喝的形象出现。燕青心里一热，两行泪顺脸颊流下……

前不久，山东梁山境内原水浒寨黑风口处，李逵手持板斧杀气凛凛的雕塑，被几位老外拍下照片。山东兖州的那位流浪汉也正游玩至此，老外对此公云：某国某美术馆尚存半幅雕塑模特的头像。据联合国教科文组织的一下属计算中心的研究结果表明：人类物种退化现象日益严重，如不及时改良品种，人类将在二十一世纪进入一个全球性阳痿时代，有识之女士男士对此深感忧虑。

该老外又云：中国也注意到这方面的问题，著名作家蒋子龙先生也在其《退化的男人》中发出呼吁。他们一行此次来梁山的目的，即是寻找这位黑脸大汉的后裔，为世界改良人种工作准备些物质基础。

华德民答友人问
——代后记

很久看不到你的作品,你还在写作吗?

写作是一种交流,心灵的交流。有时候,这种交流的愿望很迫切,写的肯定就多一些;有时候不那么迫切,就懒了。这也是业余写作的好处,有感触就发一点。但我现在在阅读,写是肯定会写的,而且还要和以前写得不一样。

你觉得新闻写作和你所谓的写作是一个概念吗?

完全不是一回事。现在新闻写作是公式化的东西,我几乎天天写,但和个人写作不一样,个人写作是小气和自私的,写作者不好意思浪费很多的文笔来说一些大家都读不懂的名词,或者是大家懂了也无意义的词。

能说得更明白一点吗?

比如食堂、餐厅,现在还有叫美食城什么的,我感觉这些词在我心里引不起波动,引不起波动的词句即不能让人想象,又让人产生不出联想,这就弱化了句势。在所有能吃饭的词语中,我偏爱"伙房"这样一种带有历史记忆的、给人温暖想象的词汇。一个人写作所选用的词和自己的感受越远,他的写作越是失败,从这个意义上说,写作是自私的,更是小气的,小心地使用和心灵相近的词汇写作,构筑个人理想的家园,这个意义的写作才有味道。

但你总不能一写就写伙房吧,读者会以为你是个饭桶呢,哈哈。

我是就词汇的使用而言,任何时代都有那个时代的词汇,这我不反对也不反感,比如出现的"给力",就很有趣味,也比较鲜活,我反感和反对的是对莫名其妙的一些名词的乱用和滥用,有些词语和词汇本来很好很有意思,被人用贫了就彻底完了,比如"缘分",很有意思的一个语境,但如果一个强奸犯都用这个词来做狡辩,那就让人毛骨悚然了。

我看过你的一些作品,语言很简朴,口语化,而且多用地方方言,读来不那么顺畅,但有个特点,和读者距离很近,这是你追求的风格吗?

风格谈不上,但每个人都有每个人所喜,而且这个会变的,不同时期有不同时期的所喜,这也很正常。

你的所喜?

不知道你读没读过德国作家伯尔的《小丑之见》,他的叙述给我的感受非常震撼,这是一本不大受重视的书,但我却读过多次,朋友家有的,能收的全被我收回了。

说起来好玩,我这人爱喝酒,还容易喝醉,一喝高了就吹,一吹就吹《小丑之见》,别人不服,马上取出来读上一段,让别人感受感受,再不服,就让别人带回去好好感受,等酒醒时分一忙其他,此事就忘了。等大家都忘了,再想读时就又是翻天捣地一阵,找不到就到朋友那儿去找,上边写着朋友的名字也得搬回来,因此,这一本书我就读了七八次,但好像只有一本是我的,其他人的也找不到了,现在我书房里的是济宁三号井任思远的,我们在肥城工作时就是朋友,他至今还记得我欠他一本书,什么书他忘了。这也说明,一本书对某人重要,对其他人,无所谓了。从这个角度讲,我最希望的是自己也能写一本让人看了想看,看了再看的书。

你的《北方有树》我看了一遍,你这一说,我还想看一遍。

你不行,一个朋友的媳妇儿已经看了五遍,我那朋友的脸都绿了,见我一次就想埋汰我一次,我很是理解。

你如何看待写作和创作?

写作和创作有明显区分,始于魏晋南北朝。

司马迁是写作还是创作?至今还在争论。我觉得是写作,但他用的手法是创作手法,因此,《史记》有创作的元素,而正是这些元素,才使得司作《史记》比其他写历史的更亲切和真实,更有可读性,没准还更可信。还有个人也不好说清他是写作还是创作,他就是曹操,做过兖州牧的那个曹操。

鲁迅先生评价曹操是"改造文章的祖师",也可以说,曹是创造文章的祖师。钱穆把曹操的《让县自明述志令》,将之比作罗斯福的《炉边夜话》,他说:"落花水面皆文章,拈来皆是的文学境界,要到曹操以后才有,故建安文学亲切而有味。"

钱穆推论:"后来诸葛亮羽扇纶巾,指挥三军,他的《出师表》亦如与朋友话家常,学的是曹操。"钱穆认为文学应该是写个人情感际遇的,而不是所有流传下来的都是文学,分析曹氏父子的文字里感觉最好最有味道:"到了曹氏父子,可说如到了冬天,一泓清水似的,谈的都是没有价值的,却生出了价值。"

江苏省2016年的高考作文题是:俗话说"有话则长,无话则短",也有人说"有话则短,无话则长",无话的时候也要说出自己的见解。在这个时代,是彰显个性还是提倡创新?以此为题材,写800字作文。

"有话则短,无话则长"是林斤澜林老说的,最早将此写出来并发到网上,是出自我写的一篇叫着《残酒助狂仿骚客》的短文。如果高考的同学们领会了钱穆的"谈的都是没有价值的,却生出了价值",就比较好破题了。

写作者认为:写什么很重要。创作者认为:如何写才是主要的。

这个说来太长,你的朋友们中间,写作的多吗?

大半和写作沾边吧。我写作比较早,1978年我高中毕业,天天在地里干活,我就想,邮递员该给我下录取通知书了吧,那时候,最喜见的就是穿绿衣服的,结果没影。那时候我就觉得该一颗红心,两手准备了。当年招工到了煤矿,有点闲钱了,就买书,通过买书,认识了不少朋友,因为在1986年时,就认识了兖州文化馆的赵鹤翔老师,他在上世纪五十年代初在我们村搞共青团工作并介绍我父亲入团,也算是世交,我高中时写的一些稿子就送给他看,他去省里工作时专门对我说,以后再写作就找武秀,我把你给武秀了!当时他老人家就这么说的。

武秀老师写作也是一个很严谨的人。听说你们还有个组织,什么组织?

叫兖州矿区文学会,武秀老师是我们的顾问。1979年年底吧,有高贤良、梁克廷、李春声、朱丽华、王德水一伙朋友,有农村的,有三十二处的,大家更多的是相互交换着看书,当时外国文学刚刚开始露面,曾经有一次夜里三点钟,李春声叫开我的门,激动不能自持,原来是读《沙恭达罗》兴奋了,非要扯起我来一块读读,把我宿舍的人吓愣了神。

到1982年的时候,这个小组织才有点样子,王黎明、刘学恩、王以钢、沈其彪、张波、李文广、段淑文、毕季青、吴玉华、高思贵等几十个朋友,大家不仅相互交换书读,不定期地也开展文学讨论,有时候在文化馆,有时候在道沟区农场,有时在兴隆矿,更多的时候在巨王林,巨王林村里也很支持,有外地来人,还随时可以用会议室。

当时大家各有各的追求,这也和那个时期文学刚刚开禁有关,刘学恩就特别喜欢读刘绍棠、冯骥才的作品,李春声天天自称是荷花淀,张波读博尔赫斯。我们这个小社团创作的作品,现在看来,虽然没有全发表出来,发表出来引起的反响也不强烈,有的确实是好作品,一点不次于当时获奖的,而且比今天作家的写作更真实和真情,王黎明、沈琪的诗，刘学恩的《一夜苍老》《黑色诱惑》，张波的几个小中篇，都显示出当时较高水平的写作能力。

现在的小说都在装饰着什么，更细致更讲究了，作为你们这批写生活写原生态的作家，已经被边缘化了，你们不觉得苦闷？

没什么可苦闷的。当时写作大多数人是为了改变生存环境，而后又寻找各自的特点、风格，而现在更多的还是在思考、在积累，我一直认为写作是个兴趣活，有兴趣，把这种兴趣传达给读者，就是成功。我曾经想，我会写笑话多好，像冯梦龙写的那样，可生活中没有那么多笑话，笑的，恰恰可能是最可笑之人，我就笑不出来了。

图书在版编目（CIP）数据

与圣人为邻/华德民著.-上海：上海文艺出版社.2019.8
（复旦大学中文系"高山流水"文丛）
ISBN 978-7-5321-7152-1
Ⅰ.①与… Ⅱ.①华… Ⅲ.①笔记小说－小说集－中国－当代
Ⅳ.①I247.7
中国版本图书馆CIP数据核字(2019)第075852号

发 行 人：陈　徵
责任编辑：崔　莉
装帧设计：钟　颖

书　　名：与圣人为邻
作　　者：华德民
出　　版：上海世纪出版集团　上海文艺出版社
地　　址：上海绍兴路7号　200020
发　　行：上海文艺出版社发行中心发行
　　　　　上海市绍兴路50号　200020　www.ewen.co
印　　刷：杭州宏雅印刷有限公司
开　　本：890×1240　1/32
印　　张：10.125
字　　数：262,000
印　　次：2019年8月第1版　2019年8月第1次印刷
I S B N：978-7-5321-7152-1/I · 5718
定　　价：48.00元
告 读 者：如发现本书有质量问题请与印刷厂质量科联系　T:0512-52605406